爱小说

秋蝉的嫁衣

QIUCHAN DE JIAYI

阿娜尔古丽 著

时代出版传媒股份有限公司
安徽文艺出版社

图书在版编目(CIP)数据

秋蝉的嫁衣/阿娜尔古丽著. 一合肥：安徽文艺出版社,2015.6

(爱小说)

ISBN 978-7-5396-5254-2

Ⅰ.①秋… Ⅱ.①阿… Ⅲ.①长篇小说一中国一当代 Ⅳ.①I247.5

中国版本图书馆CIP数据核字(2014)第296657号

出 版 人:朱寒冬　　丛书主编:陈启辉

责任编辑:张妍妍　　装帧设计:张　敏　闻　艺

出版发行:时代出版传媒股份有限公司　www.press-mart.com

安徽文艺出版社　www.awpub.com

地　　址:合肥市翡翠路1118号　邮政编码:230071

营 销 部:(0551)63533889

印　　制:南昌市红星印刷有限公司　(0791)88166794

开本:720×1000　1/16　印张:14　字数:240千字

版次:2015年6月第1版　2015年6月第1次印刷

定价:26.80元

目录
CONTENTS

第一章
秋蝉进府

秋蝉发现，尽管老太太特别喜欢自己，可她的身边却潜藏着危险。尤其是夏芷一伙，芝麻大小的事，她们都要舍命忘我地去干，抢着拔个头筹。

王府的家事任何人也猜不透，老太太七十多岁的人了，非吵闹着要更换身边的丫头们。她说现在的这些丫头一个个小鬼似的，缩头缩脑上不了台面。她们说话都带着江南口音，软不拉叽的，听得让人肉皮子发麻。就算是走路，她们也是忸忸怩怩的样子，没个正形。有时候老太太会在酣梦中突然惊醒，出一身虚汗：这些小丫头们已经把她折磨得死去活来了。

这些小丫头们都是两年前老爷在南边做生意时买回来的。当时她们还没留头，待嬷嬷管教一个月之后，就都被分房了。

上辈的老妈子做丫头时以“春”为名，按辈分她们该以“夏”为名。老太太的房里分了五个：夏芷、夏苹、夏芨、夏芩、夏茨。夏芷头脸干净，也会卖乖，比别的丫头们大了几岁，这群江南的丫头们都依傍着她。

这几个丫头在老太太面前倒乖巧听话，端茶倒水、针线活样样让人称心。只是，有时她们说话冷不防带出江南口音，吓得老太太一哆嗦。有时不小心打个照面，老太太也觉得浑身不自在。

老太太实在是忍受不了，就打发一个老妈子把太太叫了来。谁知太太手下的几个丫头也是同一个调调，头脸还没夏芷她们干净整齐，就只好作罢。老爷去南边送货，走了快一年。虽没见着面，书信倒是一封接一封地寄回，言语中充满了孝顺和关怀。

这天阳光大好，老太太和太太叫人在楼台上设了软榻，她俩闲聊起来。

“老爷昨天又来家书了，问老太太安好。还说杭州纱和锦缎生意比较好做，明年中秋就回来了，回来后挑几个家生丫头给老太太用。”太太说。

老太太长吁一口气，仿佛把身体里久积的毒气全部释放了出来，接着太太的话说：“我在你公公的手里是说一不二，你公公的生意也多半由我做主，所以才有了乡下的作坊、田地和城里这么大的家业。可是老了谁知竟不受用了，让这几个南方小妮子闹得我寝食难安。”

“我今早让许管家找个人来买上几个本地丫头先用着，夏芷她们几个干点浇花扫地的粗活儿，老太太看如何？”太太说道。

“我看还是算了。熬些日子等老爷回来，再从世奴里找几个。给夏芷她们几个点盘缠，打发她们走就好了，也别难为她们，好歹服侍我一场。”老太太说。

“哦，我想起来了。许总管今儿早晨说，昨儿他带人去收田租，见石家有一个好丫头。那丫头脸蛋上有两只浅浅的酒窝，很喜相。他还说这个女孩儿和薇妹妹有着一样的品格。这丫头家里虽然穷了些，但和咱家还是有缘的，也合老太太的心意。”太太又说。

“哪个石家？有这样的丫头我咋不知道？”老太太问道。

“哎，就是石篓。前几年后院打井，井口塌陷，压死在井里的那个。就因这事他女人封了二门外洗浆房的头儿，那会儿他女儿才两三岁。今年她因洗浆房走水，烧坏老爷的几身衣裳，被许管家撵了出去。后来她租了咱家几亩旱地，做佃农去了。”太太回道。

“怎么走水的？”

“好像熨衣服时，小丫头们碰翻了火炉子。”

老太太问：“你快把她们母女传来，我倒是想亲眼看看这个丫头。”

老妈子下去一个多时辰，石家的女人牵着一个十二三岁的女孩匆匆爬上楼台，气喘吁吁地跪在老太太和太太的面前："请老太太的安，请太太的安。"

老太太摆摆手，看着身后小花猫般羞怯的女孩儿，心里暗暗吃惊。这个女孩儿躲躲闪闪的神色让她爱怜，老太太不由小声地叫了声："薇薇，我的女儿！"

这个女孩头发油黑，肤色白嫩，虽然有些消瘦，但自有一股风流韵味。

这时，早有小丫头搬来凳子让石家女人坐下。

老太太问："自出去后过得还好吗？家里忙，一时顾不上照顾你们了。"

"还好，还好。托老太太的福，托太太的福，今年种了几亩豆子，除了交租，还能买些添换衣裳。"石家女人说道。

"你男人没了几年了？也真难为你了，一个妇道人家带着孩子不容易！"老太太说。

石家女人飞扬的神色一下灰暗起来，但没敢哭，哽咽了半天："回老太太，当家的没了九年了。亏您老太太照顾着，这九年中一直没受罪，支配着洗浆房十几个人，今年我太大意了。哎！太大意了！不该烧坏老爷的衣裳。"

"你男人为了这个家连命都没了，让你去洗浆房管事是应该的。只是不该大意，连老爷的衣裳都烧了。你也知道，老爷是做大生意的，经常在外，很讲究这些，倒不是我和老太太忌讳大，这事换了哪个主子也会生气的。"太太说。

石家女人连声说："是，贱婢知罪。"

"今天要你来不是为别的，老太太看上了你家的女孩。这孩子看上去比别的丫头伶俐些，而且又是家生的，自是不同。来，过来让我看看。"太太说。

石家的女人心里一阵窃喜，连忙对女孩说："老丫头，这可是天大的喜事，你老子搭了一条命，换来的不过是娘在二门外混事。如今到老太太屋里，那可是半个主子，地位也尊贵，快给老太太磕头，谢谢老太太的恩典。"

石家的女人和女孩儿趴在地下磕起头来，丫头老妈子连忙搀起。太太拉着女孩的手问："这个脸蛋，活脱脱和我的女儿一般，今年多大了？"

“回老太太，婢女今年十三岁了。”女孩答道。

太太又问石家的女人：“既是世奴，早该进二门来伺候了，怎么一直没有送过来？这孩子没毛病吧？”

“奴才怕这丫头伺候不好主子，老太太惹太太生气，越发丢她老子的脸。丫头身体没毛病，虽瘦了点儿，但很硬朗，她每日跟着我在地里种豆子，回家还帮着扇火做饭。”石家的女人说。

没等石家的女人说完，女孩插嘴道：“回太太，我有毛病，我总是流鼻血，怕吓着老太太。”

老太太笑了笑：“你流你的鼻血，我吃我的斋，这不相干，别误了奉茶拿东西就行了。再说，血是身体里最纯净的东西，怎么能吓着我？这丫头小小年纪，如此多心，大了也是个出挑的人儿，我喜欢这个丫头。”

太太嗤嗤地笑了，指着石家的女人说：“这就怨你这个做娘的了，在洗浆房当差每月是一两的月钱，怎么不给孩子看看？你呀，抠来抠去省下这些钱图个啥？”

“也让江湖郎中看过，土偏方也吃了不少，什么麻油拌胶泥、鸡血泡米饭。可孩子的鼻血还是每天正午滴几点，也不多，绝不碍事，让她进去伺候老太太，见见世面，也算我对她死去的老爹有个交代。”石家女人答道。

老太太说了半日话，有些累了，把手搭在额上眯起眼睛对一个老妈子说：“李嬷嬷，让这丫头和夏芷夏苹学学细活儿，你也教她点规矩，今后让她跟着我就是。让那几个江南小丫头先干粗活儿，别让她们老往我眼前钻，看着她们我就难受，等老爷回来后再打发她们。”

“哦，还有，老太太，这丫头日后跟了老太太，可就是有脸面的人了，老太太赐她个好名儿吧。”太太提醒说。

老太太睁开眼，说：“我差一点忘了，你的陪房丫头以‘春’为名，南边的丫头以‘夏’为名，这丫头就该以‘秋’打头为名了，就叫秋蝉吧。秋蝉啊，以后和我多说说话，解解我的闷儿。太太、少爷虽和我在一起，时间总是有限的，你可要时时刻刻地跟着我。"

秋蝉又谢过老太太。

"李嬷嬷，许总管那应该还有给丫头们做的新衣裳，给秋蝉换上。什么花儿呀，粉儿呀，擦脸膏子、胭脂、头绳都拿上些，再给石家的拿上二两银子。"老太太吩咐道。

秋蝉转身下楼时，突然又跑回来抱住她娘的腰，仰起头说："娘，晚上睡觉别害怕，早点从地里回家。"说着眼泪簌簌地滚落在脸上。

女儿的几句话说得石家的女人如摘了心肝肉一样难受，十几年来女儿是她活下去的唯一理由，如今她生命的寄托就要离她而去了，她只觉得脑袋空白一片。她提醒自己：不要哭，不要哭，不要对着孩子哭。但秋蝉还是看到母亲的双眼已被泪水浸透。

李嬷嬷过来牵着秋蝉的手："别哭了，以后在老太太身边可就享福了。好好服侍老太太，每月发放的月钱足够让你们娘俩生活了。到时候让你娘退了地，跟着你享福吧。"

太太似乎有点不耐烦："石家的，你这就不对了。你也知道，我们可一直善待下人，进府又不是跳火坑，哭哭啼啼的，这是什么意思？"

石家的收了眼泪，抽噎着不敢再哭。秋蝉跟着李嬷嬷走了，老太太长长地叹了一口气。

太太忙过来问："老太太，我们还是回屋吧。"

老太太点了点头。

太太看到老太太的泪水从紧闭着的眼睛里静静地流淌出来。老太太把耳朵深埋在软枕上，看上去很是难过。

秋蝉跟着李嬷嬷来到三门外的偏院找许总管拿衣裳。许总管三十多岁，英俊潇洒，头戴瓜壳软帽，身穿冷梅傲雪图样的绲边长袍，正独自一人坐在八仙桌前写字，见李嬷嬷和秋蝉进来，他赔笑着站起来问好。

李嬷嬷对他说："老太太房里新添了人，问问你有合适的衣裳没。半旧的也可以，顺便把丫头的脂粉、簪环也带上，毕竟老太太赐了名，叫秋蝉，算半个大丫头了。"

"就是这个丫头吧？"

"那可不是，这丫头走运了。"李嬷嬷说。

许总管打量着秋蝉："我第一眼看到这小丫头时就觉得她有灵气。跟着老太太固然是好的，以后的日子就看你自己的造化了。在这王府里千万要记住，越是身份低的人，行动越要谨严些，不然，就是自取其辱。你刚来，遇事多忍着些。"

秋蝉点了点头。

许总管接着对李嬷嬷说："先带秋蝉去洗个澡，梳梳头吧。夜里我让小子们把东西送过去。既然跟了老太太就不比其他主子屋里的丫头，李嬷嬷只管放心。"

李嬷嬷带着秋蝉回到老太太的祈愿堂，命几个粗使老妈子伺候秋蝉烧水洗澡。洗完后她把秋蝉带到东厢房，直见三个水蛇腰、削肩膀、眉眼周正的丫头正在炕上解九连环，嘻嘻哈哈闹成一片，连李嬷嬷进来她们也不搭理。

"几位大姑娘们，芷姑娘不在吗？"李嬷嬷问道。

一个丫头说："夏芷姐姐和夏苹姐姐伺候老太太摆饭去了，什么事和我们说吧。"

"那好，夏茨姑娘，是这样的，今天老太太屋里添了这个丫头，还请你们这些大姑娘手下留点情。她初来乍到的，人生，年纪又小。"

夏茨撇撇嘴："我们也听说了，哪敢啊！我们自己都今天保不住明天的，你说是不是，夏芨姐姐？"

"我以为会是仙女下凡一样的尤物呢，闹了半天是一个村姑。主子们的意思我们当奴才的可不敢有怨气，可爱攀高枝的下流东西也不拿镜子照照自己。我拙嘴笨舌不敢说别的，可芷姐姐她们也是百里挑一的美人儿，怎么会让别人轻易地压下去呢！"夏芨一脸鄙夷。

夏笒长长叹了一口气说："真是拆东墙垒西墙，挖起好肉补上烂疮，好的不用，专用一些烂货，这个世道呀！"

李嬷嬷看着面前的情景，赶紧打圆场："姑娘们可别这么说，十年河东，十年河西，等秋蝉越过我们的次序时，想想她该怎样对待我们。都是吃主子的，谁比谁高贵多少？秋蝉你留在这儿，夜里睡到外屋的软床上。"

秋蝉遭了夏笒等一伙人的恶话，心里已灰了一半，有种鸭子被赶上架的感觉。她把李嬷嬷送到屋外时，院内已上了灯。

老太太的正屋里，灯火通明，正屋廊下不时有小丫头们来回穿梭。她们头上的簪花饰品偶尔闪着金光，缥缈中透着一副华贵的气派。

秋蝉感觉自己仿佛置身于另一个世界，这个世界离自己是那么遥远和虚幻，可这个世界又是那么突兀而真实。

她想到许总管的话：在府里越是身份低的人，行动越要谨严些，不然就是自取其辱。前几日母亲还为被许总管逐出王府而耿耿于怀，母亲恼恨许总管狗仗人势，当时秋蝉也跟着忿忿然，现在秋蝉却对他一点儿怨恨也没有了。

秋蝉刚要回厢房，一个没留头的小丫头进来说："老太太让秋蝉姐姐过正屋用饭。"

秋蝉向夏茨等人弯腰道个万福作别，跟着小丫头来到老太太的正屋。绕过玻璃屏风，只见金银玉器，光艳夺目，纱帐布帷低垂高挽，说不尽风流富贵，道不完豪华奢靡。

老太太倚在软榻上，旁边坐着一个十四五岁的男孩。这个男孩浓眉凤眼，浑身散发着健康的光泽。又听丫头们唤灵少爷，以前秋蝉也听她娘说过小少爷聪明绝顶的种种传言，今日得见，她心想这模样儿果然不错。

老太太正和太太说话，见秋蝉进来，指着饭桌上的菜说："我们刚刚吃完，好几样还没动，抬到西厢房去吃吧，夏芷丫头陪着她吃点儿。"

老妈子们忙把小桌子挪到外屋，把饭菜摆到西厢房。秋蝉和夏芷坐下来吃饭，夏芷身材颀长、长脸、丹凤眼，笑起来很甜。

夏芷说:“按辈分，我该是你姑姑。今后都是老太太的人了，老太太得了你,喜欢得不得了,我也很高兴。我箱子里有好些首饰衣裳,姑娘要是不嫌弃,拿着一些,也算是我对姑娘的一点心意。”

秋蝉心想,如果不收夏芷的东西,夏芷肯定觉得自己架子大,眼里没人,收了倒显得体。于是秋蝉笑着说:“谢谢姑姑,姑姑的赏赐秋蝉就收了便是。先前听我娘说府里规矩大,而我又没见过世面,如果我哪里做错了,还请姑姑多加指点。”

正说着许总管带着几个抱着被褥和衣裳小厮进来，夏芷和秋蝉忙站起来问好。

“快坐下吧,秋姑娘的箱子搬到西厢房了。这是四套衣裳,秋姑娘看看合不合心?”许总管说。

一旁站着的夏苹笑着说:“许大爷也看人下菜碟了。我们刚进王府时,衣裳只给两套,深色一身,浅色一身,两套衣裳还要留着一套等跟随老太太出门穿。秋蝉就是尊贵,连衣裳都四身。”

夏芷连忙喝住夏苹:“苹丫头爱胡说，许总管也不过是按上头的意思去办。再说秋蝉才多大个人,我们都该多照顾才是。你快把饭桌收拾了吧,我们也不吃了。”

许总管笑了笑带着小厮们走了。

秋蝉心里酸酸地,想叫住他再说些话,可是没敢叫。夏苹这番暗打狐子明打狼的话让她的心更加蒙上了一层阴影。

夜里,秋蝉一直没睡着,心里想着她娘。今夜娘独自一人该怎么过?自从记事起,娘在府里当差早出晚归,她一个人在家里哭一阵耍一阵等着娘回来。稍大些懂事了,她自己到田地里捡些柴火,挖点野菜,讨得娘的一点欢心。去年娘被东家撵回家,她打心里高兴了一阵子,现在又分开了。人呐,总不得圆满。

黑暗中传来夏芷的声音:“秋蝉,你是不是想家了?”

“嗯,想我娘。”秋蝉应道。

“秋蝉，你比我幸运，还有娘。我娘在我很小的时候就死了，父亲娶了继母后，我被送到绣坊做工。后来老爷给绣坊送货，看中了我，就把我买了过来。”

“那你想你父亲吗？”秋蝉又问。

“不想，如果老太太以后不要我了，我还得回去受罪。”

黑暗中夏芷的声音有点儿沙哑，秋蝉想她一定哭了。秋蝉也哭了，她找不出任何安慰夏芷的话，只能默默地陪着她流泪。

窗外月色已尽，外屋的老婆子们干咳了几声：“姑娘们有话明天再说罢，吵得我们也睡不好。”

第一天开始了：天刚亮，丫头老妈子也都起身了，开门，打洗脸水，叠铺盖，挂帐子，梳头。秋蝉也起来了，夏苹一伙也不理她，各自梳洗打扮。

李嬷嬷进来给秋蝉梳头。梳完后，秋蝉穿了衣裳跟着李嬷嬷来到老太太的房中。老太太刚刚起来，夏苹一伙忙着端水伺候，秋蝉也过来整衣。

老太太看着秋蝉说：“这丫头打扮起来活像薇薇，可惜薇薇想不开伸腿去了。”说着说着，老太太眼圈红了，流下泪来。

李嬷嬷笑着说：“老太太何苦呢，大清早的怎么反倒伤起心来。大小姐虽没了，老爷、太太那孝顺劲儿都和小姐是一样的。我是老太太的陪嫁丫头，跟了老太太多年了，见不得老太太不高兴。”

见老太太哭，秋蝉也想到自己的娘，不由一阵心酸哭了起来，小丫头忙递过一叠细纸。

李嬷嬷说：“好了，好了，让你伺候老太太，你倒先婆婆妈妈起来。难道让你进来是为了勾老太太伤心的？”

老太太笑了：“都怨我没出息，你哪里就该说她了。”

等老太太洗漱完后，夏芷捧来一盘花，老太太自己挑选了几瓣丁香插在鬓角，然后让秋蝉洗手上香，看来老太太每日要念一个时辰的经。

这个时候大家都要站在门外静立等候，决不可以嬉皮笑脸或东张西望。

这样的日子周而复始地过着，王府中的现实状况让秋蝉少了几分诗情画意的幻想，却多了几分成熟和沉重。

秋蝉发现，尽管老太太特别喜欢自己，可她的身边却潜藏着危险。尤其是夏芷一伙，芝麻大小的事，她们都要舍命忘我地去干，抢着拔个头筹。

都是奴才，秋蝉看不惯那种下贱相，可又没办法，老太太屋里的针线活、粗活儿、细活儿的，少了人是不行的，可人多了又杂得乱哄哄地。夏苹几个又尊大，老太太不在屋里时，她们动不动就给小丫头们气受，要不就打发小丫头们用自己的钱给她们买东西。

这天，老太太睡午觉。秋蝉放下帐子坐在厅里，一边做针线活儿一边等着老太太醒来漱口喝茶。这时，一个没留头的小丫头跑进来，秋蝉指指屋里眨了眨眼。

小丫头小声说："秋姐姐，茨姐姐要你到太太那边和夏苗姐姐去借个花样子。"

"那你咋不去，老太太一会儿起来连个人影都逮不着，又要生气了。"秋蝉回道。

正说着，夏芷进来说："秋蝉，你就去吧，散散心，别总闷在屋里，一年到头连府里的各个大院都没去过。老太太一时半会儿醒不来，就是醒了好歹有我呢，问起了你，我就说你出去小解了。"

秋蝉走出二门，横穿过草地，来到太太的启鸳堂，富家的宅邸大都建筑在三四丈高的石基上，去太太屋里还要爬几十级台阶。正是深秋之季，杜鹃花如火一样从洁白的台阶之下一直蔓生到台阶上的墙壁。

启鸳堂里静悄悄的，只有夏芹一个人坐在台阶上打盹，她便问道："芹姑姑，茨姑姑让我和苗姑姑来借花样子。"

夏芹也没说话，只向屋里努努嘴，继续闭眼打盹。

秋蝉感到特别奇怪：这么大的院子，正午连一个人影子也没有。往日出出进进，那可是丫鬟婆子一大群前呼后拥着的。

她掀帘进去，又怕惊动了午睡的太太，便蹑手蹑脚地走了进来。

大厅空空的，只有鹦鹉在笼子里呼呼地飞上飞下的声音，秋蝉轻轻地干咳了一声，仍没见太太屋里的陪房婆子和丫头们出来。秋蝉心想：也许夏岚那伙丫头们，正给太太捶腿没听见。于是壮着胆子掀起太太卧房的门帘，她惊呆了，只见太太和一个男人赤条条滚在床上，白晃晃的一片，什么也看不清楚。

听见帘子的声响，太太和那个男人同时扭过头来。秋蝉看到那张日夜牵挂的脸，是他——许总管！

她扭头跑出屋子，一脚踩空，从几十级台阶上滚落。慌不择路的她捂着鼻子仍然跑着，鼻血如滑腻的蚯蚓从指缝间蜿蜒流出。身后夏苗大声叫喊："有贼呀，大家快来呀！"

启鸳堂的院门已锁，下人们从四面涌出，如翻滚的波涛一般铺天盖地挤压过来。一个老妈子操起门闩横扫过来，打得秋蝉啪的一声跪在地下，血从裤筒里流了出来。太太衣衫不整地推开人群，走到她面前，里外打了二十多个嘴巴。

夏苗和夏岚说："太太，仔细手疼，还是让老妈子们来治她。"

几个老妈子拿着绳子说："太太，都怨老奴没有看好门，让这等下贱胚子闯了进来，老奴们先把她捆起来打一顿饿几天再说。"

秋蝉软软地抬起头，嗫嚅着要申辩。

太太冲着她的脸吐了一口痰说："别以为有老太太给你撑腰，你就可以在王府放肆了。别忘了你是一个只值二两银子的丫头，如果再多嘴，你们母女俩休想活命！"

正闹着老妈子们叫了二门上的男人们来打。

许总管匆匆过来，喝退下去，跪在太太的面前说："太太，我们何必对一个小孩儿下毒手呢？她都快死了。再说她是老太太那边的人，不如我们先把她交给老太太？"许总管边说边磕头，几乎把额头磕破了。

几个老妈子推推搡搡地把秋蝉推到祈愿堂，老太太刚睡醒，正头晕脑涨着，忽见满脸是血的秋蝉被人捆着脖子推了进来。

老太太问:“这是秋蝉吗?”

大家齐声说:“是!”

看秋蝉只剩下一丝儿气,老太太问太太:“这是为啥?”

太太跪下说:“老太太看上的人原是好的,谁知她没有那个造化,负了老太太一片心。今天正午竟然跑到我屋里偷钱,多亏夏苗、夏岚这些丫头逮着,我怕她狗急跳墙反咬别人的不是,就打了她几下。”

老太太全身乱颤起来:“我知道你们的眼里没有我。被犬吠者,未必皆窃盗,就算她真是贼,我来教训就是了,也轮不到你们动手打人。”

太太带的一干人见老太太恼了,都跪着不敢说话了。

老太太摆了摆手说:“下去吧,我累了。”

众人下去后,老太太亲手把秋蝉扶上软塌说:“我的儿,你这到底是咋了?”

秋蝉气息奄奄,指着珠帘外的夏芷一伙连说话的力气都没了。夏芷脸色大变,赶紧解释:“没我的事儿,你可不要胡说。”老太太瞪了夏芷一眼,命人跑去叫秋蝉的母亲,又打发人去抓棒疮药。

夏芷一伙跪在外面大气不敢出,老太太说:“夏芷,你就是祸头子,你们都是一条藤上的毒瓜,你们嫉恨秋蝉了,就想害死她,别做你娘的美梦了。如果她有个好歹,我就要了你们的命!”

正骂着,秋蝉娘急匆匆地闯进来,先见过老太太后她直奔秋蝉面前。一年没见女儿了,女儿长大不少。

路上听小厮说是太太的人打了女儿。

秋蝉娘不明白女儿怎么会惹着太太,女儿可是伺候老太太的。她抱起秋蝉的脸,想哭没哭出眼泪,大悲无泪,体无完肤的女儿已经把她的五脏六腑搅得粉碎。

青天白日,朗朗乾坤,有冤申冤,邪不压正,几乎人人都知道。但这一切在生活中是不存在的。

她颤抖着问："蝉儿，这是谁干的？"

秋蝉没说话。

老太太劝道："你也别问了，这事很快会水落石出。先把秋蝉抬回去，养几个月的身子。李嬷嬷你带上几个小子帮着她们母女干点活儿，再去许晨那里取上五十两银子。秋丫头我看也没硬伤。这一年中她寸步不离地服侍我，也难为她了。这回回家好好休养几天，等老爷回来，处理了这几个祸害妖精之后，你再回府。"

刚立秋，老爷就回来了。他的队伍浩浩荡荡，车夫马童七十多人。府里请了戏班子又大摆了三天宴席，三天后，老太太把老爷叫到跟前问："你什么时候再出去？"

老爷答道："看明年吧，年底还要去打点一下当地官府，清官如镜如水，猾官如蝎如蛇，家产再大也不能得罪官府，省得让猾官折腾。外面的货今年都发出去了，看看明年销路怎样，从当前的市场来看棉麻布比绸缎和皮革的生意要好做得多。"

老太太叹一口气，又说："是该打点打点，晴天铺好路，雨天不踩泥。但你别太累了，四十多岁的人了，这回回来越发见老，娘我看着心酸。钱是赚不完的，就凭咱们现在的家业，你儿子灵飞那辈也足够用了。娘的意思是，你还是在家开个铺子，好好经营就好了，省得常年在外东奔西跑地受罪。"

"收到好几次家书，听说老太太觉得这几个丫头不太称心，不如再买一些，把这帮江南丫头打发了。"

"别人或卖或配都可以。唯有夏芷这丫头人品、容貌、心机在这群人中打头，不如配给许管家。许晨也不小了，总不能和他老娘过一辈子。昨天我去看秋蝉，秋蝉说夏芷和许晨是天生的一对，我细细瞅瞅，还真有点儿夫妻相，这样也算是成全一对好姻缘。"

老爷点点头："就按老太太的意思去办吧！"

九月大雁南飞的时候，老太太身边的一群江南丫头大都被打发出去了，换成了几个家生丫头：秋蚌、秋蚊、秋蛄、秋岭。夏芷也嫁给了许总管。

过了年是正月，全府上下又忙着为老爷打点行囊，老爷又准备出发了。老太太常常挂在嘴边的话就是："爱子先当训子，起家应念保家。"

全府如此兴旺，是离不开老太太的。

老爷来到后园，想随便走走。他不禁感慨万千，踏遍大江南北，不管走到什么地方，家是他永远的牵挂。

地上积了一层薄薄的雪花，到处是一片洁白。老爷在雪白的天地中慢慢地走着，柔软的雪地上留下深浅不一的脚印。

他走着走着，像是累了，停住了脚步。正要往回走时，他呆了：白茫茫的天地中，一个长发飘飘，身穿红衣的女孩儿正踩着他的脚印向他走来。如梦如幻，但这又绝不是幻觉，女孩儿走近了，歪着脑袋看老爷，雪白的天地衬着她的红色衣裙，越发鲜艳了。

老爷："你是哪房丫头？为什么这样看着我？"

她眨着眼睛："我是老太太身边的丫头，名叫秋蝉。前些日子一直在家养病，现在被老太太召进府，说是我家老爷要走了，让我回来打几条络子给老爷带上。你是谁？为什么在我家后院？"

"我是你家老爷的随从，跟着老爷有二十年了。"老爷故意这样说。

"那你能不能告诉我，老爷他人好不好？"

"在你心中，老爷应该是什么样的人？"

"我在梦里见过老爷，他很胖，而且特慈祥，比老太太都可敬。"

"你去年害什么病了？"

"没什么病。上了小人的圈套，被人打了一顿。"

"我也听老太太说过，是别人嫉妒你了。被人嫉妒总比被人怜悯好，这回她们被撵出去了。我很想知道你那天到底去太太屋里干了啥？"

"不干啥，这回夏芷嫁给许总管可就有好戏看了，我觉得这就叫两全其美。"

"为什么？"

"不为啥，今天是我第一天重新进府，心里高兴得不得了。你来抓着我的手滑雪，你来呀！抓我的手！"

老爷迟疑了一下，猛然之间，他感觉到这个精灵般的红衣女孩彻底震撼了他。

"快来呀，你抓着我！"

他双手递了过去，后退着走。秋蝉蹲下身被老爷拖着哈哈地大笑起来，老爷的心在这一刻全部舒展开了。忽然，不知被什么东西猛地被绊了一下，老爷向后倒去，秋蝉如一片飘零的落叶倒在老爷身上。

秃鹰在茫茫的苍穹飞翔，寂静的雪地散发着奶油般的乳香。秋蝉感到大地仿佛在这一刻猛烈地颤动了！不，不是大地，是老爷的身体！秋蝉的鼻血一滴滴流在老爷脸上，老爷猛地坐起来抱着秋蝉的双肩问："秋蝉，你是不是被碰着了？"

秋蝉回道："不，我从小就流鼻血。"

"秋蝉，我就是老爷，我今天过得很愉快，也很幸福，我从来没有过这样的感觉。"老爷说。

秋蝉的眼睛瞪得大大的，看着老爷，一时间她如僵直的雪人一般。

太太带着一伙丫头们赶了来。太太披着石青色的斗篷，斗篷的下摆长长地拖在雪地里，头上戴着狐皮小帽，一个指甲大小的绿宝石蜘蛛，在雪的反射下闪闪烁烁，正趴在她腮帮上，一亮一暗，亮的时候像一颗欲坠未坠的泪珠儿，暗的时候便像一颗漂亮的美人痣。

老爷和秋蝉被丫头们从雪地上拉起来，太太冲着秋蝉笑了笑。

"作孽相，勾引主子！"夏苗狠狠地骂了声，然后扶着老爷走了。

二月初九是黄道吉日，天气也风和日丽，这天老爷走了。秋蝉扶着老太太，夏苗、夏芹伴着太太，足足送了四五里路。

老爷告别老太太时，深切地望了秋蝉好几眼，秋蝉也不失时机地瞟了老爷好几眼。夏苗和夏芹因老太太在场没敢有别的举动，只从鼻子里哼哼了两声。

太太完全看在眼里，她的嘴角和眉梢闪出一丝狡笑，这种狡笑彻底显出了一个心有城府的女人的老练姿态。秋蝉也划过一丝微笑回敬太太，这种微笑浅而尖刻，同时告诉太太：终有一天你会原形毕露的！

转眼又到了秋风萧瑟的日子。

秋蝉娘又做了洗浆房的管事，这个女人感到自己快成仙了。秋蝉也荣升为全府丫头们的总管，她可以和许总管平肩了。

秋蝉踏着地下的枯叶，忽而有片落叶轻轻地划过她的肩背飘落下来，她心中顿有半枯半黄的伤感。秋天是收获的季节，也是飘零的季节。

沿着矮矮的白石栏杆，秋蝉来到母亲的洗浆房，早有小丫头报知石家的女人，石家的女人把秋蝉迎了进去，说："姑娘不在屋里伺候老太太，来这儿做啥？"

秋蝉一阵心酸，不由地流下泪来：母亲一辈子都是小心翼翼地逆来顺受，生怕出一丝差错，可这个家的人上上下下连一句知冷知热的话都没有。

见女儿哭了，石家的女人忙惊慌地问："咋了，又受谁的气了？"

"舅太太来了，和老太太说话呢，身边有秋蚊和秋蛄伺候着。女儿一时得空，就过来看看娘，娘还顺心不？"秋蝉回道。

石家女人答道："顺心，顺心着呢！就是太太屋里的那一干丫头们，仗着有太太撑腰，总嫌衣裳洗不干净。"

秋蝉冷笑一声："迟早她的狐狸尾巴会露出来的。"

小丫头们给秋蝉倒了口热茶，吃完茶秋蝉只觉得身子暖和了许多。她出来后，来到府后门僻静的瓦灰色小院门前，这就是许总管的家。独门独院，倒也幽静。

秋蝉推开门进了小院，院内打扫得十分干净。她进了屋，屋里已点了火盆，火盆中有几张黄表纸残片。

整个屋里阴森森地叫人胸闷，夏芷正在床边摆弄着一个小布人，见秋蝉进来，她迅速把布人掖到了屁股底下，恐慌地看着秋蝉。

“夏芷姑姑，不，应该叫许娘子，好久不见了，你过得还滋润吧？”秋蝉问。

“我的好歹不用你管。”夏芷狠狠地说。

“是吗？许总管这几日下去收佃农的田租了，自己缝布娃娃玩呢？”秋蝉说着走近夏芷。

“不，不！什么布娃娃？我听不懂。”

秋蝉一把从夏芷身下夺过布娃娃，只见上面缠着一缕头发，肚上插着几枚银针，背后用血写着三个字，看样子是人的名字。秋蝉冷笑一声：“江湖邪门魔道之术，你竟敢带到府里？”

夏芷尖叫着上来要夺。

“只要你再往前一步，我就叫一声，那时过路的小丫头或老妈子们就会进来，你的秘密就守不住了。”秋蝉说道。

夏芷果然不敢往前挪一点儿，秋蝉发现夏芷憔悴了许多，甚至有些楚楚可怜。夏芷开始央求秋蝉，想讨回布人。

“讨回布人可以，可你得答应我两个条件。第一，告诉我，你这是给谁使魔；第二，你把前年害我的全过程说出来。要不然我把这个布娃娃交给老太太，那时你别想活命。”秋蝉说。

“我说，我说还不行嘛！这个布人不是你，是太太。慧尼老巫用鸡血写了太太的名字后下的咒，下的是死咒，不出三年太太定会出事。老巫为这还要了我那对银镯子。”

“你为什么这样恨太太？”秋蝉问。

“我恨她你还不知道吗？只要她活一天我就会不幸一天，她就是我的克星。”夏芷有些咬牙切齿，然后接着说，“你说话可要算数。前年害你是这样的，大家商量好等许晨进了太太的房后，夏苗她们就打发小丫头来告诉我们，我们就让你过去当场撞见他们，撞见了，太太的丑事就公开了，太太肯定不会饶你。撞不见就说你去太太屋里行窃，总之要铲除你！”

秋蝉哈哈大笑起来，笑得夏芷六神无主。

秋蝉猛地扭过头怒视着夏芷道："你们的心肠好狠毒，我那么尊重你、信任你，你却要置我于死地。我咒你，咒你的男人永远冷淡你，让你这辈子，下辈子，下下辈子都得不到真爱！"说完，她把小布人扔进火盆，头也不回扬长而去。

秋蝉回到屋里，老太太、舅太太、太太，还有灵飞少爷的奶娘四个人正在玩牌。秋岭站在旁边洗牌得了彩头，喜笑颜开。秋蝉命婆子们点了手炉子，亲自端着送到老太太怀里。

老太太："我这个丫头比我的亲女儿还亲，处处照顾得体贴周到。等我哪一天老了，太太就让灵儿收在屋里使唤吧。"

舅太太："那可是，人常说娶坏一代亲，出坏三代人，就是添个屋里的也要最好的。"

太太说："这个秋蝉丫头，灵儿要定了。从眉眼上看这丫头和灵儿长得也很有夫妻相。"

奶娘也说："灵少爷别提有多喜欢秋姑娘了。"

说着大家大笑起来。

吃过晚饭，送走了舅太太，秋蝉服侍老太太睡下。秋蝉唤来屋里守夜的丫头——秋蛄和几个小丫头嘱咐道："夜里注意一点，万一老太太蹬了被子，或要茶要水的，小心伺候着。"

秋蛄说："蝉姐姐只管去吧，每次轮到夜班，我们都做得很好。"

秋蝉回到厢房，卸下头上的钗环。看着墙上的字画，这副字是灵飞少爷昨日差小子们送来挂在墙上的，但她不认得字。听老太太说，这是关于珍惜时光，好好习文的诗篇，老太太还教了她几遍："盛年不重来，一日再难晨，及时当勉励，岁月不待人。"

秋蝉心想：小少爷从小就有这样的大志，可真是难得。又想想老太太今天在牌桌上说的话，她心里慌慌的。

这时有人推门进来喊她："秋蝉……"秋蝉转过脸，原来是许总管。

许总管丰满的嘴唇，有着几分女性的柔情："秋蝉姑娘，谢谢你为我保密。"

"许大总管，你这位拍马屁能手今天怎么会来这儿？你的娘子可好？我听人说，半夜三更的，常走夜路是很容易撞鬼的。"秋蝉说。

"你可不可以不要这样对我，我一向待你是真诚的。"许总管认真地说。

"请把你的假面具卸下吧！"

"不，秋蝉你误解我了，我是来感谢你的，你守口如瓶，可是救了我一命。"许总管说。

"我想你们肯定做好了对付我的准备，今天我就清楚地告诉你，被雨淋过的人是不怕露水的。"

"秋蝉，你总是不理解我，可我还是很高兴，你终于长大了，也成熟了。我知道用不了多久我和太太的事就会败露，这事是全府上下心照不宣的事实。他们让你去捉奸无非是想借你之口，说出王府人们心中早就遮掩不住的秘密。"

"许总管，你如此聪明的人，为什么不知道悔改呢？如今家有天仙一般的娇妻，让她夜夜独守空房，你忍心吗？"

"悔改，我早想悔改，可是这种事一旦开始就难以收场。太晚了，我已经骑虎难下。一来，我很难对太太硬下心肠；二来，真要铁石心肠的话，太太绝不会放过我和我爹娘。她几次想要你的命，封你的口，都被我挡住了。

许总管继续说："有一些女人，比如太太、老太太这样的，她们巴不得有男性的困扰。尤其是在她们极度饥渴空虚的时候，男人对她们的冒犯就等于雪中送炭。我和太太的事，十年前曾经被薇薇小姐撞见。可不到一个月，薇薇小姐就在夜里上吊自杀了。"

他接着说："我是第一个闻讯赶到现场的，看到薇薇小姐屋内零乱的女人脚印和小姐死不瞑目的双眼，我全明白了。小姐那年十三岁，她瘦弱的尸体如枝头上的一枚荔枝轻飘飘地晃动着。太太是喜欢血腥的人,她现在正在寻找所有不利于老太太的证据,用来击败甚至逼死老太太。你不要招惹她,她是魔鬼,正设置一个陷阱让你跳进去。”

“那你就情愿看着她兴风作浪?许总管,谢谢你的坦诚,我一直误解了你,你走吧。”秋蝉说。

“秋蝉,我没资格说喜欢你,但每次看见你,我都感到幸福。我死后,请你答应我,答应我离开这儿,去追求你自由的生活。天下这么大,总有属于你的那片天地。”许总管说。

“我们一起走,带上你的爹娘和我的娘亲,我们走吧!”

“不,秋蝉!我已经走上了绝路,老太太以前是太老爷的小妾,她走到今天,也算是苦心经营的结果了。我记得薇薇小姐死后,她一个劲儿抢天喊地地哭着说,这是报应,报应!这‘报应’两个字,谁知道里面隐藏着多少不可告人的秘密呢!”

“不,许晨!你不要这样说老太太,老太太是个善良的人,她怜悯下人,一心向佛。”

“好,不说了。她对你好,无非是因为她能在你身上看到薇薇小姐的影子。无论怎样,你我都是她们富贵之人的玩偶。”

“许总管,我能帮你什么吗?”

“秋蝉,你不用帮我什么。让我默默地爱你,就是我今生最值得做的事。蝉,不要拒绝我的爱,我是不会伤害你的!”

“许晨,当年我第一天进府,你和我说的话今天我还记着。你让我千万要记住,越是身份低的人,行动越要严谨些,不然就是自取其辱。真是一语道破天机。我夜里总会想到你,可是你与太太丑陋的行径,冲淡了我对你的依恋。我恨你,恨你的同时,我也无法原谅自己对你多情。”

“秋蝉,我已料到我的毁灭离我近了。恍惚之间,我能感觉自己尸体腐烂的气息。我死后在我的胸前放一束百合,因为那预示着我已经挣脱了太太的纠缠，也代表着我把最圣洁的爱带到了另一个世界！”

“不，晨！我曾经在绝望之中引诱过老爷和少爷，可在我的内心深处，却没有一刻不是挂念你的！”

夜更深了，月亮躲进云层。西厢房的灯也灭了，只有男人和女人的喘息在空旷的夜色中飘散。秋蝉只觉得喘不过气来，这一刻，她感觉是幸福的。

许总管在浓浓的夜色中跨出老太太的院门。他的耳边回荡着秋蝉的话：常在夜里走路，没有不碰见鬼的时候。

这个秋天压抑而沉闷，时不时刮刮冷风。秋蝉的鼻血没有因季节的转变而停止流血，每日午时一如既往地滴下几点。

老太太和太太也因天气冷而不便出门。老太太打算今年比往年更早一些挪进暖阁，灵飞少爷也要到京里的书院去读书。太太每日苦着脸，生怕儿子出去吃亏受罪。

老爷来信说明年才能回来，但万不可误了灵哥的前程，今年必须把他送到京城的书院，接受新派教育。

老太太亲自为灵飞少爷选了六个书童：两个管书，两个伺候，两个替挨打。如果少爷在学府犯了规矩，绝不让先生去罚少爷。

刚刚入冬，少爷在启程去京城的前一夜，来到老太太屋里向老太太告别。当秋蝉送他出来时，他悄悄地趴到她耳边说：“秋蝉，你哪里也别去，等我读书回来，就向老太太要你做我的夫人。”

等秋蝉回过神来，少爷已经走开了。走得老远，还让书童举起灯笼照着他的脸高声说：“秋蝉姐姐，你记住我的话，一定要等我！”

秋蝉顿时热泪盈眶，说不出话来，一旁的秋岭问：“蝉姐姐，少爷跟你说了些什么？”

“他不放心老太太，让我们好好服侍着呢！”秋蝉回道。

秋岭嘻嘻地笑着说：“真看不出来，少爷平时那样淘气，这会倒成了大人。”

“是啊，成大人了，都十七岁了，说话该算数了。”秋蝉说。

过了年，老爷果然回来了，老太太抱着老爷哭了许久。老爷也说人老了，在街面开个铺子算了，不再出去做了。在外头，不仅风险大，人也受罪，不如在家守地。

正在老爷为铺子忙得晕头转向时，发生了一件意外的事情。

这天天气很冷，老爷把上衣领子竖了起来，到了铺面上，只见跟随的几个小子帮木匠师傅去抬装修用的笨重粗夯的木头。

老爷伸出冻僵的手呵了一口热气，正要进去，听到铺子里两个刷油漆的小伙计在说话，偶然中好像听到了“王老爷”三个字，一向行事随意的老爷这一刻却注重起来。

只听一个说：“王老爷还不知道后院起火了！”

另一个说：“听说太太可骚了！老爷不在时，许总管一夜不去都不行，还让夏苗那小蹄子半夜去叫，嘻嘻！”

老爷当时火气上涌，一阵头晕，没料到自己在外辛辛苦苦做生意，而这妇人竟是这样下作。他一脚踹开门，冲着两个吓慌了的伙计一顿拳打脚踢，打完后怒气冲冲地回了府。

老爷在老太太的祈愿堂里一天一夜都没有出来，门向里闩着，他和老太太谁也没吃东西。太太叫了几次，里面一丝儿回应也没有。

第二天黄昏，老爷出来了，他清瘦了许多，老太太也苍老了许多。

太太过来搀扶老太太时，老太太笑了笑说：“你先去看看你老爷吧，他可能又要出去做生意了。”

老爷又要走，这可出人意料。

秋蝉给老爷准备了大毛衣、奶酪和暖袜子，来到太太的启鸳堂，夏苗和夏芹两个人正在外屋玩牌九，见秋蝉进来都站起来问好。

秋蝉笑了笑说：“我是来给老爷送东西的。”

夏苗说：“老爷和太太说话呢，你进去吧。”

秋蝉来到里屋，见老爷和太太正在说话。太太十分高兴，神采飞扬，老爷则两眼布满血丝，威严中透出一丝老气。

秋蝉上去见过老爷太太，说："老太太说，要老爷在外保重身体。家里的事有太太处理，这是老太太给老爷准备的行装。"

太太叫："夏苗，快给秋蝉姑娘倒茶。"

老爷说："秋蝉，你是我最靠得住的人儿，以后老太太就交给你了。"

秋蝉再次跪下："谢谢老爷的关爱，老爷只管放心去做生意。"夏苗夏芹把秋蝉搀起，秋蝉坐一会儿就走了。

老爷这次走，把乡下作坊中所有的布匹都带走了，说是三年之内不回来。

太太送了几里路，回来直哭得肝肠寸断。一日夫妻百日恩？人都这么说，秋蝉也哭了许久，她为这个可怜的男人感到伤心。

老爷走后第七天的一个夜里，秋蝉在睡梦中被吵醒。

噔噔噔，小丫头香儿跑到厢房外使尽地拍着门，大叫："秋蝉姐姐，不好了，出事了！"

秋蝉穿好衣裳推开门，只见灯笼火把把王府照得通亮。

老太太和老爷坐在正屋当中，祠堂里的四太爷，还有几个有头脸的主事也都坐在老太太和老爷身后。他们一个个怒目圆睁看着太太和许总管衣衫不整地跪在院中。

秋蝉明白了。她盯着许总管，忽然有一种被欺骗的感觉，那种感觉如坚硬的块垒堆在心头。

许总管也看见了她，他的眼中没有一点恐惧，有的只是绝望。夏芷全身发抖，吓得在一边鬼哭狼嚎。

老太太说话了："许晨，没想到你竟如此大胆，吃着主子的饭，拿着主子的俸禄，却还偷着主子的老婆！"

许总管摇摇晃晃地站了几次，但没有站起来，看来他的双腿已断。他咬紧牙关说："老太太，老爷，轻薄太太的人是我，这和太太没有一点儿关系，她是个地道的良家妇女。老爷你是一个心胸宽阔的人，就把太太放了吧！”

夏芷扑过去，紧紧抱住许总管，尖着嗓子大喊：“老太太，许总管也没办法，太太叫他过去，若敢不服从的话，太太就用我的公婆的命来要挟！”

老太太大声说：“把夏芷拉下去，掌嘴二十，自己的丈夫心怀不轨，反倒怨主子。”几个小厮把夏芷拉下去，夏芷乱踢乱蹬，大声叫喊着许总管的名字，声嘶力竭，让人心碎。夏苗一干人，偷偷地哭着，她们在心疼夏芷。

飘忽的火焰照着许总管英俊而疲惫的脸庞，他冲着秋蝉说：“下辈子，下辈子我定会好好做人的。”说完他的头深深地磕了下去，身子软软地跟着倒下。

小厮们过来看时，只见地上血淋淋一片。

小厮和大家说：“许总管已咬舌身亡。”大家都惊恐不已。

太太扑到许总管身上大哭起来，老太太指着太太：“你看看这个不要脸的东西，成什么体统，王家的脸面何在！”

太太站起来指着老太太说：“我不要脸，可这一切都是你造成的。我刚嫁进府不到十天，你就打发老爷做生意去了。孤独的我在漫长的夜里熬煎着，这种熬煎，你也尝过。”

太太继续说：“我们都是女人，你怎么不替我想想？我是多么需要我的丈夫。后来许晨走进我的生活，我把对老爷的渴望全转移到他身上。我爱他，他才是受害者。自从他跟了我，每天担惊受怕，没有过过一天好日子，我知道他早就想解脱。”

太太抹了一下眼泪，继续说：“你们不用找来各种理由让我自杀，我死，可我死前要把心中隐藏已久的东西全吐出来。十几年前，你的女儿薇薇正是我和刘妈杀死的，因为她看到了不该看的东西。”

老爷忍无可忍，大叫着：“恶妇！恶妇！”然后扑过去对太太一阵踢打，打累之后，几个小厮搀扶他下去。

太太痛苦地支撑了半日，又晃荡着站了起来，仰天大笑，她指着老爷说：

“你打死我吧，没有了许晨，我再活下去也不过是灵与肉的煎熬。你在我心中根本没法和许晨比，你以为你给我花不完的钱，就能得到我的爱吗？我爱他，他也爱我，是他的爱支撑我活下来的。”

她继续说：“老太太，你算什么东西！几位族长也在，正好我跟你们讲个故事。你们知道老东西为什么怕江南丫头吗？因为江南女子充满阴柔之美，而北方女人却刁蛮生猛，老太爷的原配夫人就是江南女子，当时老东西不过是个小妾，在原配夫人生孩子后，老东西假装伺候用毒药毒死了原配夫人，这个夫人就是老爷您的母亲贺氏。”

“她不但独占了老太爷，而且也霸占了没有满月的老爷，老爷却一直认为她是你的亲娘，可笑啊！她想瞒天过海，把那批下人治死的治死，卖掉的卖掉，可纸里包不住火，别忘了举头三尺有神灵！”

老太太听了这话，呼地站起来指着太太却说不出一句话，突地喷出一口鲜血，身子向后直直地倒了下去。

太太继续对老爷说：“老爷，我进你王家的门也有二十年了。我死后你要好好地对待灵飞，更重要的是把我和许晨合葬在一起，我们活着不能名正言顺，死后一定要光明正大地躺在一起。”

说完太太拔下乱发中的簪子向喉间刺去。

一年之后，王家街面的铺子开张了。上古郡的街上整天跑着一个叫夏芷的疯女人，她抱着一个烧焦的小布人仰着头，面对着天大叫：“妖精死了，许晨就回来了，我的郎君啊！”

疯女人的身后跟着一群孩子，她还时不时地弯腰捡石头吓唬孩子们。

有人说她是老太太的丫头，也有人说她是许管家的娘子。

她穿着绸缎衣服，却光着脚，逢人便说：“我家相公下去收租子了，很快就回来的。你们别忘了告诉他，我给他做好了饭菜。”然后神秘兮兮地钻来钻去，到河边去喝水，边走边唱，迷离的眼睛充满期盼，头发上的野花却已经蔫了。

第二章
秋蝉出嫁

秋蝉坐在松软的紫檀木大床上，等人们都退尽时，她迅速掀起盖头，从贴身衣袖里掏出一块带着鲜血的丝帕，掖到红毡底下。

王府里灯火辉煌，丫鬟婆子穿梭不停。门楣上飘扬的红绸仿佛还带着一丝白日的喜气，在夜雾的洗刷中尽情舞蹈。

秋蝉坐在松软的紫檀木大床上，等人们都退尽时，她迅速掀起盖头，从贴身衣袖里掏出一块带着鲜血的丝帕，掖到红毡底下。

她把盖头重新盖好，并整了整衣裳，碗口粗的红烛快要烧尽的时候，门吱呀一声响了。

秋蝉的心咚咚咚地撞击着喉头，仿佛一张嘴，心便会跳出唇外。进来的是冬雾、冬雪、冬霖和冬霜，她们几个是老爷刚刚为她买来的贴身丫头。

冬雪跪到秋蝉的脚下一边给她脱鞋一边说："我来给太太洗脚，太太安歇吧。老爷说今天身子不适，就在老太太那边的屋子里就寝了。"

秋蝉长吐了一口气："老爷没说这盖头怎么办？"

"我问了，老爷说随太太的便，太太揭下也是一样的，讲究多了倒显得生分。太太是家生姑娘，又不是外面买来的。"冬雪回道。

秋蝉连忙扯下盖头，又迫不及待地让冬雪帮着卸下头上沉重的凤冠，她的额上已经勒出一道深深的血印子。

秋蝉说:“这一头金器少说也有三四十斤,戴在头上比一副枷锁还要沉!”

“呸,呸!这大喜的日子不该说这样不吉利的话,让那些老婆子们听了又要嚼舌根子,说您丫头当不了正室。”冬雪说。

“我本来不愿意当这个正室,明眼人都能看出来,老爷不过拿我开心罢了。”

“既然太太已经成了太太,就不要再说这样的话了,要不然连下人也要欺负您。”冬雪劝着。

正说着,李嬷嬷带着几个婆子送来几碟咸菜和枣粥,还有几块饼子。

秋蝉说:“我这儿不要了,送到东院老太太屋中给老爷吃吧。”

李嬷嬷却说:“太太,我是看着您进府一步一步走到今天的,这是老奴特意给太太准备的。这顿饭是有说法的,大头菜是麻油拌的,就是说太太今后就是王府的头等人了;这粥是由大枣花生桂圆莲子合起来熬的,意思是望太太早生贵子;这饼子是翻身饼子,太太再不可能吃苦受罪了,来了个鲤鱼跳龙门。”

秋蝉将就着吃了几口:“难为你们心里惦记着我,都去睡吧,只留冬雪就够了。”

婆子们收拾盘碗下去了。

秋蝉解带脱衣,冬雪放下帐子正要离去,秋蝉一把将冬雪拉住:“好妹妹,你今夜就陪着我睡吧,这屋里太大我一人害怕。”

冬雪吓得赶紧用力来掰秋蝉的手:“太太如今不是丫鬟了,虽是玩笑话,可我们做丫头的是承受不起的。如果哪个爱嚼舌的把您说的话传到老爷耳朵里,我连命都保不住了!”

秋蝉看着她着急的样子,忙松开手:“什么丫头太太的,穿上龙袍就能当太子?让你来你就来,这儿又没别人,出了事横竖有我呢!”

冬雪正要解衣上床,却听“哐当”一声,门开了,老爷站在门口,背后几个老妈子提着灯笼。冬雪忙去迎接老爷,老爷摆摆手说:“下去吧。”冬雪和老妈子们下去了。

秋蝉披了衣裳起来，一边给老爷解衣脱帽一边说："丫头们说老爷不过来了，我还真以为老爷在老太太那边就睡了。"

"开始以为不过来了，后来想这是不对的。新婚之夜不来我怕传出去会让你没脸面，你虽是老太太身边的丫头，现今毕竟是这儿的新太太了。况且这启鸳堂你也知道以前住的是谁，我怕你还年轻，一个人睡着害怕。"老爷说。

"我稻草一般的人儿不打紧，只是老爷得保重。三更半夜哪里经得住如此折腾，熬了夜是小，得了风寒可就大了。"

老爷笑了笑："我哪里就有那么娇嫩，睡吧，等你睡着了我再走。"

秋蝉听了心里"咯噔"一下："鞭子伤肉，冷语伤心。老爷为什么就不能在新婚之夜与我共度良宵呢？如果老爷今天执意要走，秋蝉也将无地自容，明天我怎么面对全府上下的人？"

"好了，好了，那我们睡吧。"老爷说道。

躺下后，老爷背对着秋蝉，不一会儿打起了呼噜。秋蝉却没合眼，许久她小声地叫："老爷。"

老爷睁开眼，眼圈是红的。他一翻身把秋蝉拥在怀里说："你的脸蛋还是当年的脸蛋，身段也还是当年的身段。你戴的这对猫眼坠子就是我在后花园第一次遇到你之后，到外面做生意时为你买下的，人们都说它像西洋女人的眼睛一样晶蓝剔透，可我看，它更像你童稚而纯洁的心灵，在这个世上只有你配戴它。"

尽管老爷身上收拾得很干净，但秋蝉还是闻到了一股男人身上特有的气味，是烟草、脑油，还有一丁点臭脚丫子的味道。在她的内心深处，其实是喜欢这种味道的。秋蝉把脸贴到老爷的脖子下，老爷蠕动的喉结忽上忽下地摩擦着她的脸。

秋蝉说："我没有老爷想得那样好，假如有一天老爷也发现我龌龊的地方，会不会让我去死？"

“一些属于我的东西已经一天天消失殆尽，我很伤感。你和我在雪地中的那一刻是我最美好的记忆。那天清爽的空气中飘荡着树木的芳香，你如一只红色的兔子，一蹦一跳向我跑来，那种感觉好像是有一层毛茸茸的青苔润泽在我的心头。这个家的产业很大，可是它却如海市蜃楼一般不真实。只有你才是我全部的资产，我在任何情况下都不会伤害你。我很疲惫，也很消沉，希望你能够唤起我对人生的激情。”老爷说道。

说了一会儿话，老爷又睡了。老爷的背虽然消瘦，但却如一座山峰一样横亘在床上，也横亘在秋蝉的心头。

秋蝉一动不动地躺着，她想着许总管和她的那夜，那短暂的欢乐也许能陪她度过一生。直到如今，秋蝉不得不承认，她爱的人还是许晨！

想到许晨，她又恨起了前太太刘宝贞，没有她胡搅蛮缠的爱，或许自己和许晨才是郎才女貌的一对。秋蝉到现在都搞不清太太是怎样勾引许晨的，还有他们恋情的发展也令人费解……在这个王府中，嫁给老爷是秋蝉活下去的唯一理由。

一切都过去了，但秋蝉没有一丝位高于众的喜悦，她甚至有些怀念过去声名狼藉、被人欺负的日子。过往的那些记忆曾经是她最美好的所在。

在心里，她害怕灵飞少爷的归来。少爷回来的时候，也许就是她灾难降临的时候。这儿真的是自己最好的归宿吗?

秋蝉一片茫然。

老爷翻了个身，和秋蝉睡了个照面，她发现老爷满脸泪痕，不说话的老爷更让她感到恐慌。她心想老爷夜里也一直没有睡。

天亮了，丫头们梳洗后在院里站了一排，等待着新婚的老爷太太起床，几个老妈子拿着扫帚哧啦哧啦地在打扫院子。

冬雪说：“你们越来越没眼色了，也不看看，姑娘们头上可是刚抹了油的，怕粘灰尘。老了老了，越活越糊涂了。”

老婆子赔着笑脸赶紧解释：“老爷和太太要起床了，这活儿要没干完，海总管可是要扣我们月钱的。”

冬霜说:“你们有几个脑袋敢和冬雪姐姐顶嘴!海总管可以扣你们的钱,我们却可以要你们的命!”

老婆子们吓得放下手中的扫帚浇花去了。

快晌午的时候,正屋的门才打开,丫头们一窝蜂似地跑着进去伺候。

待老爷太太洗漱完毕,喝过早茶,吃了早点,海总管进来说:“铺子里生意很顺,现在请老爷和新太太到祠堂去祭祖。”

秋蝉由冬雪和冬霜搀着,两只眼红得如滴血的伤口,她随着老爷来到祠堂。祠堂里已坐满了族中的长辈,秋蝉发现老太爷的灵位前放着两个新的牌位,心想一个是已故的老太太,另一个应该就是原配老太太了。

想到这儿,秋蝉不禁打了个寒战。

供桌上摆满瓜桃李果、鲜虾鱼翅,火盆里烧着黄裱纸钱。

忽听堂官高喊:“跪下!”秋蝉和老爷双双撩衣下跪,又听到堂官高喊,“王石氏出身贫寒,可贤孝德俱全,今与王家第四代嫡子王华然结为夫妻,日后应三从四德、慈孝贤勤,为王家生、为王家死,王家荣你荣、王家败你耻!”

门外笙笛唢呐、饶钹锣鼓齐奏,三跪九叩行完大礼,又洗手上了九九八十一炷香,秋蝉和老爷又在袅袅的香烟中磕起头来,一系列的繁文缛节做了半日终于完成。

从祠堂出来,秋蝉快支持不住了,她只觉得两眼涩涩地发痛,身子软绵绵地没有力气。

海总管说:“前厅已经设宴,请老爷太太去前厅分派下人。”

秋蝉勉强地支撑着,来到前厅。

海总管把全府的名册递给老爷,老爷翻了几下,递给秋蝉。秋蝉看也没看册子:“从今以后,我就是这儿的当家人。我岁数小,世面见得又少,比我大的婆婆奶奶们,以后还得劳烦你们多多指教。”

老爷附和:“以后你们还得多帮帮太太。”

秋蝉继续说："跟了前太太的两个大丫头——夏苗和夏芹还随着冬雪她们一起跟着我。秋岭、秋蛄、秋蚊、秋蚌四个跟了老太太的大丫头，到铺子里和老爷的屋里去做事。二门和三门外的男人都到乡下的作坊去做活儿，省得你们喝酒赌钱不服管教，满腹牢骚。"

她继续说："告诉乡下作坊的头儿，如果他们摆架子，就打他们板子，不服气的给撵出去。乡下绣房和作坊中的丫头们到了十八九岁，该配人的让她老子娘配人去，成婚时，一律给五两银子。"

秋蝉歇了一会儿，继续说："还有，有死丧的老人同样赏五两银子。海总管管理王府的出入账和府内大小事情，过年过节的别忘了打点官府和亲友，别让老爷操心。随老爷出外做过生意的乔总管，把街面的铺子管理起来，每日都要盯好收的银子，每个月向我报一次账，有空时还要陪老爷下下棋，说说话。跟老爷出去过的田总管，去乡下绣房和织坊中帮着头儿看管进料的质地和价钱，每进一批料都要向我拿出个说法。其他人不动。"

各人领了任务就散了。

夏苗和夏芹站在太太身后，等待着大祸的来临。她们明白以自己的地位和能力，什么都改变不了。

早知如此，又何必当初？可以说是她们亲手制造了这出人意料的结果。

阳光透过天井的明瓦照射下来，秋蝉轻轻伸了个懒腰，对老爷说："老爷，阳光真好！"

老爷也笑着说："吃过饭你休息一会儿。"

冬雪上了两杯枸杞菊花茶，说是给老爷和太太提提神儿。杯里菊花已经泡开了，一朵一朵浮在水面上，枸杞沉在杯底，曾经沧海的样子，淡淡地漂了上来，浮在菊花四周，形成一种相亲相爱、地老天荒般的样子。

枸杞菊花茶，第一口是枸杞的甜，第二口就是菊花的苦香了，菊花昼夜不停地在野地里兀自苦香着，好像在营造着虚假的恋爱氛围。

秋蝉正要让丫头再续上茶水，一低头一颗硕大的血珠从鼻孔直落到杯里，鲜血在杯里如一只红色的蜘蛛一样翻了几个滚，然后消失淡化了。她把茶碗盖住递给身后的夏苗，夏苗高兴得正要去接，冬霜眼疾手快跑去接，茶杯咣当一声摔了个粉碎。

夏苗和冬霜忙跪下领罪，秋蝉笑了笑说："是我自己不小心。"

吃完饭，老爷说："大喜的日子，本该陪你在家，可我又想去铺子那头照应一番，你休息一下，我去去就来。"

"老爷本该去看的，小子们如今越发没有王法了。油瓶子倒了，没人去扶也是经常有的事，如今这铺子是全府唯一的生活来源，只是我一个鞋紧袜小的女人，不敢抛头露面，要不我还能帮着老爷。"秋蝉回道。

"蝉儿，人不可貌相。咱家的丫头们从老太爷手里就个个不凡，不管到哪里都是很有体面的。"

老爷和秋蝉又说了一会闲话，秋蝉送出老爷，带着一伙丫头回去洗脸卸妆准备休息。这时一个老妈子急匆匆地进来回话，隔着帐子，秋蝉问："有什么事这样着急？"

老妈子垂手而立："许管家的太太也就是夏芷奶奶，今日趁着府里忙乱又跑了出去，如今还没找回来。"

夏苗着急地说："你还不命人快去找，却来回太太，是让太太亲自去找吗？"

夏芹接答："就是，太太都歇下了，连一点眼色都没有。府里养了你们这群老货就是白吃闲饭的吗？"

夏苗她们的话让秋蝉想到如果让夏芷仍旧留在王府，免不了要出些事端。

老妈子正要退出，秋蝉说："慢，飞走的都是好鹌鹑，漏网的都是大鲤鱼，既然夏芷奶奶几次三番要走，我们谁也拦不住她，以后这个人就别找了。如果偶尔在街上遇到，舍一块饼子或是几吊子钱，也算为我们自己积德了。"

夏苗和夏芹虽有怨气，却都不敢吭声。夏芷虽然是她们南边丫头的老大，可现在不同了，江南丫头嫁人的嫁人，打发的打发，二十多个只剩下她们两个。各人保得住各人就不错了，如果出面关照夏芷，便是飞蛾扑火，不知死活了。

冬雪说："太太的话你们可都听见了，还不快退下，难道等着领赏不成？"

夏苗一伙连忙退下，只剩下冬雪和冬霖守着伺候。

秋蝉整整睡了一个下午，上灯的时候才醒来。这一觉睡得差一点忘了自己的身份，她掀开帐子找衣服准备下床。

冬雪忙过来服侍，冬霖冲着门外说："你们那些小蹄都死在外头了？太太醒了老半天，连个人影儿也没有。等闲了，我一个一个扒你们的皮。"

几个小丫头着端着水过来跪在床前，夏芹上赶着过来给秋蝉挽袖退镯子，准备让秋蝉洗脸。

冬雪说："夏芹，我们就不劳烦你了，你去茶房点茶炉子，洗茶碗去吧。"

夏芹是前太太的贴身丫头，每日在前太太身边锦衣玉食，哪里干过这些活计，心内很是不快，可嘴里却答应着："是，雪姑娘说得对，是我没有眼色。"

梳洗完毕，秋蝉命夏苗告诉厨房："晚饭要几个素菜，篙子秆、空心菜、大蒜烧豆腐什么的，用豆油炒，不要放荤油和麻油，省得炒腻了。"

夏苗走后，冬雪支走小丫头对秋蝉说："太太，您太心慈了，夏苗和夏芹这两个东西留在府里永远是祸害，太太别忘了她们以前可是您的敌人，狼挂上山羊的胡子仍然是狼。"

秋蝉微微一笑："我自有道理，狼窝里肯定养不出金钱豹。这几年她们跟着前太太少不得学些坏心烂肺的伎俩，可我们现在处置了她们难平下人，老爷也会觉得我太恶了。再说如果大少爷回来，她俩肯定要回去伺候大少爷。等大少爷娶了亲，我们让大少奶奶来对付她们会更好，我这个太太也就更能站稳脚跟。"

"万一大少奶奶和我们不一条心呢？"冬雪问。

"不怕她不和我们一条心，夏芹和夏苗那种不顾死活爱攀高枝儿的心态，你我难道还不明白吗？少爷青年才俊，到时候这两个不要脸的货色准会找机会对少爷下手的。我们何不坐山观虎斗，让少奶奶亲自管制她们？”

俩人正在叨叨着，一个小丫头进来说：“亲家太太过来了。”

秋蝉命冬雪倒茶，亲自将母亲迎了进来。石家的女人坐定，秋蝉把所有的丫头打发出去，小声说：“老爷没碰我，娘今夜还得杀一只鸡，把带血的丝帕找个可靠的人送进来。眼看老爷就回来了，我都吓死了！”

石家的女人安慰了秋蝉一会儿，着急地坐车回去准备杀鸡接血去了。石家的女人刚走，几个管事的女人来回话，府里大大小小的事，一件不漏地回了一遍。秋蝉又和冬雪几个推了几把牌九，等老爷回来吃饭。

不大一会儿，石家的女人派了一个老妈子过来，捧着一个镶了银边的乌木盒子，说：“亲家太太给太太送来的补品。”

秋蝉忙命人拿了一两银子的赏钱，又把丫头们支出去，她对冬雪说：“我做丫头的时候，在祈愿堂厢房衣柜里有一件银鼠坎肩。你带着这些小丫头们给我找来，给亲家太太顺便拿过去。”

冬雪心里会意，便带着丫头们下去，秋蝉命老妈子在客厅喝茶，拿着贴了封条的小盒子说：“我娘爱惜女儿，不知道送了什么好东西，我进去看看。”

走进卧房，秋蝉飞快地打开小盒子，拿出鲜血淋淋的丝帕压在床塌的红毡下，把已经干了的带血丝帕放回小盒子，贴了封条，打了蜡，命老妈子带回去。

冬雪一伙从祈愿堂回来说：“太太可能记错了，箱子都翻了个遍，也没见个银鼠坎肩。”

秋蝉长长地舒了口气，笑着说：“等不见你们，人都走了，还找什么坎肩。以后给亲家老太太做上一件吧，我也是个不孝顺的丫头，没有亲手为娘做过一件衣裳。”

秋蝉一直坐着等老爷回来，又希望老爷在外吃过了饭，而且喝个酩酊大醉再回来睡觉。

快到一更时，老爷打发人来说：“南边来了客人，要几百匹镂空花图案的缎子，老爷陪着去了乡下的织房，明天一早回来陪太太。”

冬霜破口大骂来回话的小子们:“真你娘懒和尚念不出好经来，乔总管难道是吃素的，非要让老爷到乡下。新婚大喜老爷不计较，你们难道都是死人吗？为什么不提醒老爷一声？”

小子们说:“乔总管离不开铺子，订货的人很多，来铺子买货的散客也很多。我们何尝没提醒过老爷，是老爷执意要去的。”

说不清是失落还是狂喜，秋蝉表面却装得十分平静:“你们听听霜丫头的嘴，没边没沿的，你好好想想老爷陪我重要，还是做生意重要。你们明天告诉老爷，别总是惦记我，我好着呢！”

秋蝉随便吃了两口饭，卸下耳环刚刚睡下，只听外面的小厮直着嗓子大叫:“老爷回府！”秋蝉连忙起身披了衣裳迎了出去，老爷春光满面地走进来。

“我以为老爷不回来了，所以我先歇了。我来伺候老爷就寝。”秋蝉说。

“原以为回不来了，可想到家里新婚的娇妻，还是连夜赶了回来。”老爷说。

老爷躺下后倒头便睡，呼噜打得山响，秋蝉又是一宿没睡。

天刚蒙蒙亮，老爷就起床说南边的客户要走，他得过去看着。冬雪、冬霜、冬雾和冬霖四个丫头也早早过来伺候。

正要起的时候，老爷按住了秋蝉的双肩说:“你睡吧，我今日肯定会早早回来陪你的。”老爷吃了早茶就走了，冬雪一伙和几个老妈子站在帐外静候着。秋蝉伸手摸了摸那块带血的帕子，血已经干了，硬邦邦的像是抹了糨糊一般。

秋蝉是在太阳爬到一竿子高的时候起来的，她换了身家常衣裳，头上只插了几支凤翅簪子，这时秋蛄来回话。秋蝉让她坐在一旁问道:“老爷昨日到乡下作坊的事你知道吗？”

“南边来了客户以后，老爷在铺子后院的客厅坐了一小会儿就走了，我也不知道他去哪里了，至于南边的客户，昨儿也没回铺子的客房。”秋蛄回道。

秋蝉长长地叹了口气:“让你过去，就是觉得你是个细心的人儿。铺子里大大小小的事，你也该多留留神儿。通过这几日，我看老爷可不是个木头脑袋，心眼可多了。按理说夫妻之间不该这样猜忌，可你别忘了前太太是怎么死的。”

秋蛄说：“太太放心，我以后多用心就是。您还是多想想这个家里的事儿吧，这个家的人表面相敬相依，但没有一个服您的。”

秋蝉叹了口气说：“走一步算一步吧。你先过去，冬雪拿五两银子给秋蛄大姑打酒吃。”

秋蛄推却了一番，最后还是收银子走了。

第三章
灵飞归来

灵飞站在雅阁中，心事重重，走了两年多，家里都变了样。他先来到奶奶的东院，院内冷冷清清，只有几个看院的婆子，问她们话，都是摇头不肯回答。

后晌，石家的女人慌慌张张地进来打探消息。

秋蝉命丫头婆子全部退下，对石家女人说："女儿再也受不了了，老爷又没碰我，这种提心吊胆的日子我过够了，过够了！不如说出来让他痛痛快快一刀宰了我，倒也麻利。"

石家女人双腿一软跪下："秋蝉，娘知道你难活。不但你提心吊胆，就连娘心里也是惶惶不可终日，不要再说气话来怄我了。如果你告诉了老爷，结果就是我们母女死路一条。这好日子没过几天，让外人看着笑话呀。娘求你了，忍着吧。娘现在就回去，大不了多杀几只鸡。"

"万一换不利索让他发现了也是一死。"秋蝉赌气道。

"没事的，你醒着些，看老爷有那个意思，就赶紧把血帕子压在身下，黑灯瞎火男人哪顾得了那么多。娘是过来人，你就听娘一次，好吗？"

秋蝉双手把石家的女人扶起来："我嫁王老爷是为了娘能直起腰杆子堂堂正正做人。如今娘在城里买房治家，丫头婆子呼来唤去，这也算圆了我的一个梦。可万一失手，让老爷发现我失身的真相，我粉身碎骨不说，娘那边也会遭殃的。"

母女俩惆怅了一会儿，没想出好法子。石家女人咬着牙："都怨许晨那个千刀万剐的！”

“娘，我不后悔，我只后悔当时没能力把他救下。”

“你就是傻，老爷是比你大了些，可许总管可靠吗？你现在觉得不后悔，当你开锅没米，做饭没柴的时候，就会明白，女人要得不是男人的脸面好看，要的是过日子实在。”石家的女人说道。

秋蝉没有说话，最后，石家的女人哭丧着脸又回去杀鸡接血去了。

秋蝉又喝了几杯茶，叫来几个管事的婆子，问问她们府里的事儿。看得出，这些女人在府里总爱摆摆架子，装模作样地装得自信而称职。秋蝉也不想去和她们计较。

大家正说今年如何过年，在哪方面该加重些，在哪方面该节俭些。忽有人报大少爷回来了，秋蝉本来端着茶杯正要喝茶，听闻手一哆嗦，茶杯哐当一声落在地上。

丫头婆子们忙过来收拾，秋蝉说：“你们都下去吧，我独自到雅阁去见少爷。”

灵飞站在雅阁中，心事重重，走了两年多，家里都变了样。他先来到奶奶的东院，院内冷冷清清，只有几个看院的婆子，问她们话，都是摇头不肯回答。

后来在院里见到跟随老爷多年的海子，听他说：“自从少爷走后，老太太、太太和许总管相继去世，现在管事的是新太太秋蝉。”

秋蝉一路上心里十分忐忑，觉得天要塌了。她让冬雪几个大丫头在花园外等着，自己独自来见灵飞。

推开雅阁的门，她看到少爷穿着一身学生制服，特别新派而又有活力，只是少爷满面愁容，脸上有哭过的痕迹。

灵飞见秋蝉进来，着急地抓住秋蝉的肩问：“秋蝉，这是为什么？我走的时候还是热热闹闹，回来就冷冷清清了。家里到底发生了什么事？你为什么嫁给了父亲？我不是说过，我要娶你吗？”

“灵飞，事情已经成为定局，不要多问了，我已派人到铺子里找老爷去了，前前后后的事情，一言难尽，等老爷回来慢慢再叙。”秋蝉说。

“秋蝉，我回来了，要不是为了你，我也不会来。我回了，而你却嫁给我的父亲。你可知道这些年我没有一日不想念你，我这次回来为的就是带你走出王府，让你看看外面的天空。”灵飞说。

秋蝉感觉到眼前的事比她预料中得更要难办，她必须在老爷回府之前把这件事平息：“灵飞，我已经是老爷的人了，你不要难过，我会像你母亲一样关心你的。”

“我不需要母亲，我已经是大人了。我要带你走，不管好歹，我们都要在一起，你跟我走吧？”

“我不能。老爷对我恩重如山，我不能伤害老爷，让王府丢尽颜面。今生你对我的爱不是福，而是祸。”

“是不是因为父亲比我有钱？八国联军已经进京了，他能辉煌几天？你别小看我，我不指望祖上的家业，我要去投奔革命，哪怕为国捐躯我也无憾。秋蝉，算我看错人了。我一直把你看得圣洁的如同雪花，可没想到你却是一个朝三暮四的女人，枉我对你一往情深。”

“灵飞，你别说了好吗？如果空喊能顶用，驴子都会变成精。我是嫁了一个不该嫁的男人，但你也该替我想想，如果我不嫁给你父亲，我现在还能在这个弱肉强食的府里生存下来吗？我失去了老太太的依靠，你又没回来，我总得活吧。再说你走的时候还是个十七岁的孩子，谁敢相信你说过的话？”秋蝉说。

“好。娘，我的亲娘，王府至高无上的新太太！老子抢儿子的女人，真是知人知面不知心。我以前就写过不止一封家信，告诉父亲，这辈子我谁都没喜欢过，唯一让我动心的只有秋蝉丫头。我还说无论天塌地陷，秋蝉都要留给我，谁知他竟先下手为强了。”

看到灵飞火辣辣的目光，秋蝉说：“灵飞，你想哭就哭，想骂就骂。老爷毕竟是你的父亲，你不要恨老爷了。都怨我，我的品行低劣，不配服侍少爷您。”

灵飞仰天大笑：“我得不到的女人，别人也别想得到！我要让这个家鸡犬不宁！我要报仇，为我娘报仇，为我失去的所有东西报仇。父亲，你就等着吧！”

说完，灵飞摔门出去了。

秋蝉特别着急地想叫住灵飞，但却没有喊出声，刚一张嘴一口鲜血便涌出喉头，溅在她胸前的衣裳上。她定了定神，好大一会儿才站起身摇摇晃晃地走出雅阁，她看到冬雪和冬霖远远地立在桥头，秋蝉正要向她们招手，一抬胳膊，只觉得两眼发黑，便一头栽倒在地上。

秋蝉醒来的时候已是深夜，老爷还没回来，她身边只有一些老妈子和冬雪几个暗自垂泪。秋蝉想坐起来，冬雪忙扶住她的背，冬霖去取暖手炉子。

冬雪说："海总管请来孙大夫，刚给太太看了。太太放心，不碍事的。"

"少爷回来的事，你们告诉老爷了没有？"秋蝉问。

冬雪刚要回答，冬霖抢着说："我去告的老爷，老爷听了没有半点欢喜反而说，'回就回来吧，难道还要我为他庆功？'"

秋蝉又问："少爷回来了吗？"

冬雪回答："可能回来了，大家都没注意他。太太还是好好保重自己，不必操那么多闲心。要折腾出一身病来，再又没个儿女，后半辈子可就要受罪了。"

"我巴不得一口气上不来，死了倒也轻松。看不见心里倒干净，可偏偏又咽不下这口气。少爷明日还不知道会闹出什么大事来。"秋蝉说着说着自个儿哭了起来。

二门外小厮大喊："老爷回府！"

丫头们低头待立一排，老爷进来直奔床前，紧紧抓住秋蝉的手说："蝉儿，我早上走的时候还好好的，为什么晚上竟病成这个样子？叫人看了心疼。"

李嬷嬷颤巍巍地说："都是少爷回来闹得，太太生他的气。刚才孙大夫来，说是急火攻心，吐出血就没事了。"

"李嬷嬷，你快别多嘴了。少爷回来不过思念老爷，说了几句教训我的话，让我全心服侍老爷，也不过分。"秋蝉连忙说。

"这个畜生，刚回来就弄得人仰马翻。这样的儿子，有和没有都是一样的。把跟着他的人叫来，我要问问他们是怎么管教这个无法无天的孽障的？"老爷问。

丫头们出去一会儿，何六等人走进来，见老爷一脸怒气，吓得连话也不敢说。

老爷问："何六，你是王府的老奴了。让你带着这个逆子读书，就是为了让他开开眼界，学会尊师重道。没想到这个孽障刚回来就把太太给折腾病了，这个畜生在洋学堂里到底学了些什么东西？"

何六回："少爷只说要回来办一件该办的事，办完后就远走高飞。"

"办什么事？远走高飞？他对这个家一点责任都没有吗？真是个畜生！谁把他养了这样大？是我！"

"奴才也说不清是什么事。好像是要回来带一个人走，具体带什么人走，奴才也没敢问。"何六说道。

老爷呵斥道："你是个死人吗?跟了他这几年，一问三不知。现在那个畜生呢?"

"好像去了万花楼。"何六回道。

"好个没脸的下作东西，来人，操家伙随我来，我要问问他要带什么重要的人远走高飞。"

三更时，少爷一摇三晃地回到府里，满身酒气，不停地谩骂着，恐怕连他自己也说不清楚在骂谁。他拍了一会儿门，门哗啦一下大开，只见老爷带着海总管一干人等手持木棒站在门口。

少爷的酒醒了一半，正要上前答话。老爷说："王家什么时候出了一个到万花楼喝酒的无赖，好一个洋学堂出来的大少爷，难道这几年你就学会这一套吗？"

看着黑暗中的老爷，他用手指比画了两下说："谁说我是王府的大少爷？我恨王府，更恨你！"

老爷恶狠狠地说："好个不仁不孝的家伙，大家一起上，把这个辱没家风的畜生给我乱棍打死！"

"我知道你早盼着我死，我死了就没人和你抢秋蝉了。为人之父，你白活了！"灵飞说。

灵飞的话还没说完，身上早已挨了几棒。他抱头便跑，几个家人的棒子雨点一般落在他的身上，灵飞感觉老爷今夜真是要他的命了，连滚带爬逃了几丈远，鞋都跑掉一只。

可是老爷带着家人还是穷追不舍，老爷从来都没有这样快活过，他兴奋得大呼小叫，根本不像棍棒训子，而像是在追杀一个不共戴天的仇人。

少爷终于被棍棒逼得无路可走，嘴里和鼻子里都流出了鲜血，但他没有乞求原谅。

少爷终于不动了，老爷对下人们说："家门不幸，今日才出了这等丑事，我给了他性命，今天我亲自要了结这个畜生的命！"说着，老爷举起木棒冲着少爷的脑门打了下来。

少爷在那一瞬间睁开眼，盯着老爷，目光像蛇一样，老爷一哆嗦，力道减了一半，但还是落了下来。只听见"咔嚓"一声，人们看去，秋蝉紧紧伏在少爷身上，这一棍打在了秋蝉的背上，老爷和众人都惊呆了。

秋蝉忍着疼痛抬起头，双手抱着棒子说："老爷再不要打了！灵飞逛窑子不过是赌气去的，他应该打。可老爷千万要保重身体，我知道老爷爱子欲其生，恶子欲其死的心情。如果老爷不喜欢他，让他走好了，但万万不可打死他。妾身虽然是一介女流，却也明白虎毒不食子的道理。"

老爷扔下棒子双手搀起秋蝉说："蝉儿，你没事吧？跟着你的那些丫头难道都是死人，为什么让你带病出来？"冬雪一伙连忙去扶秋蝉。

少爷不住地吐着鲜血，抬起头说："别演戏了，收起你道貌岸然的样子。从今以后我们彻底恩断义绝。秋蝉，你让他打死我，你们好好过日子。"

秋蝉对家奴们说："少爷成了这个样子，你们还不快把少爷扶到雅阁，难道真得等老爷要了他的命，你们才称心如意吗？"

小厮们把灵飞抬回雅阁，冬雪一伙丫头把秋蝉搀扶回去。老爷在秋蝉的床前百般劝慰，看了秋蝉的伤，老爷心疼的眉头紧锁，大骂家门不幸。

少爷和秋蝉一人在西院启鸳堂养病，一人在后院的雅阁养伤。整个王府烟雾缭绕，院落的角落里全都弥漫着浓浓的草药味儿，大夫也是忙得晕头转向。

从打了少爷的第二天，老爷就待在铺子里做生意，一直没有回来。可能是不想见灵飞，不过他每日打发秋蚊和秋蛄几个来探望秋蝉的伤势。

两三个月过去后，秋蝉和灵飞的身子硬朗了起来。老爷请了城里有名的“水上漂”戏班子来唱大戏，戏场设在后院。等秋蝉到场，老爷和少爷都已到了，老爷满面春风地叫：“快来，秋蝉，就等你开戏了。”

秋蝉瞟了一眼少爷，几月没见少爷，他越发瘦了，苍白的肤色更添了几分忧郁之相。

老爷说：“灵儿，过来见过你娘。”

少爷双膝下跪，泪水沿着脸颊淌了下来，他低低地说：“母亲大人在上，不孝儿灵飞给母亲大人见礼。”

这个场面让秋蝉尴尬万分，但她相信这是老爷有意安排的，为的是让全府的下人看到老爷的威严。

老爷看了看下人们，然后看了看无地自容的秋蝉，呵呵地笑着说：“这就对了。今后趁早知趣一些，免受皮肉之苦。你也知道王府历来家教严格，不要目无尊长。秋蝉虽然和你年纪相仿，可她嫁给了我，就是你娘。”

灵飞低低地说了声：“是，儿子明白。”

戏已经开始了，唱的是《明公断》。

灵飞长长地叹了一口气：“陈世美也够阴险的，难道只有妻离子散才能飞黄腾达吗？”

老爷明白他话中的意思，瞪了他一眼说：“不好好着戏，你胡嚼什么？别不识抬举，这戏班可是为你才请来的。”

可秋蝉听了心里万分沉重，向冬雪使了个眼色。冬雪过来回老爷说：“孙大夫说了，太太不能着凉，现在冬霜把药煎好了，不如让太太回去喝了药再过来陪老爷看戏。”

“也难为她了，本来身子就不好，又挨了一棒。好吧，我也累了，看一会也该歇着了，让太太回去就不要来了。”老爷说。

“哪里就怎么了我，冬雪这丫头多事儿。”秋蝉假意推却一番，就带着丫头走了。

晚上老爷陪着少爷和秋蝉吃饭，秋蝉看着灵飞，越发别扭起来。但老爷在，她怕惹老爷不高兴，赔着笑脸吃了一点蔬菜。

老爷命秋蝉为灵飞夹菜，灵飞说："谢谢父亲，她给我夹的菜，我咽不下去。"

老爷一把推翻饭桌："以后你就不要上饭桌了，省得惹我生气！"

秋蝉拉着老爷，回到房中，百般安慰，他才作罢。

灵飞身体大好以后，又恢复了纨绔子弟的派头。他故伎重演，带着何六一干人等，几次在妓院赌场闹事打架，老爷听了只是冷笑，也不去理他，倒是秋蝉每日提心吊胆。

一天老爷正教秋蝉下棋，灵飞进来倒坐在椅子上，把脚放在桌上的一盆水仙花上，动作潇洒："父亲大人，我要成家了，你不希望早抱孙子吗？"

老爷从鼻子里哼了一声，没瞅他半眼继续下棋。

秋蝉对老爷说："也是的，少爷都快二十岁的人了，是该成个家了，成了家也许会收收心的，可不知谁家的姑娘可靠一点。"

老爷把棋子一推冷笑说："提起成家我都替你羞死了，逛窑子去吧，谁家会把好端端的女孩儿给你。"

灵飞笑了笑："我说也是的，谁愿把女孩白白送给我这个泡烟馆、嫖赌的二流子。我算看透了，这年头自己顾自己吧。今天我在街上看到被你们赶出府的夏芷，她正趴在墙角边的老母猪肚上吃奶呢！够味儿，够味儿，这女人一定让人舒坦呀！"

老爷说："好，我成全你！你如果反悔，就给我滚出王府，永远不要回来。"

灵飞一下子蹦了起来，指着屋顶："苍天有眼，如果我灵飞反悔，从今后我永不踏进王府半步！"

秋蝉眼睛充满了泪水，她带着哭声乞求老爷："老爷，婚姻大事不可儿戏。灵飞这孩子也是一时糊涂，我们万万不可由着他的性子，眼看着他自毁前途，夏芷可是个疯子。"

"疯子怕什么？这条路是他自己选的，怨不着别人。"老爷生气地说。

秋蝉又对灵飞说："灵飞，你不要再胡闹了。夏芷的病可以治好，可她毕竟是个寡妇，咱们这样的人家是绝对不容许你这样做的。"

灵飞半日回了一句："你算什么东西？夏芷可比你干净！"

老爷大叫："海子，把这个畜生给我拉出去，再发帖子，半月之后给他成亲。真是粪堆里长不出灵芝，和他娘没两样。"

灵飞笑嘻嘻地说："不用啦，我先走了，赶些日子等着入洞房！"

老爷张扬地去阴阳先生那里对了生辰八字。还给上古郡的官府和亲戚下了帖子，望他们准时来参加灵飞的婚礼。

这几日夏芷先由孙大夫父子在孙家药店治疗，老爷还对海管家说："不管花多少钱也得把夏芷的病治好，夏芷七天之内不能见任何人。"

为了配合孙家父子的治疗，老爷让厨房里做汤做水，还命秋蝉亲自带着丫头们坐车送去。

离办喜事的日子越来越近了，秋蝉把夏苗和夏芹叫到面前说："这些日子让你们跟着我受委屈了，如今新少奶奶马上过门，你们两个知道她的脾气性格，过去好生服侍。如人手不够，等些日子再让海总管添几个丫头也是有的，前天我去送饭也没见着夏芷，孙大夫说她正在治疗中，不能见人。"

夏芹和夏苗内心高兴，却没有表露在脸面上："跟太太也是一样的，如今太太把我们当个人儿，我们一定不会再过去作孽，会认真服侍少奶奶，让太太少操心便是。"

说着，夏芹挤出两点泪水。

"以后你们不要再以'夏'字打头了，这样就犯了新少奶奶的'夏'字了。从今后赐名夏芹叫翠蔓，夏苗叫紫藤，现在你们搬出去到雅阁那准备准备，迎接新少奶奶。"秋蝉说。

翠蔓和紫藤向太太磕头作别，又向屋里冬雪等几个大丫头磕头告别。冬雪几个只顾做自己的，毫不理会，她俩只好无趣地走了。

九月初九按上古郡人的说法是个好日子，起码占了三、六、九吉祥数字中的九。老爷在成亲的前日把夏芷送到城西王嬷嬷的家里，让夏芷认了王嬷嬷做了干娘，夏芷就从王嬷嬷家出嫁。

上古郡的规矩是，凡是寡妇改嫁，都要过几次火盆，烧去以前的晦气。锣鼓喧天，八抬大轿地把夏芷娶了进来，来贺喜的亲友摩肩接踵，他们一来是道喜，二来是打探王府的内幕。

新娘下轿的时候，王府的门前一直到客厅，整齐地摆了十九个火盆。翠蔓和紫藤搀着夏芷麻利地跨过火盆，然后拜堂成亲。

这个夏芷大大出乎灵飞的意料，他原以为她会当众出丑，本想在众多亲戚面前让老爷没脸，让他以后在上古郡名誉扫地，可她却没有。他心想：兴许是老爷调包了，拜堂的根本不是夏芷。

紫藤见少爷进来连忙掀起帘子，灵飞摆摆手说："你们先下去。"

等紫藤和翠蔓下去之后，灵飞迫不及待地想去掀盖头，他怀疑自己娶进门的不是夏芷，新少奶奶坐着没动，似乎有几分羞怯之态，灵飞一把扯下盖头，让他大吃一惊的是……

秋蝉由冬雪与冬霜扶着回到启鸳堂，卸下钗环散开头发，脱掉鞋子和外边的大衣裳，略微觉得轻松了一些。小丫头们一齐涌进来捶背的捶背，捏腿的捏腿，拼命地献着殷勤。

人常说红皮的石榴苦心的瓜，没留头的女孩儿后娘的娃，都是世人最看不起的货色。

想到自己刚进王府和她们相同境遇的辛酸往事，秋蝉感到遥远而滑稽，可再遥远再滑稽，也是自己一步一步走过来的。

姐姐做鞋，妹妹学样，王府的丫鬟都是从这一步开始的，看着她们争着先后满脸堆笑的样子，秋蝉又觉得这些小丫头们怪可怜的。于是叮嘱冬雪一伙，不要惹小丫头们，都是爹生娘养的，谁比谁也高贵不了多少。

老爷还在和贺喜的宾客喝酒，也不知道何时回屋。于是秋蝉对丫头们说：

“你们也跑上跑下累了一天，除了弄堂里站夜的，别人都下去吧。老爷今天夜里陪客人，可能也不会过来了。”

冬雪说：“太太越来越怜悯这些下人了。知好歹的说您人品好、没架子，遇见不知好歹的还不一定怎样小看我们呢。凡是大户家里，哪个主子在下人面前不摆摆谱？太太这样娇惯她们，也许是件坏事。”

冬霜接着冬雪的话头：“今天，我就听到许多女眷说太太是丫头的闲话。太太对这些丫头婆子时不时抖抖威风才好，老虎吃肉人人敬，绵羊吃草众人轻。如今大少奶奶也娶进来了，这些小东西可是看着风向倒的草，不趁早管理住，她们出去只管乱说太太不会管理王府，由着丫头们性子胡作非为，到时候可有太太的苦头吃。”

秋蝉笑了笑：“我嫁给老爷，就想到会有这样的言论。王府世代经商，富可敌国，谁不愿意做王府的太太呢？那些女眷，我也不把她们放在眼里。我本是个善人，做不出恶事来，鼻孔朝天的人迟早会掉在粪坑里的。我以前就是个伺候老太太的小丫头，我自然有我的做法，先让她们下去，我还有事和你们说。”

秋霜粗声粗气地对小丫头们说：“把果子装好盘，把汤婆子塞紧口，银盆里舀上水，香炉里插上香，镜帘子放下来，都干完了滚。轮着上夜的在门外的弄堂里站着，防着太太喝茶或小解，胆敢打盹误了事的，小心我揭了你们的皮。”

小丫头们齐声答应着。

秋蝉长长吐了口气，这口气积压在她心头整整一天，比石头还要沉。

这一天是秋蝉进府以后感觉最累的一天，除了要在众多女眷面前表现得小心体面以外，还要担心夏芷的疯病发作。假如在这两件事上有一件失败，那就是说明她这个太太无能，要落人笑柄。到时候肯定又会有不堪的闲言碎语，比如像冬霜说的：到底是丫头出身，只配端茶送水，哪就能做得了王家太太了？

想到这些事情，秋蝉感到作为太太的难处。在别人看来王家的太太是生活在天堂里的王母，卧榻之下，娇奴美婢成群，出门便是金马玉车。可他们哪里知道太太有太太的难处。

无论你多么心地善良，用不了多久便会被时局所迫而变的阴险狡诈；无论你是多么忠厚老实，用不了几日求生的本能便会让你变得两面三刀。当然可以一语不发，力求相安无事，可该面对的事情最终还是要面对。

冬雪边给秋蝉铺床边说："老爷这人可真是说到做到，硬是给大爷娶了夏芷奶奶，好像背后有什么阴谋似的，让人不敢相信。他对太太一直若即若离，太太可要防着老爷，他心中的诡计，我们无法猜透。眼下，太太也没什么靠山，就是前太太出身名门，老子是提督，可也是说死便死了，没个什么交代。少爷如今缠着太太，老爷为了王家的脸面，终要除掉一个。除掉谁我们不敢说，可能想除掉太太，不大可能除掉少爷，除非少爷不是他的亲生儿子。"

秋蝉听了汗毛倒竖，连忙拉住冬雪的手说："好妹妹，我虽然是太太，但毕竟和你们年纪相仿。老爷自从娶我，都还没碰过我。我觉得这是恶兆，他要诚心娶我，必然让我为王家开枝散叶，我不知道他娶我是为了什么。"

冬霜说："不是想着多填几房姨太太吧？"

冬雪说："不可能，他如果有填姨太太的心思，把太太作为姨太太再娶正室便是。可他却让太太作为正室，现在又不沾太太的身子。今日少爷娶了夏芷，我越想越觉得事情蹊跷，可能他已经设了一个阴谋。"

"相信与不相信，人已经娶到家了。我想来想去也是想不通，老爷到处都有朋友，世面见了许多，娶个有背景的儿媳妇也不难，怎么会如此贸然行事，太草率了！拜堂时我看老爷都没有一丝羞愧，他这是要毁掉少爷！"秋蝉说。

"我也看到老爷今天的样子，一点都不怕夏芷出洋相。老爷娶太太无非是知道少爷和太太私下好上了，然后自己先娶了太太，少爷定会勃然大怒，老爷再趁机杀死少爷，或者将少爷赶出王府。老爷再给太太找个错除去，他自己再娶个有地位的太太，这样太太您就是老爷对付少爷的一个棋子。"冬雪说。

秋蝉说："这样说来，我迟早都会被老爷吃掉。你们一定要多留心，替我察言观色。老爷的举动越来越怪异了，我害怕。"

冬雪伺候秋蝉刚刚睡下，就听到一个老妈子呼哧呼哧喘着粗气跑来，不一会儿就和外面守夜的小丫头争吵起来，口口声声说要见太太。

秋蝉让冬雪出去看看，冬雪披了衣裳，打开门问："半夜三更的吵吵嚷嚷，这儿是你们吵架的地方吗？你们眼里越来越没太太了，是不是看她心慈手软好欺负？"

小丫头抢先说："我说太太劳累了一整天，刚刚歇下，这个腌臜老婆子偏偏说有事要当面对太太讲。这个年纪了，连主子奴才都分不清了。"

冬雪打断她的话："你先住口，让她说，争着头功还赏你五千银子不成？"

小丫头不敢再说了，愤愤不平地瞪着老妈子。

"你叽叽喳喳地有什么话不能明天再说？你们这些老货越发欺软怕硬，想死也不选个好日子！"冬雪说道。

老妈子连忙跪下边磕头边说："姑娘不要错怪了老奴，老奴也是不得已才过来惊扰太太，老爷在东院喝醉了酒，让太太过去伺候呢。老爷把外客送走后就连声地呼唤太太的名字，我们也是没办法，求姑娘回太太一声，好让老奴交这个差。"

冬雪进来如实地回了秋蝉，秋蝉说："原以为今天很顺利就过了，没料到末了出了这一档子事。我看今夜终究休息不好了，你让老妈子回老爷，说我马上就到。"

"太太，这必然有诈。老爷喝醉了，又没喝死。让小厮们抬过来就好了，干吗让太太过去。要不，奴婢过去看看情况？"冬雪问。

秋蝉说："你别想多了，老爷是我的相公，他喝醉了本来就由我服侍。你不要害怕，他就是有诡计，也不可能在今天露出端倪。"

冬雪把来传话的老妈子打发走后进来，叫了弄堂里守夜的两个小丫头进来和冬霜一起服侍秋蝉起床更衣，秋蝉穿戴整齐，梳洗完毕，披了一件貂皮斗篷，前边叫了二门外的一个小子挑着灯笼，被四个丫头簇拥着来到东院，高高的铜门槛儿被灯笼的微光照射的有些发亮，她们绕过雕花影壁来到正屋。

整个东院酒雾弥漫，老妈子挑起红毡门帘，冬雪挽着秋蝉的手臂，秋蝉进门后，听见帐内唉声叹气。

秋蝉想：老爷喝酒从来都是点到为止，为何今日喝成这样，万一他要求与自己同房该咋办？鸡血手帕可没顾得上带来。

老妈子说："太太，你快进去吧，老爷刚才吐了好些东西，刚躺下。"

秋蝉对冬雪一伙说："冬雪，你们先到前院耳房里睡吧，不要担心，老爷这儿有我就够了。"

"太太，要不我还是留下来，万一老爷翻身下地什么的，不是太太自己可做的。"

秋蝉笑了："你这个丫头，可就算你多心了。你只管睡觉去，在做丫头上，我可比你有经验，好冬雪别让老爷等恼了。"

冬雪一伙退下后，秋蝉解开斗篷，手持烛台，掀开帐子轻叫了声："老爷，干吗喝这么多酒，那不是自己给自己罪受嘛！"

帐子内没人说话，秋蝉拿着烛台靠近床榻，只见老爷光着身体，面对墙壁躺着。秋蝉去拉被子，那人慢慢转过身体。

令她大吃一惊的是帐内躺的不是老爷，而是一丝不挂的灵飞。只见他的脸色雪白，眼睛瞪得滚圆，直愣愣地盯着自己，秋蝉扔掉手中的烛台掉头便跑。

屋内顿时一片漆黑，笨重的桌椅磕磕碰碰地拌着她的脚，金银器具、玛瑙饰品倾覆满地，一双强壮的手臂从背后紧紧地搂住了她的腰，温热的鼻息穿过发丝直到秋蝉的后颈。

秋蝉猛然发现在这个家里她永远只是个低贱的丫鬟，受人愚弄。这样的日子叫什么日子，她的心里慌乱无比。

秋蝉大叫："你放开我，畜生！我是你的庶母，你敢动我，难道你活够了？"

灵飞把她搂得更紧了，声音有些微微发颤："秋蝉，不要叫，如果叫了，害的不仅是我，还有你。你知道我娘是怎么死的吗？通奸！"

"灵飞，今日是你的新婚之夜，你还是陪伴你的新娘子去，好吗？如果你是真的爱我，就放我走吧，这样我就不会恨你。"

"你恨我吧，在这个世界里除你之外我什么都不在乎！我只想得到你，你是我的，永远只配我拥有。老东西根本不喜欢你，他不过是想折磨我罢了。我压抑地活着，不如让我一死了之，拥有你一次我也满足了，以后不管我飘到哪里，心中也就没有一点遗憾了。"

秋蝉还想说话，可灵飞已经压倒在她的身体上，他拼命地撕扯着她的衣裳。秋蝉的簪环叮叮咚咚撒了一地，任她脚蹬手打还是被灵飞剥了个一丝不挂。

漆黑的屋里，两条白色的影子在扭打着。秋蝉冲着灵飞的脸脆生生地抽了一个嘴巴，这个嘴巴不但没把他打醒，反而使他更加剧烈地制服着她，扭扯了许久，秋蝉渐渐体力不济，喘着粗气说："你这个恶徒，你不怕老爷给你动家法？"

"动家法？别把自己看得那么金贵。我明说吧，是老东西打发老妈子让我来的，说新娘吃着药今夜不能洞房，于是我就来了。"

"我不信！你永远得不到我，我已经是别人的女人了，我的身子早给了一个和你没一点瓜葛的人。"

"我曾经说过，老东西已不再是我的父亲，你给了他，我就算吃个剩也认了。"

"不！不是老爷，是另一个男人。"

"什么，他是谁？"

"许晨，王府的前任大总管。"

"秋蝉，你可以成为许晨的野食，也可以成为老爷的太太，就是不能让我灵飞得到。你知道我有多喜欢你，我一直不忍心揉碎你在我心中美好的印象。可是，我发现我错了，我太高看你了。我不会放过你的，我要把我的第一次给你，给你！"

灵飞的胸脯如泰山一般重重地砸了下来，秋蝉感到无法喘息。他来得太狠太快了，快得让秋蝉来不及反抗，秋蝉这夜被灵飞折腾着，每一次都是惊心动魄，一次比一次杀伤力更强。她的身体如太阳下的琉璃，透明地敞开着，她觉得没必要再去掩饰，一切都是因果报应。

夜色快泛起鱼肚白时，灵飞走了。他的泪水洒遍秋蝉的每一寸肌肤，他终于圆了自己的一个梦，一个盼望已久的梦。尽管结果支离破碎，可终是圆了。

天大亮，几乎没有人觉察到这是夜色被红日趋赶的无奈结果。秋蝉的鼻血如五月的石榴花，红彤彤洒满房间的各个角落。

一大早冬雪蹑手蹑脚地进来，觉得不大对劲，心想莫非昨夜老爷太太遭劫了？怀着惴惴不安的心绕过楠木画屏进入内屋，眼前凌乱的景象令她大吃一惊：血铺天盖地如灼灼的红泪花，再看太太已经横躺在地上，赤条条好似一条剥光鳞的美人鱼，冷艳而凄凉。

冬雪趁着别人还没起来，着急地扑向太太，又是揉搓又是轻呼。太太的嗓子里呼噜噜地响着，眼也不睁。

拿来衣裳，冬雪费了九牛二虎的力气才帮她套上，胡乱地系了系带子然后拢了拢头发，给太太身下又垫了被子，她看到太太脖子上的牙印，心里咯噔一下，老爷绝对不会这样轻狂的。她便想：莫非是少爷那个畜生轻薄了太太？

冬雪跑到门外破口大骂："太太昨夜难受，又是心痛又是流鼻血，你们都是死人吗？"

小丫头和老妈子们见冬雪发怒，也不敢多问，纷纷边穿衣裳边跑进正屋去伺候。

冬霜也着急地边穿衣裳边出来，笑着说："姐姐，越来越狂了，成日里还教训我的口舌不干净，没想到你和我都是梅香拜把子——一个样！"

冬雪泪如雨下，已经哭得说不出话来，用手指了一下正屋，老半天才说："你进去看看吧，有你照顾着我放心些，我去打发人叫老爷请大夫去。"

冬霜边系带子边跑，进了正屋后，见小丫头们已经将太太抬上床放下帐幔，老妈子们也忙活着收拾东西，地上还有斑斑点点的血迹。

一个小丫头指着床上的秋蝉对冬霜说："好姐姐，你快看看吧，太太七窍流血，我看是快不行了。"

冬霜劈头给了她一个嘴巴，大骂着："怎么就快不行了？别做你娘的美梦了！如果太太有个什么的，我第一个拉你去陪葬！"

李嬷嬷说："好了，你还有脸说她，什么陪葬？都到了紧要关头，汤水不进了，你们还有心思斗嘴吵架。吵就吵吧，也不避讳，什么话都敢说。真真没有一个省心的货，可惜了太太平时对你们的那份心了。"说着李嬷嬷流下泪来。

带着大夫来到东院，冬雪只听得屋内哭声震天，心想可能太太过去了。于是踉跄着跑了进来。只见冬霜扶着太太的后背大声哭嚎，小丫头们也齐声哭着，她们附和的技术可是一流，好似谁哭低了声音就吃了大亏似的，老妈子也粗着嗓子哭喊着。

冬雪亲自去掀帘子，带着孙大夫进来，丫头和婆子们顿时停止了哭声，纷纷躲藏起来。冬霜也放下帐子在床榻中大气不敢出。

李嬷嬷从帐子里掏出太太的手用绢子盖住腕子，另一个老妈子搬过一把椅子并且在银盆里倒了水，孙太医净手后坐定，开始给太太诊脉。

这时，回老爷的小厮气喘吁吁地进来，口口声声说要见冬雪姐姐。冬雪把他叫到东屋问："你找到老爷了没有？"

小厮说："找到了，老爷在街面的铺子里。他听完我的话后看上去很不高兴，皱着眉头老半天才说，'蝉儿这个人也真是的，半夜三更干吗非要往东院里跑，难道不知道自己的身体一直不太好吗？'我也没敢答话，老爷徘徊了一会儿，最后说，'你先回去，请大夫来看看，不会有事的，我晚上就回去了。'然后我就退了出来找姐姐来了。"

冬雪一阵心酸，心想：可怜太太风华绝代，如今只落到哀怨自怜的困境。男人都是一些狠心肠，到手后新鲜不了三天都抛在脑勺子后了。

冬雪说："你下去吧，我明白了，把少奶奶屋里的丫头们找来，就说我有话和她们说。"

小厮下去后，冬雪心想老爷竟在铺子里，这可是天大的笑话。他昨天连夜回了铺子，就是让歹人轻薄太太然后借故杀死太太？不，杀死少爷！以轻薄庶母的罪名杀掉少爷，老爷真够歹毒！

来到正屋里，孙大夫已经开好药方，一个小丫头见着冬雪忙说："冬雪姐姐，李嬷嬷让我来问，姐姐为孙大夫准备好赏银没有，看来太太这病没有大碍，孙大夫已经去西厢房喝茶去了。”

因冬雪连日来给太太记账，少不得认识几个字，她接过药方，只见上面写着：猪皮 100 丁、红糖 50 丁、黄酒半碗、大枣 10 颗。

冬雪问小丫头们：“药可煎上了？”

小丫头们齐声说：“煎上了，药吊子里都冒白汽了，很快就煎好了。”

“那就行了，勤看着药壶，可不要糊锅了。”冬雪说。

“姐姐只管放心，我们都插不上手，冬霜姐姐自己看着呢。”小丫头们回道。

冬雪拿了一包碎银着急地返回西厢房，见孙大夫神态安然，她的心放下一半：“大夫可受累了，不知道我家太太何时就可大安？”

“你家太太昨日可能活动得太多了，所以体力衰弱，鼻口出血。由于失血过量，以后的日子要大量补血，按着我的药方每日熬半碗，一日两次，半年内就可大有好转。就靠几位大姐们多多的照顾了，老爷也够折腾的，房事不应该在太太身体欠安时做。”孙大夫说道。

冬雪把银子递给了孙大夫：“我们就不敢多留大夫了，这一点银子您先拿着，等我们太太稍稍安定，再给您补上。再问您，我家太太何时才能苏醒？太太与老爷行房之事您千万不可外传，太太年幼，却爱脸面。”

他接过银子，站起身说：“可能在明日后半夜苏醒，她伤了元气，你们要小心伺候，万不可让她再动怒伤神。放心，我不会乱说的。”

送出孙大夫，冬雪恰巧遇上来回话的小厮带了翠蔓过来，冬雪把翠蔓拉近耳旁：“你可知道少爷昨日一直陪着新少奶奶吗？”

翠蔓说：“没有，少爷整夜没回来。我正要禀明姑娘，打发小子们出去找找。”

“你千万要告诉少奶奶房里的丫头们，就说少爷整夜守着少奶奶，不然你们屋里的人都会遭殃。少爷回来，让他马上来见我，我有重要的话和他说。”

翠蔓答应着走了。冬雪让小厮们去找昨夜叫太太的那个婆子，很快小厮们回来。冬雪把他们接进东厢房来问：“你们可找到昨夜回话的那个老妈子？”

小厮们回答:“找到了。你说怪不怪，那个老妈子昨夜回去后竟然疯说起来,先说她看见老太太了,一会子又说车马来请她了,一直说到后半夜,连嗓子都说哑了,天亮时就死了!”

冬雪也吓了一跳:“死了?那人现在在哪里?”

“还能放到哪,不说她是个孤身老奴,单说着王府的大喜日子谁又顾得了她,用布包了悄悄地给抬出去埋了。”小厮们说道。

“你们先下去,不要多说一句话。你们还小,该明白混水里洗不清白萝卜的道理,会说话的两头瞒,不会说话的两头传,不知道谁会拿你开刀,防着些终究是好的。”

“多谢冬雪姑娘教训,小的们记下了。如果姐姐有用得着我们的地方,不妨到二门外喊我们，我们的职务是守候在二门外跑腿。希望姐姐日后多抬举几次,主子眼前的活儿给我们兜揽一些。”

“都是奴才,大家今天保不住明天的,帮你们是应该的。”冬雪说。

冬雪又命小丫头拿了赏钱给了小厮们,然后让小丫头送他们出来,自己忙着又回正屋伺候太太。

不说秋蝉的丫头们如何精心伺候秋蝉,单说一下后院雅阁中的夏芷。紫藤见少爷急匆匆地进来摔了新奶奶的盖头,接着他一脚踹翻香鼎,香鼎中的火撒了一地,凤喜牡丹图案的红地毯都烧燃了,整个新房弥漫着一股焦毛的味道。

大家低着脑袋,头也不敢抬。等少爷走了,大家的目光一齐聚焦在新太太的脸上,原来夏芷两眼直直地瞪着不动,丝丝的口水流了出来,湿了她的一大片披肩。

大家一阵心酸,这就是个十足的傻子!以前的夏芷大家都是见过的,虽然疯了,可有时却清醒,吃饭睡觉还是能够自己解决。可孙大夫治来治去却把她治成一个傻子,疯子和傻子是有区别的,怪不得今天她特别顺从地受人摆布。

这就是做丫鬟的下场。

第四章
冬雪毁容

冬雪晃荡了下，跌倒在鱼缸沿上，老爷抓着她的头发，使劲把她的脑袋向鱼缸沿上撞。血很快浸红了鱼缸内的水，鱼在红色的水里游荡。

冬雪将太太安置在东院老太太的房中。

自从老太太故去后，精致的家具都陪葬了，屋里只剩一些粗笨的家具。

冬雪命总管添置了一些常用家具，先将太太的生活安置好，并让冬霜一刻不离地伺候着，自己东跑西忙。

灵飞来了，出现在冬雪的面前。冬雪把灵飞带到自己的房里，满含幽怨地看着他。

“你干吗叫我来，我越发没地位了，让一个丫头呼来唤去。”灵飞问。

冬雪亲自给灵飞倒了一杯茶，递到他面前：“大少爷，我不敢肯定老爷的阴谋，但能肯定昨夜是你沾了太太的玉体。在寻常人家这都是大逆不道的事，更何况是我们这样的人家。”

他猛然一哆嗦，看着冬雪：“姐姐可不能胡乱说话，太太虽然年轻，但她是我的庶母。我不想让别人这样玷污她，也不想给自己添个无耻的罪名。”

冬雪泪如雨下，好一阵才缓过来说：“大少爷，我虽然是小家子出生，但也是个明辨事理的人。我看太太全身伤痕累累，就怀疑这王府只有大少爷敢对太太这样。大少爷拒不认账，我也无他法，只求大少爷离开王府，这样既能挽救太太，也能洗去别人对大少爷的怀疑。”

灵飞没想到冬雪有这样的胆识，平日里只看她为人老实，没想到她这样仗义，但常言说兵不厌诈，他不敢也不能上这丫头的当。

立时，他假意恼怒，将茶杯打翻，冷冷地说：“太太如今出了这样大的事情，只能怪你没有服侍好，怎么能怪到我头上。是不是父亲给你什么好处，让你来玷污我的清白？”

冬雪连忙下跪：“少爷，你难道到现在还不明白吗？这是老爷设的一个局。他不仅要除去你，更重要的是名正言顺地除去太太。如果你真心爱太太，我们就要商量着怎样共渡难关。”

灵飞冷笑一声：“这王府几百个奴才，就你伶俐，别人都是傻子？你少来挑拨我和父亲的关系，我们是血肉至亲的父子。”

“只怕你们不是亲生父子！”

“放肆，像你这样的丫头，王府随便可以买到成百上千。别以为太太对你好，你就胡作非为。你若真心对太太好就好好伺候她。”说完灵飞扬长而去。

冬雪只觉得危机正向这个无知的阔少一步步逼近，而自己却束手无策。

雅阁内，翠夏和紫藤带着几个老妈子上来服侍夏芷。她们闻到一股恶臭，解开少奶奶的衣带，却发现夏芷竟然大便失禁。

大家硬着头皮为新少奶奶沐浴更衣，想到夏芷这几年遭不完的灾，她们都非常难过。

如果不是当年江南的一伙丫头刻意去冒犯秋蝉，夏芷也不可能落到今天这个下场。可秋蝉不免也有些太绝了，真是笑面老虎食人心，大家不由得把夏芷的仇恨都归结在秋蝉头上了。

夏芷傻了，也不爱说话了，她的脑袋中明明记着那个热闹喧天的夜晚，她的丈夫被王老爷活活逼死的情景。夏芷傻了，无人能够走进她的心中，她的目光呆滞行动迟缓，让吃就吃，让睡就睡。她的脑袋空如白纸，以前的灵巧劲头早已飞到九天之外。

翠蔓和紫藤原以为可以东山再起，再杀个回马枪，没想到仗还没打却已败下阵来。

靠别人是靠不住了，俩人最后合计着，只能靠自己了。

在王府里只有自己才能解救自己。只可怜夏芷有着绝世的风韵，显赫的地位，却只落得比稻草还要轻贱的地步。

表面上丫头们对夏芷关心备至，实际上早做好了飞鸟各投林的打算，只等时机到来，她们便好下手。

她们看穿了王府的规律，那就是杀一个才能养一个，现在紫藤和翠蔓第一个要对付的人就是冬雪。

冬雪就是秋蝉的护心镜，别看是个刚入府没多久的丫鬟，和她们在顺序上还差着辈分，可那个丫头却是个厉害的角色，比秋蝉更胜一筹。

要想斗倒秋蝉，必先得把冬雪杀死。这个丫头假如被除去，剩下心性粗暴的冬霜，冬霖、冬雾便是一伙废柴，不打自败，根本用不着费多少脑筋。

现在只要走对冬雪这关键的一步棋，大家就有出头之日。

自从夏芷嫁到雅阁，灵飞就很少回家，只在外面过夜。一来怕老爷真的对他下毒手，二来是不愿意看到空有一张好脸蛋的傻妻子夏芷。这辈子她算完了，自己也算完了，过一日便是一日。

翠蔓和紫藤倒成了雅阁的主人，少奶奶有小丫头们伺候，她们只管嗑瓜子摸牌九。但在她们心里，这还远远不够，她们要的是除去冬雪，做王府真正的太太。

终于，她们找到一个机会。

听说老爷在铺子里两夜没有回家，紫藤到厨房做了一些点心，打算太阳落山前亲自送到铺子里。

她和翠蔓盘算老爷和少爷的斗争已经公开，老爷这时候最需要的就是除去少爷，可除去少爷总要拿他个错，这就需要一个靠得住的人做眼线，紫藤把这一宝押在老爷身上！

翠蔓说："我们姐妹出头的日子终于到了，没想到秋蝉会败得这样惨，你千万把握好机会，不要辜负了你我的苦心。"

"你尽管放宽心，太太已经病重，冬雪顾不上管我们，这就是我们靠近老爷的大好时机。我如果封了太太，立即将你封为第一姨太太，秋蝉的败局已定，你只管在府里接应我。"紫藤说。

夕阳下沉时，"王记绸缎庄"的后院吹过一阵凉风，风里夹着隐约的声响，老爷侧耳细听，像是笛声。

分析了很久，肯定了是笛子的声音，老爷动心了。

由于来得遥远，使他对自己的判断有些怀疑。他走出正屋，清楚地听到了笛声，而且吹的曲子是江南名曲《秦淮河畔水中花》。

他一阵欣喜，有什么人的笛声可以穿透他心头冰块般凝重的忧伤，在悠悠天地间回响呢？

怀着一颗好奇的心，他寻着声音走去，看到院落里，一个红衣少女坐在小溪边的石头上吹着长笛，他不由问道："你是哪房的丫头，竟然来到铺子里，太太身体可好？"老爷问。

少女转过身，笑着下拜："老爷，奴婢是紫藤丫头，雅阁伺候少奶奶的。"

老爷双手扶起紫藤，惊喜异常，笑着问："没想到你还精通音律。"

紫藤故作羞怯地低下头："回禀老爷，奴婢以前是江南盐科崔大人家的乐工。崔大人本来打算将小女子送到宫里去伺候皇上与生母皇太后，不巧进宫之日奴婢感染风寒，崔老爷大怒之下将奴婢卖进绣坊。后来老爷到绣坊送货，将夏芷姐姐与奴婢一干人带回了王府。"

"真是难得。好丫头，今后留在我的身边，少不得你的好处。等各方生意场上的故友来了，你随时准备好，献上一曲，让那些故友见识一下我们王府也是藏龙卧虎之地。"

紫藤假意悲伤地说："能伺候老爷是奴婢的福气。老爷是一家之主，可少爷浪荡成性，极不成器。太太虽然温柔贤惠，但是身边的丫头们成日里灌输她些恶话，太太本来没主见，就由着身边丫头们天天作恶，老爷身边连个贴心人也没有。"

"连太太没有想到的，你都想到了，你真是我的红颜知己。"

果然不出孙大夫所料，第二天后半夜秋蝉醒了。她抬眼看着冬雪一伙围在自己身边，唯独不见老爷，心里一片茫然。

老爷和少爷势不两立，秋蝉谁都不能得罪不说，还得同时应付两个男人。这日子过得有什么意思，不如早早死去便罢！

冬雪看出了秋蝉的心思，从小丫头的手里接过一盏茶水说："太太可算醒了，快用茶水漱漱口，喝一些稀粥，莲子熬得很黏糊。老爷来看了太太几次走了，他惦记着太太呢！"

秋蝉又微微合上眼睛，也不回答，她明白老爷根本没来，不过是冬雪说的一些宽心话。

冬雪又说："太太，可先歇着，再等几日我们挪回启鸳堂养病。那里花草遍地，地势较高，可以俯视王府的全景，也许会心情好些，心情好了病自然会好。孙大夫对奴婢说了，太太并无大碍，只是千万不要劳神过度。有奴婢在，太太保管没事，太太安心养病。"

冬雪见太太还不说话，知道她的心病就是没看见老爷。她把冬霜和李嬷嬷叫到东厢房："你们好好伺候着太太，太太问起老爷时，别让小丫头们说漏了嘴。太太刚刚醒来时上下寻找，我知道她希望老爷能够在场。我要到铺子里找老爷，看看老爷那里是个什么情况。我们都不知道前夜到底发生了什么事情，但肯定和老爷有关，他纯粹想处死太太，太太的境遇十分危险。我不知道我去见老爷的做法是否正确，可这也是唯一的机会。如果老爷执意处死太太，不放我回来，你们马上带着太太藏起来，保得平安。"

冬霜说："姐姐多虑了，事情哪有那么惊险。太太生病是常事，贵人体娇，总是不疼不痒的就不是太太，反成了我们丫鬟了。"

李嬷嬷说："冬雪，好孩子，太太没白疼你。如今我们只有看着太太白白着急罢了，你有这样的赤胆忠心让我这个老妈子也非常感动！我随着老太太嫁进王府，王府年年月月都有新故事，可从来没有丫头被娶为正室的。我看老爷绝不是真心要娶太太，而是利用太太搞一个天大的阴谋，你这一去可要多加小心，太太这边有我们，你只管放心。”

“假若老爷杀了我，你们要好好服侍太太。”冬雪交代着。

她说着款款下跪，李嬷嬷老泪纵横，双手扶起冬雪：“姑娘万万不可以一个人去，老奴我还是跟着你。老爷对太太如此绝情，绝不会轻易让姑娘安全回来。冬霜，你认真服侍太太，当心太太万一叫起人来，见不着冬雪姑娘又要伤心动气。”

这时天已大亮，下人们开始忙乎起来。冬雪叫来海总管，吩咐了一些事情，然后来到正屋，见秋蝉仍然双目微闭，长睫抖动着，脸色微微发红，如三月细雨湿过的桃花一般凄艳。

冬雪双膝下跪，颤颤地说：“太太，我去城外取药，大概要走几个时辰，太太要把心放宽，好自珍重。”

太太还是没说话，只脸上的肌肉木木地抖动了几下。几个小丫头从深井里凉了果子，双手举着送到太太面前，秋蝉也不理会。

冬雪还想说几句，又怕勾起她的伤心之处，只得退出去。

正好小丫头拿来衣裳，几个老妈子进来伺候冬雪穿衣。冬雪挑拣了一身玫瑰衣裙，外面罩了一件玻璃色真丝斗篷，坐了顶软轿带着李嬷嬷出了王府。

穿过闹市，大家看着软轿，都以为王府的什么主子出门，争着去看。小轿拐了几个弯来到“王记绸布庄”，冬雪下了软轿，几个跟随的老妈子进去相告，店铺里的小子们纷纷回避。然后李嬷嬷搀着冬雪来到铺子里，直奔后院老爷的卧房。秋蛄、秋蚊和秋岭几个大丫头忙出来迎接。

“劳烦几位姑姑出来相迎。”冬雪一面说着一面行礼。

秋蛄一伙忙上前拉着说：“这可万万使不得，雪姑娘服侍好太太就是我们的恩典。先到耳房喝口热茶，解解劳行之苦。”

"那倒不必了，太太病得很重。老爷一直不肯回府，我过来，一则看看老爷，二则希望老爷能回去探望太太，劳烦姑姑们通报老爷一声。"

秋蛄一伙早就听说太太面前的冬雪有翻云覆雨的本事。今日料她是来者不善，也不敢把话说硬了，笑着答道："姑娘不要着急，老爷正和一个外地的客商谈生意，我们不敢进去打扰，姑娘改日再来吧。"

"我为什么要等，我来就是见老爷的。你们应该经常提醒老爷回府去看太太，现在倒好，太太重病在床，我亲自过来你们都是这副嘴脸，依我看是因为太太把你们当回事儿了，你们才这样敢冒犯。今天我过来了，你们让见我也得见，不让见我还是要见，不通报便罢，我可要闯了！"

秋蛄赶紧拦住："雪姑娘脾气真大，你不知道我们这些人的难处。但凡能告诉太太的，我们不敢马虎一点，可现在想见老爷我看真是不行。"

冬雪不用老妈子扶着，穿过长廊来到正屋，偶然听到一女子的窃笑，冬雪疑惑了一下。太太在一边挣命，老爷却在这儿挑逗女子，没想到老爷也是个轻薄之徒。

如今恰逢独脚难跳、独木难烧的关头，冬雪明知道自己进去就是送命，可豆入牛口，再没有回返的余地，她推开门，一下子倒吸了一口凉气，只见老爷怀里搂着紫藤正在喝酒。

紫藤也算是洞庭湖的麻雀，经过一些风浪，冬雪进来她也不显得惊慌，反而更加得意地撒娇。老爷大声呵斥："谁让你进来的？滚出去！"

"我可以滚出去，但是我在滚出去之前问老爷一句，您既娶了太太就该以礼相待。"

"你以为你是谁？敢这样大胆地和我说话，难道你活够了？"

"贸然闯入，我是该死。如果我不这样做的话，太太因见不到老爷也会悲痛而死。与其让太太去死，还不如让我一死了之。可临死前，我特别想明白一件事，老爷是否容我把这个问题说出来？"

老爷脸色逐渐泛白，他拍拍紫藤的肩让紫藤下去。紫藤冲冬雪轻轻地一笑，生出一副淫相。

等紫藤下去后，老爷恶狠狠地说："你今天来的意思难道就是想让我回答你一个问题吗？像你这样的贱婢，依仗着秋蝉疼你，索性连我也不放在眼里。如果再继续把你留在府中那可是留了孽胎祸根。你要是一心为了太太好，该多多劝慰太太省些事。现在你倒好，挑生事端，我看府里已经留不得你了！"

冬雪说："老爷，奴婢不管能不能回到府中，只可惜了太太每日在府里望穿秋水、苦苦等待。奴脾不知道紫藤是怎么来陪老爷的，可奴脾知道她是有些扑苍蝇的手段、捉虱子的智谋，她这种人绝不可能强盗收心做好人。假如老爷因她而误了太太的性命，不免让全府人遗憾，让外界人耻笑。老爷可以错过一个又一个美丽的夜晚，可不要错过一个爱你的人，太太现在正需要老爷。患难夫妻，只看此刻。"

"你管的事情太多了。你可能忘了一句话，我现在来提醒你，那就是欺主就是抱虎。而你在我眼里是一只过年的猪，早晚都得杀！"

"虎要伤人，人也无奈。我只希望老爷是一只聪明的老虎。"

冬雪的话音刚落，老爷冲上来给了她一个嘴巴。她晃荡了下，跌倒在鱼缸沿上，老爷抓着她的头发，使劲把她的脑袋向鱼缸沿上撞。血很快浸红了鱼缸内的水，鱼在红色的水里游荡。

老爷又把冬雪的脑袋摁到水中，半天只觉得冬雪的身子软了，才松了手。看着瘫在地上的冬雪，他似乎仍然不够解恨，转身奔进里屋，从墙上拔出宝剑。

宝剑透着青色的冷冷寒光，剑尖直刺冬雪的咽喉，这宝剑可是王家祖传的见血封喉青龙剑。

当老爷的宝剑刺向冬雪的瞬间，李嬷嬷不顾一切地跑了进来，推开冬雪，自己挡在前面，老爷的剑呼哧一声刺入李嬷嬷的胸脯。

老爷瞪着两眼问："李嬷嬷，你为什么要这样做？"

李嬷嬷嘴里的血不停地往外涌，她用疲惫的眼神看着老爷说："老爷，我随老太太嫁进王府快五十年了。我亲眼看着老爷长大成人，也知道老爷所有的痛苦和秘密。但是，秋蝉是个好太太，求老爷不要再糊涂下去了。”

老爷扔掉宝剑扶住李嬷嬷：“李嬷嬷，你虽然是奴婢身份，但是在我心中，你是最疼我的人了。我不过想杀一个丫头，你为什么要白白送掉自己的一条命呢？”

李嬷嬷满口是血，艰难地说：“老爷，我不想让你杀死冬雪。太太现在只剩下这个贴心的人了，难道老爷还要从太太的身边除去她吗？太太没有了冬雪，就没了主心骨一样。”

老爷冲着门外大叫：“来人啊，快救李嬷嬷！”

几个小子进来，把嬷嬷抬到下人房里，请医治疗。

看着躺在地上如同死人一般的冬雪，老爷气呼呼地踢了她一脚，对秋岭说：“带几个小子来，把她送到太太那里。就说我有话，假如这个妖孽再生事端，我就要了她的狗命！”

秋岭着急地叫了几个伙计与老妈子，坐了马车把冬雪送回了王府。

府里，除了冬雪，剩余的丫头婆子都是一些不成器的东西。她们看到冬雪被打成这样送了回来，都吓得抖成一团，唯恐事情会落到自己的头上，连请郎中的胆量都没了。

太太现在还在东院躺着，不知道能不能保住性命，而冬雪偏又生事，大家感到老爷真是有意要对付太太了。

李嬷嬷死了，老爷命人把她埋葬在老太太坟边，然后回了王府。来到东院，秋蝉还半昏迷着，老爷摆摆手，丫头们下去了。

老爷伸手抚摸着太太的头发和耳垂，长叹一声：“蝉儿，李嬷嬷也没了，是我亲手杀了她的。蝉儿，你要是我，你怎么有信心能活下去呢？”

太太睫毛抖动了几下，他突然搂住太太号啕大哭起来，直哭得泪干气绝。老爷把冬霜叫进来：“到底发生什么事了，太太突然病成这样？”

“奴婢们只管好好伺候太太，谁知道太太只隔了一夜就成这个样子了。孙大夫和郭大夫都来过了，说太太只是体弱亏血，没有别的病症，老爷只管放心。"冬霜回道。

老爷指着冬霜说："你们这些贴身丫头，仗着主子疼你们，又长了几分姿色，成日里滋生事端，今日我看在太太的分上不指责你们。假如你们在太太身边胡言乱语，诚心讨死，给我滚出去。如果太太的病不见好，休怪老爷我对你们无情，滚！我和太太单独坐一会儿，我不想看到你们这群妖精一样的东西！"

冬霜就是有千言万语也不敢在老爷面前多言半句，心里烦乱极了，走了出来，掩面哭泣。

茂木之下无丰草，老爷不需要太太面前有伶俐丫头，只需要一些眉眼周正，不爱说话的。可偏偏冬雪、冬霜一群丫头拔尖的聪明，老爷心中为此十分难受。

一个老妈子低着头泼泼洒洒地提着一桶水，和掩面哭泣的冬霜相撞，老婆子赶紧放下水桶，给冬霜揉腿，并用绢子擦着说："是不是磕疼姑娘了？姑娘不在太太面前伺候着，出来有事吗？"

恰巧一个小丫头赶过来，指着婆子就骂："老货，瞎了你的狗眼了。提水就提水，干吗撞姑娘？是不是看着冬雪姑娘被老爷打了，你也敢欺负太太身边的人了？真是自不量力！"

冬霜停了哭泣，顾不上和老婆子争吵，忙问小丫头："你的话是什么意思？冬雪姐姐被老爷打了？她现在在哪里，为什么没人来回太太？"

"姐姐有所不知，雪姐姐已经被老爷打得七窍出血，人都死去了一半，现在在二门外的下人房里躺着等死。府里能主事的人都在东院伺候太太，雪姐姐只怕过了今天就没有明天了。"小丫头说道。

冬霜是块热炭，听了小丫头的这番话，直气得邪火沸腾。她让小丫头把海总管叫来，如此这般地按小丫头的话说了一番，然后问海总管："都是吃主子饭的，出了这样的大事，海总管为什么不通报太太？"

"太太病着，不方便去禀报。再说，老爷打了冬雪姑娘，冬雪姑娘颜面扫地，我们也不敢到处宣扬。"海总管说道。

冬霜把冬霖叫到身边说："我们都是死人，连冬雪姐姐遭打的事情也不知道。老爷现在在里屋，等老爷走了，你们先照顾着太太，我去看看雪姐，再请郎中来给雪姐疗伤。"

海总管一把拉住了冬霜："姑娘且慢。从目前的情况来看，我们还是照顾主子要紧，老爷要雪姑娘死，她就死定了。谁有能耐救她？再说你去找孙大夫只能连累他，让他左右为难。这府中本来就风大随风，雨大随雨。你们姐妹一场，我知道你们的亲厚，可现在我们只能保一个人——那就是太太。说个不敬的话，太太没了我们这些人也完了，雪姑娘的死活就看她自己的造化。当时谁都不愿意让她去老爷那，风吹连檐瓦，雨打出头椽，可她偏偏要去。"

冬霜风头霉头两壁隔，哭了一回。倒也没有过去看冬雪，只是打发了几个可靠的老妈子好好过去服侍，又偷了一些止疼的药交给她们。

老妈子们想到冬雪素日的温柔贤德，也很愿意过去照顾她。

夜里，冬雪昏昏地清醒过来，只见老妈子们围着自己淌泪，她感到右眼漆黑一片，且生疼得要命。

她又闭了一会眼睛，休养了一下，拉着一个老妈子的手说："好嬷嬷，你把冬霜姑娘叫来，就说我有大事告诉她。我现在一会不如一会的，万一真的去了，只怕就没有了那个机会。"

老妈子哪里还敢多言："冬霜姑娘在太太那边一刻也离不开，请雪姑娘自我保重，切不可胡思乱想。过个几日，伤势好转了，你就过去伺候太太。"

看到叫来冬霜确实无望，冬雪心里已经灰了一半，不由得流下泪来。她的眼睛已经被老爷撞瞎一只，破了相的丫头是不能伺候主子的。老妈子们吆喝着小丫头拿了饭来，冬雪也不搭理，只顾自己闭着眼睛。

大家正无办法的时候，有人报大少爷来了。老妈子们心里嘀咕，这个混世魔王来干什么。他只有把事情闹得更坏，不如不让他进来倒也省事。

老妈子们正要自作主张让小丫头去回掉少爷，却见冬雪呼啦一下睁开眼睛，她的右眼珠彻底溃烂，吓得老妈子们一阵惊呼。冬雪张了嘴，老半天才说出一句话:“让大少爷进来。”

进来后,灵飞看到冬雪惨不忍睹的脸,不禁暗生怜悯。

他坐到床边为冬雪扶起遮盖着脸面的头发时,两只手都软了。只见冬雪的头皮上的头发几乎完全被揪扯下来,粉红的头皮淌着鲜血。

“冬雪姐姐,都是我害了你。父亲竟然对一个弱女子下这样的毒手,看来我不认我的父亲也好。姐姐等着,我去找大夫来,无论如何也得让姐姐保全性命。”

冬雪已经全身滚烫。灵飞问老妈子们:“为什么还不唤大夫来为冬雪姐姐疗伤?你们真是坏了心肝吗,难道看不见姑娘已经伤成这样了?”

老妈子们原是些愚劣不堪的玩意儿,只怕少爷赖到她们身上,当着冬雪的面如实地回答了:“大家害怕老爷成心往死治她,所以都不敢去请大夫。”

灵飞破口大骂起来:“人命关天的大事因为怕老爷就耽搁了她吗?落叶还有恋根意,何况你们还是在一起当差的,连这一点肝胆都没有?可惜了,可惜了!”

他正要亲自去找大夫,冬雪说:“少爷,紫藤,看着紫藤。”

命人去找大夫后,灵飞来到雅阁,只见一群小丫头和夏芷玩捉迷藏。灵飞喝住小丫头们问:“紫藤和翠蔓呢?”

“紫藤姐姐说待在这里就是等死,不如当个姨太太什么的,就走了。翠蔓姐姐也走了,俩人再也没回来。”小丫头回道。

“你们为什么不早告诉我?这两个妖精去哪里了?”

一个胆大的丫头说:“奴婢听说紫藤姑娘要当姨太太了。”

灵飞大怒:“我稀罕她!就是真的填房,也不要她!”

那个丫头说:“不是您,是老爷的姨太太。”

灵飞眼前一黑,后悔这几日躲着不回来,真是耽误了大事。如果让紫藤做了姨娘,那就是王府的孽。灵飞赶紧骑了马,赶到铺子里,只见秋蛄一干人正伺候着紫藤,紫藤也真有当姨太太的意思。

没和任何人答话，灵飞走上前去，飞起一脚，将紫藤踢翻，大骂着："你害了冬雪，我也要让你生不如死！"

紫藤知道老爷现在想杀掉少爷，她也就不把灵飞放在眼里。她捏着嗓子尖叫，欲和灵飞拼个你死我活。

灵飞上去又打了紫藤两下："好男不和女斗，你只当今日什么事都没有发生，赶快给我回雅阁，伺候你的少奶奶去。想做主子，不看看自己往日做的坏事，适合当姨太太吗？"

挣脱秋蛄一群人的拉扯，紫藤一边擦嘴角的血，一边说："在王府，老爷说了算。俗话说煮酒熬酒，谁受主子抬举谁就是老手。我知道你和太太打小就好，可是老爷偏偏不成全你们。你们做下的丑事，就是老天爷也不会饶恕。今天你敢打我，你也不看看自己长了几颗人头！"

紫藤胸有成竹，根本没把少爷放在眼中。她没有一滴眼泪，只管胡骂。

秋蛄一群人觉得紫藤已经是铁定的姨太太了，所以向着紫藤对少爷说："少爷已经娶妻，是个大人了，怎么能这样冒失出手打人？好歹紫藤姑娘也是伺候过前太太的人，母婢皆是长辈，少爷打了紫藤姑娘，不等于冒犯了前太太吗？"

想到母亲不明不白地死去，灵飞更是心痛。这些大丫头们也没起什么好作用，何况紫藤这种败家之婢，早该卖掉，留她下来是祸患。

何六等人进来拉开灵飞，灵飞隔着窗户对紫藤说："上有苍穹神灵，下有土地爷，你死期到了。等着我，哪怕老爷将我打死，我也要你难以苟活！"

返回王府，老爷的小厮朱罗着急地迎接上来说："大爷，您到哪里去了？老爷命小的一直在找您。"

灵飞随着朱罗来到大厅，老爷愁容满面地坐在屏风前喝茶。灵飞径直走了进去，也没见礼。

"我是你的父亲，你难道瞎了狗眼，没有看到我吗？"

灵飞哈哈大笑着："子不教，父之过。你若视我是子，何苦三番五次地谋害我？我要走的时候自然便走，你何必煞费苦心整死我？”

老爷喝退下人，气得全身发抖。他终于发现，这个儿子不是那么好对付了：“你先坐下，孽障！你大婚之夜，你的庶母秋蝉却大病，我知道她年轻貌美，颇有风情之事，对你也是百般呵护。前日里，我花重金唱堂会，她却告病不陪我，我也作罢。现在她为了你的婚事一病不起，真让我心寒。全府上上下下的人都可以看出来，我对她百般谦让，她却越发不识好歹。我们这样的人家，断然不可发生这样的丑事，今天我让你来就是给你两个选择，其一就是秋蝉仍旧留在王府度日，安然做她的正室太太；你必须离开，今后和我王家没有一丝瓜葛；其二就是秋蝉必死，免得我看了难受；你可以留在王府，但大小事情一律不可过问，只给你夏芷做伴。”

“我走！但是我也有一个条件，就是你不可以纳妾，也不可以让秋蝉哭损残年。这家业虽然是你的，但我母亲的娘家以前极其鼎盛时，王府也靠着提督府捞了不少好处，我走可以，你把乡下的作坊给我。”

老爷狠狠地说：“我把作坊给你，无非是让你糟践。也罢，你从今以后再不许姓‘王’，带着作坊滚蛋！至于填房纳妾，都是我们各自的事情，你我不可相互干涉。”

“如果你把紫藤、翠蔓一类的虎狼之女纳为妾，秋蝉还能活吗？”

“紫藤和翠蔓是你母亲的贴身丫头，本来就是我房里的人，你少管这事。”

“你不答应，我也不会答应。夏芷留在王府，有人伺候还能活下去，跟了我经营一个小铺子，也是受罪找死。夏芷虽是我的娘子，可你也明白，我可没有沾过她。我情愿带着被你打伤的冬雪离开，断然不带夏芷。”

门外的何六听说老爷要赶走少爷，急疯了，他猴子似地一跑三跳去找冬霜。冬霜正没主意，何六又说了这番话，知道太太和少爷在劫难逃。她无数次回到太太身边，见太太不肯睁眼，也不敢回。

从客厅出来，灵飞来到冬雪的房里。

大夫已经为冬雪裹了伤口，冬雪嘘嘘地喘着，灵飞抓着冬雪的手说：“冬雪姐姐，老爷要赶我走，不然就以乱使风情之由处死太太。我要走，也舍不下你，更舍不下太太，所以我决定要把你带出王府。等你好了，我的心就放到肚子里了。”说着掉下泪来。

冬雪抓着少爷的手说：“少爷，你不能走。我就是一天半天的光景了，你也别折腾别人了，老爷现在使的一个大阴谋，我们谁也猜不透。他杀我是必然的，马无头不成群，雁无头不成队，我就是太太屋里领头的雁。依我看来，老爷娶太太是假，利用太太是真。老爷和你屋里的紫藤好起来了，也是在利用紫藤。你查一下在你的新婚之夜到底发生了什么事。”

“那夜是老爷打发一个老妈子，说不忍心让我和夏芷那种女人洞房，让我脱光衣裳在帐内等待，自然谁想等来的是太太。我可能吃了香魂散了，全身燥热，把太太给害了！”

“这就对了，正中老爷的奸计。你假如喜欢太太就带她远远地离去吧，再晚就难走了。老爷的阴谋之网会收得越来越紧。”

“你要活下来，我要亲眼看着你好起来。”

冬雪说：“如果你真的离开了王府，置太太不顾，不但是我活不下去，所有其他的人也都活不下去。只要老爷不达到他的目的，他便会一直杀下去。”

灵飞还想问，只见冬雪闭口不说。他想也许冬雪累了，便不忍心打搅。吩咐了老妈子们，回雅阁去了。

紫藤哪里还会回雅阁，她觉得自己已经是姨太太了，本该住到西园。

灵飞大骂：“王府的人简直都快疯了，索性等我一把火烧了才好。”

只见夏芷嘻嘻笑着说：“烧烧烧，火盆里的火倒在床上烧。”

灵飞问小丫头们：“今天孙大夫是否为少奶奶看过病？”

丫头们回答：“来看过了。”

夏芷对着镜子做鬼脸，灵飞也不去理会她。他觉得冬雪说得很对，自己无论如何也不能离开王府。

自从那夜灵飞和秋蝉分别以后，他每日闷闷不乐。他的心里根本不愿意是这样的一个结果，他的心里很不安，从老妈子的口中得知秋蝉病得很重，他后悔万不该凭借一时的野性来这样作践她。

他很想见秋蝉一面，为她煎药喂汤，可是又怕见了她，自己内心愧疚，人常说风天不打伞，雨天不提灯，现在过去对谁也没好处。

雅阁是后花园中最大的建筑，绿窗风月、绣阁艳霞，一派绝色仙境。老太太在世时，心疼孙子，便让灵飞住了进来。

屋里的大丫头们因为没人管教，直乐地东游西逛，只有几个小丫头陪伴着木头一般的夏芷。

灵飞明白都是自己一时赌气坑害了夏芷，但也算积了一些德，要不她还得受尽饥冷与耻笑，痛苦不堪地游荡在街头上。痴也好傻也好，有人服侍，不必受责骂与煎熬。

灵飞想想回家的这些日子，看看王府里的这些人，他们可能以为生存就是杀死别人，保全自己。可连他自己都不明白老爷为什么对他犹如仇人一般，那个孙大夫父子也够心狠。

于是他对一个老妈子说："紫藤这个丫头越来越不知道天高地厚了，你们给我细细瞅着。只要她一回来就让她来见我，我马上让人把她捆了卖出去。"

老妈子们战战兢兢地回应着。

灵飞一夜没睡，他在琢磨着冬雪的话。他感到万分的沮丧，后悔这些天里破罐子破摔地混日子。

快到天亮时，他刚睡着却被一阵哭声吵醒，他坐起来问："这是谁在哭泣，大早上也不怕丧气？"

一个小丫头说："禀少爷，老爷昨夜嫌太太身边的丫头不好好服侍太太，便让人打了冬霜姑娘。听说冬霜姑娘的容貌和冬雪姑娘一样，被毁掉了。看到冬霜姑娘这样可怜，太太屋里的一群小丫头们替冬霜难过。"

他吓了一跳，赶紧带着几个人来到冬霜的屋里。床铺空空，冬霜已经被她老娘抬回家了。灵飞命人备了马，四处打听，来到冬霜家。

冬霜父母亲下地干活儿去了，一个老奶奶坐在冬霜床前，不时用破布擦擦鼻涕。

灵飞抱起冬霜，发现她的牙齿被打掉几颗，全身伤痕累累："为何不请大夫瞧瞧，万一五脏六腑被打坏，人就难救了。"

冬霜的奶奶说："老爷给的几两银子，让她哥哥拿走了。家里六个女儿，数她脸面周正，往日再三叮嘱，好好服侍太太，不可一点马虎。今日得信，说她被老爷打了，老奴以为只是挨了板子，哪里知道把她的容貌毁了。"

冬霜看着少爷为她着急，缓缓地说："少爷，老爷是诚心毁我。他说太太一日不吃饭，就一日不让跟着太太的丫头安宁。明日可能就轮到冬霖妹妹了，太太闭口不言，我们全都难保。"

"傻丫头，老爷诚心让死的人不是你们，是太太。她如果说话，老爷必然逼问她一些话，接着找借口除去太太，其实太太的心里更加难受。我现在就为你找大夫，你不要担心，慢慢等着，我想法子去把老爷引开。"灵飞说。

灵飞命几个小厮到绸缎庄放了一把火，老爷果然离开太太去绸缎庄打理生意去了。

灵飞正要去见秋蝉，一个小丫头回报："少爷，太太屋里的冬霜姑娘没了。"

"后事办妥了没有？"

小丫头没敢说话，她身边的一个老妈子说："哪里还能说到后事，这府里，自古做丫头的死了都是拉到炼人场上一把火烧了。可惜冬霜姑娘也算头等大丫头，可惜这个丫头了，人品好，容貌更是没得说，尖牙利嘴，伺候了主子地位也高，可硬是自己去找死。"

顾不上和那个老婆子争辩，灵飞亲自来到冬霜的家里。他少不得哭了一回，然后命冬霖先好好守着冬霜。他又来到海总管的房里，只见海总管正在收拾账本，无事人一般。

海总管见了灵飞，连忙停下手来，躬身作揖，笑着回答："大少爷，请坐下说话。我正打算去您那里和您道别。”

俩人进了里屋，小子们上了茶点，二人相对坐下，海总管叹了一口气：“如果我没有猜错，大少爷可是为了冬霜姑娘发丧的事情而生气吧？可是我在昨天夜里已经和老爷告了假。但还是忍心不下，假如少爷肯给我个薄面就收下我的十两银子，算是我对冬霜姑娘的一点心意。这发丧的事情恐怕我就赶不上了。”

灵飞苦笑一声说：“我真没有想到这个家会败得这样快。以前还觉得自己是豪门公子，可是转眼间马上就要成了沦落街头的叫花子。可笑啊，危难之时，你我应该齐心协力共渡难关，没料到你却要走。家里这个乱摊子丢下给谁来料理，太太又在病中，冬雪倒是一个伶俐人，可是还在下人房里躺着养伤。依我看，你必须留下，就是不看在我的分上也看在太太的分上。”

“奴才跟老爷也很多年了，但现在我也是奔四十的人了，贱内的身体也一直不好，大少爷就不要为难我了。我受了王家几代人的恩典，只有感谢每个主子对我的好，记着这些好就是我对主子们的回报了。等过些日子，贱内的病大有好转，奴才再回王府。”

“这个时候，正是王府用人的时候。老爷紧逼着我离开王府，假如海总管实在是不能留下，我也不便强留。我最后一次来问你，父亲到底想干什么？难道他真的不珍惜王府这百年基业了吗？”

海总管呵呵一笑说：“这个问题我也不好说。老爷可能思念老太太，不大想回王府居住。再说，你们是父子，你看是什么那就是什么，以后少爷自我保重。假若有病或身体不适，千万要去看孙大夫。老爷要回来安排新的总管，冬霜姑娘既然已经死去了，就让它过去吧。依我来看就不要麻烦了，人嘛，十动不如一静，如果有缘日后我再来看少爷，少爷保重。冬雪姑娘已经破相，老爷的意思是等她好些了，放到厨房里做粗使丫头。我也来不及照管了，大少爷多安慰冬雪姑娘，人只要活着就有盼头。”

从海总管的屋里出来后，灵飞心想王府看来确实是不行了。他很惋惜这座总是让他产生罪恶感的大宅门，可是他又多么希望这座王府一败涂地啊。

他唯一放心不下的仍然是秋蝉，他很想见秋蝉一面，又一想现在府中老爷的眼线不止一人，何必自找麻烦呢！

可怜冬霜如花美眷，为人光明正直，现如今只落得无人问津的悲惨地步。

秋蝉的娘也赶来每日守在女儿身边。她还以为女儿失贞的大事败露，故而又买了五十多只鸡养着，随时准备为女儿杀鸡接血。

秋蝉的身体一天比一天好了起来，一日她突然问大家："你们的冬雪、冬霜姐姐呢？"

冬雾回答："冬霜姐姐在家休养，可前些日子她患了风寒，就去了。本想着有她老娘在身边伺候，总归好些，没想到出去两天后人就没了。奴婢们当时没敢回太太，怕太太病情加重。冬雪姐姐现在还有一个舅舅，听说在外头挣了大钱，就把冬雪姐姐接走了。"

秋蝉是冰雪聪明的女人，听了这一席话，鼻子一酸泪如雨下，说："你们也用不着来瞒我，若说别人在我病得要死要活的时候离去还可相信，可冬雪和冬霜、冬霖、冬雾你们这些丫头，就是拿刀架在你们的脖子上，你们也不可能离去。你们就合伙骗我吧，我知道冬雪和冬霜这两个丫头已经出事了，我又说不准还有谁敢除去我身边的人，除非是老爷。"

冬霖虽然爱说话，但是现在太太刚好，怕惹得太太又生气，所以不大敢说。

一个老嬷嬷看实在是隐瞒不过便说："哎，都什么时候了，太太还挂念着别人，自己省点心养病罢！各人自有各人的命，只可惜太太白疼她们一场了。"

秋蝉听了心如刀割，她明白自己虽是王府的太太，却连身边的丫头也保不住："灵飞少爷还在府中吗？"

冬霖回答："在呢，他还惦记着太太呢！只要我一出去，就问长问短的。可怜他那么一个人了，就让老爷配了夏芷那么一个废物！"

"他已经彻底让我和老爷失望了！"

几个小子抬来一只狍子说："海总管买来的，临走时说让小的们给太太看看，准备着老爷明天回府吃。"

冬霜问小子们："买了不往正经大厨房里放，放到这里作死？看什么，看看狍子死得惨，还是丫头死得惨？"

一个小子说："老爷特意吩咐，这是刚杀的。老爷说脑仁子还没死，让厨子揭开脑皮子挖出脑浆子给太太生吃，这可是大补的东西。"

没等冬霖回答，秋蝉抢着说："你们倒是很听老爷的话，除了老爷，你们的眼里还有谁？别以为你们跟着老爷做下的孽没人知道，有天呢，不怕雷劈死你们！"

"奴才们的眼里，老爷和太太都是一个样的。"那个小子说。

"既然是这样，那你们就把野狍子留下，就说我要了。你们跟老爷说，老爷假如为了我好就把冬雪还给我。她是我的奴才，就是老爷休了我，她也是我的，就不麻烦人家舅舅白养着。"秋蝉说道。

小子们踌躇着："太太，这事情是不是有些不太好办？老爷也是为了太太的身子着想，有那几个丫头在，只会给太太添堵。"

秋蝉冷笑一声："不好办？叫二门外的男人们进来给我拉出去打，打死了算完！别人可以杀我的丫头，我就可以杀别人的奴才。"

小子们三说两瞪眼地被拉了下去，秋蝉的脸上没有一丝的惊慌，大家心想这些天她不说不笑，看来就是为了要面对王府的如今这个局面。

一个老嬷嬷说："太太还是休息一会儿吧，劳累过度了又要难受。"

秋蝉说："嬷嬷，别人糊涂，你可是最清楚不过的，我能累吗？我会累吗？我可是做丫头的料。你现在带几个小子到铺子里，传我的话，让秋蛄一伙来府里见我。说大话不贴花的几个东西，别都她娘地睡在梦里过日子了。我病了这几天连个人影也没有，是不是有了张和尚就忘了李和尚也是出家人了？"

"太太何苦生气，老爷知道了又要不喜欢了。在这府里老爷可是万万不能得罪的，要不然您身边的丫头嬷嬷们又要遭殃了。"老嬷嬷劝道。

"别人万箭齐发，我就不能手持盾牌了吗？你有劝我的胆子，为什么当初不和冬雪一起去劝劝老爷和我好好过日子？偌大的王府，老爷真的不要了吗？"

嬷嬷们无言以对，只好带着几个小子去叫秋蛄一伙。

秋蝉命丫头们给她梳洗打扮，小丫头们进来报："亲家太太来了。"

秋蝉说："快请进来。"

秋蝉娘进来见秋蝉和前几天相比判若两人，高兴地把女儿搂在怀里说："天啊！你可就好了，前几天可把娘给吓死了！"

秋蝉命身边所有的丫头和老妈子都退下："我横竖难逃一死，窝窝囊囊地死，不如轰轰烈烈地死。如果前太太早下狠心制服了老太太，哪里就能死得那样悲凉？我日后大不了像前太太那样自行了断，死也死个敞亮。"

秋蝉娘吓得赶紧问："女儿，你这都是说的什么话呢？老爷扶你，是老爷的恩典，我们不能埋怨老爷。"

"娘，老爷要除掉我，我也不知道原委。今天晚上您带几个小子过来，我为您打包一些银两，您先躲到我表哥家。要是日后我去找您便罢，不去找，我说不定就死了。您就死心塌地的找个男人，过自己的日子吧。"

石家的女人哭丧着脸对女儿说："不管你发生什么事情，娘也不离开你。你还让我找个男人，这不是诚心打我的脸吗？你老子死了那么多年我都过来了，老了也不会给你丢那份人，再说也不能对不起你那个死鬼老子呀！"

"娘何必说这样的话呢？您记住这辈子谁都靠不住，只有找个可靠的男人来相伴着安度晚年。我父已死，何谈对得起他对不起他，死了的人两眼一闭没事了，活着的人何苦扼守着顽固的思想折磨自己痛苦地生活。再说，您有个依托，我这个做女儿的死也瞑目了。"

第五章
老爷的秘密

冬霜在临死的时候说，老爷的背后隐藏着一个天大的阴谋。我思来想去这个阴谋一定与我有关，不然老爷绝对不会娶我，还有夏芷也绝对不会嫁给大少爷。

王府的人们发现新太太秋蝉变了，她一改以前不温不火的性情，事事挑剔，跟着老爷的小厮几乎都挨过她的板子。老妈子们也不敢像以前那样猖狂了，生怕冲撞了太太。

秋蝉命孙大夫为夏芷治病，几服药下来，夏芷略有好转。只是有时糊涂，时常认为灵飞是许晨，灵飞只顾躲闪，生怕她挨着自己。

秋蝉找来灵飞，对他怒斥道："当时是你作死作活要娶夏芷，现在又百般躲避？女人就是命苦，嫁给有钱人算是太太，嫁个混账男人连一根草都不如。你仔细听着，如果夏芷的病不得好转，我就和你拼了命。"

灵飞本来心疼太太，舍不得让她为自己操劳，便答应一定好好照顾夏芷。下人们都说太太到底是圣人一样的品格，从来不和小人记仇。

秋蝉出面打理府内的事，比海总管还要麻利。

这段日子，老爷也没差人过来问太太的好，每每下人们在秋蝉面前提到老爷，她只是冷笑，她对老爷已经没了念想。

冬霖背着秋蝉来见冬雪，冬雪已经到厨房去帮着大厨子切菜了。

冬雪头上蒙了白纱，厨房里的人看不到她的脸，只知道她是个有身份的人，也不敢为难她。一块白纱把冬雪的身份遮住，但她的心却时时记挂着太太。

来到厨房，下人们上赶着问好，冬霖视而不见，把冬雪叫出来嘀咕一番。一个管厨房的老妈子说："姑娘，这位姑娘罩着面纱，也不爱多言，我们不知道她叫什么名字，姑娘赏她个名字吧，以后也好叫。"

"她叫紫芝，是上面让我照顾的人。你们不要轻易使唤她，更不能打她骂她。我知道你们这些黑心烂肺的狗奴才们欺生，如果让我知道她受一点苦，我就让你们死在我的皮鞭下！"冬霖说道。

管厨房的老妈子们也不敢多言，只说："姑娘只管放心。"

冬霖安慰冬雪一番就走了。大家羡慕地看着这个体态婀娜的美丽身影，就是想不起她是谁，但谁都怕得罪了冬霖，只好拼命巴结着紫芝。

虽然秋蝉身边有一大群丫头，可她却思念着冬雪和冬霜。她时常背着人流泪，丫头们感觉到了什么，但也不好多打听。秋蛄等丫头来过几次，秋蝉都闭门不见她们。

石家的女人隔三岔五来看秋蝉，她语重心长地对秋蝉说："孩儿呀，你千万好好支撑住这个家。娘就是死也要和你死在一处，不管以后面对什么事情，娘总会第一个挡在前面。"

秋蝉淡淡地回答："何必要跟着我死，下一个死的人不是我，而是你！老爷要把我身边出主意的人一个个赶尽杀绝，冬雪、冬霜就是例子。"

"老爷为什么要这样做？

"不知道，昨天晚上灵飞少爷和冬霖说的。冬霜在临死的时候说，老爷的背后隐藏着一个天大的阴谋。我思来想去这个阴谋一定与我有关，不然老爷绝对不会娶我，还有夏芷也绝对不会嫁给大少爷。所以，现在必须医治好夏芷的病，夏芷可不是个简单的人物，她可以对付老爷。"

"夏芷的病好了，对你有什么好处？"石家的女人问道。

"老爷在对付我之前先得对付夏芷，然后才是女儿我。夏芷诡计多端，一定会维护大少爷，老爷的那些小把戏，在她眼里不过是光头上的虱子。"

母女俩正说着，只听到门外冬雾说："太太，亲家太太，秋蛄姑姑几个已经过来了，要见太太，说见不着太太，她们就死在门外。"

"就怕她舍不得死！让她们在院外候着，就说我陪着我娘在说话，暂且没空见她。"

"儿呀，这该咋办？老爷是怎么了，杀人成瘾了？"

"眼下老爷不会杀我，他利用我搞阴谋只是刚开了一个头，好戏在后头呢。母亲先从后门出去，让我看看这几个废物，这些日子我早想处理她们，就是没有精力。"

秋蝉换了大衣裳出来，只见秋蚊、秋蛄和秋岭站在天井之中。秋蝉坐下，小丫头们过来捏肩。秋蝉说："你们在铺子里伺候老爷，老爷可好？"

秋蛄她们三人原以为秋蝉和她们一起当过差，秋蝉在老爷的面前又正不得意，料也不能把她们怎么样，故而轻佻地答道："太太，老爷梦里都在呼喊您的名字，您可真是老爷心头上的肉。"

秋蝉沉下脸："我问你们话，你的耳朵聋了吗？什么心头上的肉？什么说梦话？难道老爷睡觉时，你也守着不成？"

"太太，我们知道雪姑娘被老爷痛打的事，可也没办法。老爷的脾气，太太又不是不知道，依奴婢看，太太在这样不起色的时候，就不要耍太太的威风了，多拉拢婆子、丫头，到时候她们也算是您这边的人。"

秋蝉大怒，厉声喝道："我是王府的太太，就是老爷不稀罕我，我也不可能下贱到拉拢奴才的分上。你们隐瞒了我很多事，这些日子，你们也没少为老爷出力，从今日起你们就回家去吧，我也是个有良心的人，绝对少不了你们的月钱。"

"太太，不要这样打发我走好吗？我可是伺候过老太太的人，从进府那一天我们就以姐妹相称，一直到现在，我时刻都没离开过王府呀，您让我留下好吗？"秋蛄害怕了。

"你也算我的人吗？可别往我脸上沾灰了，我这也是为了你好。回去吧，你是这个王府最聪明的奴才，每一件事情你都看得一清二楚。可我每一次遭到暗算你都没有帮过我，你我之间能有今天的结果也是老天爷的安排，如果不服，你就去老爷面前申冤去。"

冬雾说："全府上下的奴才听了能白白拿月银，都争着出去，而今给你钱，你都不走，可见你是别有用心，我们也不点透了。那天，我要去看冬雪姐姐，你死活霸着我不让过去，你是不是害怕冬雪姐姐见到太太后把你的假面具摘下来？有人说少爷大婚的时候喝错了一杯酒，当时可是你提着酒壶的，我怀疑你在少爷的酒杯中放了……"

秋蝉着急地说："冬雾，不要说了。'名利'二字是非多，别怨她了，打发出去倒是正经。"

小子们捆了秋蚊和秋岭几个，带了出去。几个老妈子又给她们收拾了一下衣物，她们就这样被撵了出去。刚要回屋，秋蝉就听着门外有人高叫着："大少爷来了！"

秋蝉还没回过神，灵飞大步走了进来，跪到她的面前："我向你道歉来了，摸黑过路的人才知道火把的可贵，我愿意留下来陪伴着你走过黑夜。"

秋蝉对丫头们说："把老嬷嬷们支走，让少爷起来说话。"

冬霖过去把灵飞扶了起来，秋蝉让冬雾把所有的下人支下去，然后让冬霖和冬雾守在弄堂口："灵哥儿，果真日后改好了也不枉我和老爷的一片心。我很累，你就下去吧。木已成舟，也谈不上道歉不道歉的，你我以后各自保命吧。我也没有那个心和你记仇了，我对你许下的愿，也还给你了。"

灵飞说："太太不要再说气话来怄我了，我知道自己在你面前是个罪人。太太能够不计前嫌，那是我的造化。我今天过来是希望和太太共同商议一下怎样渡过如今的困难。"

"灵哥儿，死水不藏活龙，你还是走吧。如今你也明白你我的处境，老爷是想借你除去我，或许是想借我除去你，我们是死棋走不活了。你走了以后给我来个信，也算我们相处了一场。"

"秋蝉，我哪里能舍得撇下你走了呢？要走我们一起走。依我看，老爷娶你就是为了引回我，然后借着我年轻不懂事要发火，他以我发火为由再除去我，老爷的心真够歹毒，我险些上了他的圈套。多亏了冬雪、冬霜这几个丫头心细。老爷看出了几分，就决心把她们也杀死。"

"我一直不明白，你是老爷唯一的儿子，老爷为什么这样恨你，非要绝你后路？"

"因为他恨我娘，怕我以后报复他。如果我走了，他要你这个诱饵也是无用，肯定会作践你。我放心不下，这些日子我故意装着逛窑子、下赌场，其实我什么坏事都没有干，就是为了气他，谁知道他需要的正是这种效果。你和我一起走吧，外面的世界很大，我们可以去寻找我们的幸福。"

"如果你在两年前和我说这样的话，我肯定会满口答应。可是现在不可能了，我并不是离不开王府，而是再没有那种私奔的激情了。我舍不下我娘，也舍不下这片土地。"秋蝉道。

"我永远陪伴着你，等你什么时候答应跟我走了，我就给你穿上最漂亮的嫁衣，明媒正娶地把你留在我的身边。"

"恐怕是没有那一天了。我确实累了，你回去吧。"

灵飞正要转身离去，秋蝉又叫住了他："海总管告假出去了，老爷不会相信我能管得了府里的事，几天内他定要回来再选总管，依我看，你出去躲避几日也好，免得见面又要生事。"

"我偏不走，看他怎样。说起海总管，我倒是想起一件事情，他临走时和我说了两句话让我很吃惊。他说，知父莫是子，我知道有句话是知父莫若子。海总管一介秀才怎么能说错话呢？莫是就是不是，难道我不是老爷的儿子吗？"

秋蝉一惊，立刻又问："海总管还说了些什么？"

"他还说假如夏芷总不见好，就赶快去看孙大夫，解铃还须系铃人。"

"我果然没有找错人，看来夏芷的病还是有救，你一定要让夏芷好起来。"

就在这时，冬雾来报："太太，大少爷，刚才雅阁的丫头们来报，说夏芷少奶奶竟然做起了针线，并且口口声声说她是少夫人。”

灵飞大惊，告别了秋蝉，匆匆去见夏芷。

秋蝉借故感谢孙大夫，打发冬雾拿了几百银子，亲自送到孙大夫府上。

临走时，秋蝉对冬雾说：“孙大夫最了解王府的事情，你先把银子奉上，就说我们太太感激孙大夫医好大少奶奶的病，改日会专程来拜访。然后想法子从他嘴里掏出一些话来。”

冬雾打扮一番，带着银子再次来到启鸳堂告别秋蝉：“太太只管安心在家，奴婢知道孙大夫与老爷交往甚厚，一定会小心言语的。”

秋蝉命二门的小子们和几个嬷嬷陪伴着冬雾坐车到孙大夫的府邸。半日，冬雾回来，秋蝉见冬雾面带苦相，知道孙大夫不好对付，后悔自己不该冒失地派冬雾过去，万一孙大夫将此事禀明老爷，就打草惊蛇了。

没等冬雾开口，秋蝉说：“不要说了，老爷几日内必然要回府，孙大夫可能早就将我的言行传达给了老爷。你们一定要记住，不管老爷怎么羞辱我，你们都不要替我说话，不然老爷只会除去你们。”

众丫头点头答应。

果然不出秋蝉的所料，老爷终于在海总管走后的第十天回来了。他坐在大厅里和下人说：“把太太和少爷给我请来，还有各房管事的也都得过来，我有大事要和大家商议。”

少顷，秋蝉在冬雾、冬霖等几个大丫头的搀扶之下，颤巍巍地走来。进了大厅，撩衣下拜给老爷行夫妻之礼，老爷赶紧抢步扶住说：“蝉儿，身子还没好吗？为了你的这身病，我的心都操碎了。”

“多亏老爷您惦记着我，可我近日身子却越发不好。老爷可还硬朗？原想过去服侍老爷几日，谁知道这身体一日不如一日，服侍老爷竟然成了空话。”

“你自己把自己料理好就是我的福气了。假如明年铺子的生意好了，我就在府后买一块地，为你建造一座漂亮的颐养花园，我已经给它想好名字叫‘秋淑斋’。我要召集天下最美丽的丫头来伺候你，让你知道跟了我是幸福的。”

正说着，灵飞搀着夏芷进来叩拜，老爷看到夏芷恢复了不少，也赏了她座。很快人都到齐了，老爷问大少爷："让你带着妻室单过，你就是不愿意。我想起老太太对我说的话来，儿子在父亲面前，多大都是孩子。"

秋蝉说："老爷生意忙，府里我一个人照顾不过来，所以留了大少爷，想必老爷也不会为了这等小事恼我。"

"那几日也是我一时生气，胡乱说了些歹话。自己的儿子，我怎么会赶出去？这几年我越发见老，府中的事情也不大管了。前几天海总管说他女人身子不好，回老家去了。这府内上上下下也有百十来口人，没个总管是不成的。可巧太太的身子也不好，整日七灾八难的。夏芷虽然是长房媳妇，可大病初愈不能劳累。大少爷身为长子，成日里见不着人影。冬雪、冬霜这两个丫头恰恰比别人伶俐些，可惜都害了伤寒疾病，说没就没了。经我反复思量，现在倒是有一个现成的人，就是前太太的丫头翠蔓，太太你的意思呢？"老爷道。

"老爷说得极对，依我看来就按照老爷的意思去办。翠蔓这丫头行事稳重大方，又是府中头等的丫头，假如老爷喜欢，我也没别的话说。"秋蝉说。

"好，就这么定了。翠蔓，今后你可要和冬雾合计着，伺候好太太啊，要不然我是不依的。大事小事多问问太太，不要一意孤行，家大业大，一不小心就会出问题。"

翠蔓连忙过来笑嘻嘻地给老爷和太太作揖磕头，高兴得不得了。

老爷命身边的小厮扶起翠蔓，对秋蝉说："还有一件事情，我也考虑了很久，不说又觉得不大合适，说出来又怕太太在意。你我夫妻一场，可你总是忙得晕头转向，我看了也不忍心，我想把紫藤丫头收在屋里，不知道太太意下如何？"

为了掩盖心中的怒气，秋蝉忙喝了一口茶水，然后莞尔一笑说："老爷的意思正是我的意思。俗话说独木难支，独柴难烧，我老早就估摸着给老爷物色一个贴心的人，可巧老爷就找到了。紫藤妹妹，你过来，让姐姐我好好看看。"

谁知道紫藤却走到老爷的身边坐了下来，横竖没扫秋蝉一眼。看着她昂首阔步的样子，秋蝉打心眼里一声冷笑，心想：你求生不能求死不得的日子还在后头呢！

老爷摸着紫藤的肩头："紫藤丫头虽然比你大了几岁，可是从次序上来讲，她还是你的妹妹。日后你们互相照顾，不要闹出不堪的事情，惹得外人嘲笑。"

秋蝉说："老爷只管放心，我是什么样的人老爷应该了解，我们一定会以和睦为重。假如老爷没有别的事情我先告退了，紫藤妹妹的住处老爷看着安排，晚上我打发两个贤德的丫头过去伺候，老爷保重。"

老爷坐在客厅正中，一手搂着紫藤说："慢着，我的话还没有说完。我想让冬雾丫头过去伺候紫藤，太太是不是不愿意呀？我可听人们说太太极其宠爱丫头，冬雾去伺候姨太太，姨太太脸上也有光彩。"

秋蝉猛然捂住胸口，只感到一阵头晕，连忙说："可以，紫藤妹妹等好，我明天就把她打发过去。"

回到启鸳堂，秋蝉只想好好睡一觉来解脱疲惫。小丫头们过来给她脱去大衣裳，秋蝉慢慢躺到软榻上，冬雾过来跪下给她捶腿："冬雾，你过去后只管好好服侍二太太，不要顾及我。老爷终于也把你从我身边夺走了，你一心服侍二太太，不要多言语，听见了吗？"

冬雾哭着说："太太，奴婢虽然是一个丫头，可奴婢就是一头碰死也不愿意过去伺候那个贱货，太太如果嫌弃我，就让我死好了。"

秋蝉静静地淌着眼泪，半天没有说话。

"太太，您想哭就哭吧，奴婢知道太太有一万个不愿意也不管用，只等老爷喜欢的时候把奴婢要回来就是了。"冬雾说。

"傻丫头，你冬雪姐姐死命保我这个太太的位置，她可能不知道，老爷早就与我生分了。你誓死追随我，我何尝不明白？但你过去就不要轻易到启鸳堂来看我，老爷一定会把老太太的祈愿堂赏给二太太，你不要以为你为我报仇就能解决什么问题，那样你会比冬雪、冬霜的下场还要惨。"

回到雅阁，灵飞越发生气。他恨老爷如此作践秋蝉，大声说："紫藤怎么能配得上和太太姐妹相称？还有那个翠蔓，风骚卖遍蝴蝶州，到风月场所还可以，怎么能当王府的总管？老爷疯了！”

夏芷说：“我知道你为太太鸣不平，可在老爷面前你为何不说？倒是在我这里喋喋不休。你们王府也怪了，放着各家官宦、巨商的千金小姐不娶，倒是从丫鬟中挑选主子。不知道是卖弄自己家丫鬟多，还是肥水不流外人田！”

“翠蔓、紫藤都是和你一起进府的丫头，你们都从江南来，到底还是一路货。”

夏芷长叹一声：“你这是骂她们，还是有意骂我？我在街上受冻挨饿的时候，她们只为自保，哪个敢出头管我？我怎么和她们成一路货色了？少爷恐怕是护太太过了头，太太没说什么，你倒是暴跳如雷。我也想透了，你不和我同房，绝对不是因为我曾经委身于许总管，而是心里惦记着别人。”

灵飞怒视着夏芷：“病狗养好伤也会咬人了？你在王府出尽洋相，半疯半傻，是谁救了你？现在倒好，知恩不图报，反而说起太太的坏话了。”

“太太找人医好我的病，自然有她自己的小算盘，我犯不着感谢这样的人。你也少来这一套，我看你们这些都在演戏的人怎么收场。”

灵飞从雅阁出来，正遇见翠蔓带着一群老妈子查府。翠蔓看到灵飞，不但不行礼，反而怒问：“少爷要去哪里，是不是又要逛窑子？太太管账的时候，丢了不少银子，我正要去你们雅阁查点一下，好去回老爷。”

“滚蛋！好狗不挡道，想查就查去，我不和你一般见识。”

翠蔓带着一群老妈子直冲雅阁而来，几个小丫头跑着禀报了夏芷。夏芷命丫头们开了院门，自己坐在厅堂中等着翠蔓。

看到夏芷，翠蔓先是一惊，她明白夏芷的手段，不由害怕起来，赔笑说：“少奶奶果然身子大好了，我来晚了，少奶奶不要怪我。”

夏芷指着翠蔓的眼睛：“你不要以为老爷抬举了你，你就可以为所欲为。刚才有丫头听到你在骂大少爷，说他偷了库里的银子。大少爷是我的男人，好不好的我们也算夫妻，你这样质问大少爷，无非是想给我颜色看，我今天就和老爷说去。你算什么东西？干了什么功高震主的大事了？这样猖狂！”

翠蔓脸上一时下不来，本想赔礼道歉，却本能地大声反驳：“少奶奶，你不要给脸不要脸。你以为你在王府很有地位吗？我明着对你说，老爷交代我亲自带人过来搜查雅阁，看在我们同出一处的分上，我可以对你有所优待。但就你这种嘴脸，我搜定了！”

夏芷劈脸给了翠蔓一个嘴巴，对小丫头们说：“给我拿棒子赶她们出去，好歹我自己和老爷说去。”

小丫头们拿起鸡毛掸子，乱打起来，翠蔓被赶出雅阁，直奔祈愿堂禀报老爷。到了祈愿堂，却只见二太太一个人对着镜子流泪。

翠蔓问二太太：“这样大的喜事，您何苦流泪？”

“傻丫头，老爷走了。他根本不喜欢我，前些日子不过做做样子罢了，老爷临走的时候对我说，半个月之内要将大少爷除去。都知道大少爷和太太流瀣一气，我动了大少爷，就是动了太太，太太必然将我处死。如果我不除去大少爷，老爷害怕我出卖他，也必然杀我。翠蔓，我一个女子，怎么能应付这种事。看来我横竖也是一死，早闭眼早放心。”紫藤说道。

灵飞原来打算从北京回来就带着秋蝉去投身革命，没想到刚回来就卷进王府的是是非非之中，并且阴差阳错地娶了夏芷这样尖刻的女人。

夏芷身子逐渐大好，又恢复了往日嘴快如风、上下欺人的品性。灵飞虽然一时半刻难以放下牵挂的秋蝉，但也只好忍痛跟着她过日子。她从一个没人看管的疯婆子，一下成了王府的大少奶奶，心里自然欢喜，肉在嘴边没有不吃的道理，于是她一心一意地做起了王府的半个主子。

紫藤受命于老爷，要将大少爷灵飞害死。可太太的几个丫头一个比一个厉害，现在冬雾虽然跟了自己，可是冬雾比自己的架子还大。老爷以为支走冬雾，让秋蝉少了一个出谋划策的人，事情就好办了。现在看来，还不如让她待在太太身边。

下雨了，祈愿堂门外的小丫头们都跑到屋里避雨。紫藤对身边做针线的冬霜说："你撑个伞去看看水道堵了没有，省得一会儿出门一踩一脚泥。"

冬雾翻着白眼说："我不去！搁着那些小丫头你不使唤，倒让我去，我在大主子面前也没有捅过水道。来到你这边什么粗活儿都想着让我干，没门儿，我还要给太太做针线呢！"

紫藤忍着气，让丫头们捅水道去了。一个小丫头捅完水道，湿淋淋地抹着小脸进来说："二太太，大下雨天的，大少爷伞也没撑，也没人跟着，自己到太太的启鸳堂了。"

紫藤说："大族人家的少爷太太早就看穿了富贵烟云的事情，所以什么开心做些什么。"

冬雾说："这叫什么话？你的意思是太太和少爷在一起做开心的事情？我非要告诉太太去。"

"你告去，我好不好还是老爷的二太太，你算什么东西，再体面不过是个丫头。你也不用每天在我身边吓唬我，等见到老爷，我非让老爷剥你一层皮。"紫藤咬着牙说。

"你还真把自己当成主子了？猪肉放到羊身上，怎么看都不像，你还以为老爷真的心疼你？"冬雾讽刺道。

紫藤气不过，只好来到外屋，和小丫头们玩纸牌。

雨停了，空荡的夜色里，浅粉浅白的花在凝重的夜色中含苞待放。秋蝉和灵飞坐在亭台上，灵飞对秋蝉说："老爷现在诚心想将我害死，要不是牵挂着你，我早就一走了之了。"

秋蝉松了松披肩，脸上露出些成熟的姿态。自从嫁给了老爷，她就没过上一天消停的日子。老爷一天天将自己身边的丫头们赶尽杀绝，她明知道老爷是在制造一场阴谋，却无法阻挡这场阴谋。按理说，自己身为王府的太太，可是老爷却偏偏让自己变得越来越孤独。

"'忍'字头上一把刀，不忍就要遭祸。老爷给了我很多机会，与你单独相处，分明就是让我们不断地好下去。等我怀孕之后，再演一出悲剧，杀母留子。大少爷，你逃吧，能活一个算一个，你在家里只是火上浇油。"秋蝉说道。

"秋蝉，我不能不顾你而一个人逃走，老爷封翠蔓当总管无非是让翠蔓日夜监视着你。现在紫藤对你来说又是一个威胁，你再不逃走，日后就越来越难了。"

冬霖上了亭台："大少爷，大少奶奶打发人来说让少爷回去。"

灵飞摇摇头对秋蝉说："夏芷是假戏真做了。"

"毕竟你们是拜过堂的夫妻，怎么能说假戏真做？夏芷跟着老太太的时候，就是一个很有主见的丫头，可别小瞧了她。"秋蝉说道。

灵飞告别秋蝉，跟着小丫头回到雅阁。夏芷一边为灵飞收拾衣裳，一边说："大下雨的，都不愿意在自己屋里待着，太太的身边果真就那么好？"

"收拾衣裳的事情，放着小丫头不用，你倒亲自动手？我到太太那边也是商量着怎么对付老爷，你又多心了。"灵飞没好气地说道。

"三个诸葛亮难唱一出空城计，老爷是那么好对付的吗？说来也可笑，今日翠蔓竟然带着一群婆子来查我们的出入账，被我赶跑了。现在的奴才，背后有了主子撑腰，胆子变得比天都大。你是王府的长子，三分天下有其二，我真是气不过。"

正说着，翠蔓派人过来说："晚饭准备好了，请大少爷与少奶奶过去用饭。"

饭桌上，坐着四个主子，秋蝉坐在正席，紫藤挨着秋蝉坐下，对面是灵飞与夏芷。

秋蝉说："夏芷的病大好了，今后吃饭就凑到一起吧，大家也不寂寞了。"

夏芷附和："太太说得很对，王府也不过我们几个主子，好歹每日吃饭聚一聚。"

丫鬟们端上菜来，第一道拌咸菜，第二道熬冬瓜，第三道炒瓜片，第四道五仁茄子。大家看着这四道菜，都皱起眉头。

夏芷问一旁站着的翠蔓："王府不可能连我们吃饭都要节省吧？这是给主

子吃饭，还是给三等奴才吃饭？”

“这是老爷吩咐厨房做的，以后买办只买素食，不买肉了。老爷让大家吃吃斋，静静心。”翠蔓面无表情地说。

“既然老爷是这样吩咐的，我们就不要难为翠蔓总管了。当个管家也不容易，当家人有当家人的难处，大家就对付着吃吧。”说着秋蝉自己夹了一片冬瓜，吃了起来。

夏芷埋怨：“这天长日久的，总吃这种饭不好吧？王府里扫一把地皮都够我们四个人吃上一辈子了，这不是故意折腾人吗？”

灵飞说：“我终于见识了管家婆的手段了，三把斧头不比不知道哪把快，翠蔓总管真是老爷的心腹，记得操心多了对自己的身体不好。”

翠蔓冷脸看着，一言不发。

夜晚，老爷身边的小厮来了，对紫藤说：“二太太，老爷要你到铺子里说话。”

翠蔓问：“太太知道吗？”

小厮回答：“老爷说了，谁都不让知道，二太太收拾一下，赶紧过去吧。”

紫藤在脸上抹了一层粉，又在头发上滴了香精，穿了一身紫色的绞边大衣裳，带着冬雾坐轿子来到铺子里。

老爷正和几个客商在正屋谈生意，声音很大，屋里不时传来谈笑声。老爷送走客人之后才进来，他满身的酒气，见冬雾也在，挥了一下手，让冬雾下去。

老爷将紫藤搂在怀里：“小心肝，我交代你的事，你办得怎么样了？”

“老爷，我干不了这事。少爷身边有个夏芷，就是投毒也没机会。”

老爷推开紫藤，有些不高兴地说：“你得想办法呀，就是三百斤的大猪，总比不过屠夫的几寸屠刀。你是我的女人，难道忍心每天看着我不舒服吗？”

“老爷，太太说不定和少爷之间有私情，今日下大雨少爷还抽空往太太的住处跑。”

老爷翻脸说："你少胡说，小心我割了你的舌头。太太与少爷以前是主仆，现在是母子。你若让别人听到些什么，我绝不轻饶你，你回去吧！"

紫藤紧紧抱住老爷："老爷，您就让我安心做二太太好吗？不要让我去杀人。就让我每日陪伴老爷入睡，将我的头紧紧贴在你的胸前，闭上眼聆听你心尖上的清音。"

老爷变得异常温和地："好人儿，你眼下的任务就是去除掉大少爷，他根本不是我的儿子，他是太太和许总管的儿子。每次回到府里，我的心头就像吃了死苍蝇一样难受，只要他死了，我夜夜都回去陪你。"

冬雾看着二太太出来，脸色在灯影之下异常红润。她上前扶着紫藤进了轿子，到了家以后，紫藤半躺在床榻上剥着栗子吃。

"二太太这里有小丫头们伺候，我就回去睡了。"冬雾说道。

"别走，小丫头们再多，也比不上你一个人呀！你是谁？是太太从多少人里挑选出来的人尖子，太太能给你的，我二太太照样可以给你，你怎么就那么不待见我？"紫藤说。

"我看不惯你小人得志的样子。你和老爷在一起也就是软藤子缠死树，不会有什么好结果的。"

"哟，到底是太太使唤过的人。好了，谁让我是二太太，就不和你计较了。老爷送我一些栗子，我也吃不完，你到雅阁给大少爷和大少奶奶送去些，别让太太那边的人看到了，免得太太生气。"紫藤说。

冬雾拿着一包栗子带着挑灯和两个小丫头走了，紫藤看着冬雾的背影，一阵狂喜：冬雾带走的那包栗子是用砒霜煮过的。

秋蝉在灵飞与老爷之间，是乖乖媳妇护两头，她怕老爷杀了灵飞，也怕灵飞杀了老爷。老爷是王府的支柱，没有老爷，王府难有这样大的家业。

秋蝉不明白灵飞口中外面的世界，不管世界有多大，人总是要吃要穿的，她爱灵飞，可爱只不过是精神上的一种感觉罢了，人还是穿衣吃饭要紧。

所以，王府唯有老爷一个人是天，刮风下雨由他一句话。秋蝉无数次规劝着灵飞，和老爷学学做生意，什么外面的世界、外面的天空之类的话，说出来很不现实。

冬雾拿着紫藤送灵飞的栗子，走到半路说："黄鼠狼什么时候孝顺起鸡来了，肯定没有什么好事。三更半夜让姑奶奶送东西，把姑奶奶当成什么人了，你也不过是个小妾，姑奶奶我偏不去送。"

于是她把一包栗子给了两个挑灯的小丫头："你们吃了罢，我今天陪着二妖精去了趟铺子，走得脚疼。二妖精要是问起你们，你们就说给了大少爷了。"两个丫头嘴馋，巴不得冬雾赏了她们。

冬雾回去之后，二人坐在灯下，一五一十地分。她们边吃边往回走，走到祈愿堂的门口，觉得肚疼、头晕，没等开门，就死了在门口。

第二日清早，干粗活的老妈子们一开门，见门口躺着两个丫鬟，气愤愤地骂："死也不选个好日子！"当她推这两个小丫头时，发现她们已经僵直，怀里捧着还没有吃完的栗子。

老妈子们见出了人命，急匆匆地跑去告诉秋蝉。秋蝉也是刚刚睡醒。

见两个老婆子叽叽喳喳跑来，冬霖忙问："你们不是在二太太面前听差吗，跑到这里来干什么？"

两个老婆子说："太太，二太太门外死人了！"

秋蝉听了脑袋发麻，连忙穿了衣裳，来到祈愿堂。只见祈愿堂的门口围聚了不少人，紫藤在中间指手画脚。有人说："太太来了。"大家让开一条路，秋蝉一看两个丫头面皮发黑，知道她们是中毒而死。

秋蝉问紫藤："丫头们的命再贱，也是爹生娘养的，你怎么不看好你的丫头们？"

"太太，我也不知道该怎么说这些下人。她们整日骨头里榨油，连我给耗子吃的毒栗子也偷吃，她们死了又能怪谁，只怪她们嘴馋好吃。"紫藤回道。

就在这时，冬雾打着哈欠出来，一看两个死去的小丫头，顿时明白了紫藤昨夜让她送栗子的目的。她指着紫藤对秋蝉说："太太，这两个小丫头是吃了二太太送给大少爷的栗子死的。”

秋蝉紧逼着问紫藤：“你要毒死大少爷？”

紫藤的脸色唰一下白了。

翠蔓在一旁说：“太太，谁都知道冬雾从来都不把二太太当人看，她是栽赃二太太呢，不如禀告了老爷再说。”

秋蝉对冬雾说：“别瞎嚷嚷了，这可是人命关天的大事，你和翠蔓先把这两个丫头的家里打点好。”

秋蝉前边走，紫藤从后面追了上来：“太太，这事能算完吗？”

秋蝉转过身对紫藤说：“怕了？怕就不要做呀！”

“太太，我平日是有些轻狂。可是，这是大事，夏芷知道以后怎么能放过我。”

“你要是个明白人，就本本分分做你的二太太。说，栗子是哪里来的？”秋蝉问道。

紫藤支支吾吾了一会儿说：“我就是觉得耗子多了，闹腾得心慌。”

秋蝉给了紫藤一个耳光骂道：“都什么时候了，还敢骗我，你以为你真的会成为太太吗？别做梦了！”

紫藤还想解释，秋蝉推开她，回去打扮了一番，坐了轿子来到铺子里找老爷。

老爷见秋蝉来了，甚是惊讶，忙令丫头给秋蝉倒茶。

秋蝉对老爷说：“老爷，以前我的丫头们来铺子里找您，都是有来无回。现在我亲自来找您了，不是我不压事，是有些事情再也压不住了。”

老爷冷不防问：“怎么，灵飞死了？”

秋蝉浑身一阵发凉：“灵飞没死，死了两个馋嘴丫头。老爷，我们有吃有穿不是挺好，您为什么一定要杀死灵飞才解气呢？”

“你持家不严，倒追问我的不是了。两个丫头怎么死的？”

“老爷倒问起我来了？紫藤昨夜拿回毒栗子的时候，您就该知道有什么结果！”

老爷慢慢坐下来对秋蝉说："紫藤和你说什么了？到底是三流货色，上不了台面。”

“紫藤没有错，她以为老爷会抬举她，所以她为老爷办了不该办的事情。眼下不是两条人命的事，是日后老爷还要继续这样做吗？”

“你先回去，将事情打点好。近日将是大丽花开得最好的时候，不要破坏了赏花的兴致，你走吧。”

秋蝉站起来对老爷说："老爷是王府的顶梁柱，看在大家同在一个屋檐下，该饶恕的饶恕，该体谅的体谅吧！”

老爷看到秋蝉满眼泪水，很无奈地摇了摇头："蝉儿，你先回去，我打点一下铺子就回去，难为你了。”

秋蝉对老爷说："秋蝉祈求老爷，将冬雾还给秋蝉。她心直口快，在紫藤面前迟早会生出些事来。”

老爷回答："有冬雾监视着紫藤，紫藤就是再有胆子，也不敢胡来。”

从铺子里出来，秋蝉觉得冬雾留在紫藤那边，迟早都会丢了性命，她一路忐忑地回到府里。

翠蔓禀报："太太，这两个小丫头，一个是逃荒过来的，收留了三年，根本没有什么家人了；另一个是没老爹的丫头，继父巴不得她早死，得些银子讨了酒喝就没事了。”

秋蝉说："只要她们的家里人不去告状，花些银子也值了。你买两口棺材，趁着天黑，把她们下葬了。”翠蔓答应着走了。

紫藤带着冬雾过来，秋蝉心头一阵不舒服，对紫藤说："不知深浅，就不要下水。如今你是在府里出了恶名了，大少爷知道之后，难保你的安宁，你想着怎么对付吧。”

紫藤害怕道："太太，您与大少爷那么好，能让他放过我吗？”

秋蝉啐了紫藤一口："呸！烂了嘴的东西，我和大少爷怎么好了？你都犯下人命关天的大事了，还不闭嘴！亏你也下得了那狠手，好不好的，夏芷还是你的老乡，你也不怕伤了她的心。”

紫藤没想到自己落了这样一个下场，也自知事情闹大了，自己没理，所以任凭秋蝉责骂，不敢还嘴。只是她把所有的气都记在冬雾身上，于是冬雾越发成了紫藤的眼中钉。

冬雾依旧我行我素，没把紫藤放在眼里。翠蔓来到紫藤房里，紫藤赶紧让小丫头们拿来茶点招待翠蔓，翠蔓对紫藤说："放着痛快日子不过，把那位雾奶奶请到你这边来，这回可是坏了大事了吧？"

"其实这些日子我也想了很多，老爷封我做二太太不过是个幌子，让我杀人倒是他的真实用意。我越来越后悔，要是我们还在夏芷身边，就不会遇到这些要命的事了，好几夜了，我老做噩梦。"紫藤说道。

"亏了秋蝉还有一点点良心，没有把你供到官府里去。老爷就会利用女人办事。我虽然是个管家婆，可是府里开销这么大，老爷又不怎么给钱，日子还得精打细算地过。"

"老爷把冬雾放在我屋里无非是为秋蝉做个耳报神，我们几个人中倒是夏芷最宽心，吃穿都是按照大主子的份。"

"什么时候抓住秋蝉的把柄，把她和她的人一起杀绝了，我们就有出头的日子了。"翠蔓说道。

紫藤眨眨眼睛："你说话可要小心些，我告诉你个秘密事，你千万不要嚷嚷出去。"

"你放一万个心！"

"上次我到老爷铺子里，伺候老爷的丫头们说老爷正在后院里谈生意。我细细一听，你猜怎么着？老爷和几个日本人在说话，听老爷的意思还要给日本鬼子捐献布匹毛皮什么的。"

"你没听错？难不成老爷成了卖国贼？"二人对着瞪了一下眼，翠蔓惴惴不安地走了。

老爷还是骗了秋蝉，他就没有回府的打算。

翠蔓去了几次店铺，都没见到老爷，店铺里的伙计们都说老爷到乡下作坊去了。她急着和老爷报账，却总是见不到老爷，所以只好在吃穿用度上更加苛刻。

下人们对翠蔓越来越恨之入骨，就连跟着她的那些下人也对她越来越不服。

灵飞知道紫藤要毒死自己的事情以后，压着不让夏芷嚷出去，怕万一闹起事来，自己就得被老爷赶出王府。他如今只有多到秋蝉屋里几次，才算解恨。

秋蝉也无奈，但只要一日不见灵飞，秋蝉就寝食难安。

第六章
太太怀孕

老爷:“果然灵飞有眼光,看上了你。你不生可以,不要命也是可以的。可是你也该替你娘想一想,她可是为了你的处女血,下了苦功夫。”

近日，秋蝉发现自己老犯恶心。

冬霖请来大夫，大夫把脉之后对秋蝉说："太太怀孕了！"送走大夫，秋蝉感觉要大祸临头了。

夜里，冬霖装作给夏芷送棉布，来到雅阁。夏芷已经不是从前的夏芷了，她穿金戴银，全然一副阔太太做派。冬霖和夏芷坐着说了会儿闲话就出来了。

夏芷说："让小丫头送你出园子，我就不送你了，回去代我向太太问好。"

"大少奶奶好生养病，太太前日还说府里人丁稀少，如果大少奶奶能为王家添上几口人，那王府一下子就热闹了。"冬霖说。

"借太太的吉言，其实太太比我还小几岁，假如太太能为老爷添个男孩，大少爷就有个伴了。"

冬霖走到外屋，灵飞问："冬霖姐姐这就要回去吗，怎么不多坐一会儿？太太身边那么多丫头，反正不差你一个。"

冬霖说："太太身边的丫头虽多，可是能使唤上的却没几个，为这事太太还整天怪我不好好管教那些小丫头。"说完，她向灵飞使了个眼色，灵飞立时会意。

冬霖走后，灵飞对夏芷说："在家里闷了一天，我出去走走。"

"千万记住，夜里要回来。"

灵飞有些生气地说："说那么多干吗！"

出了花园，灵飞见冬霖站在墙角等自己，便问："有什么急事，我晚上不就过去了？"

"大少爷，这事还能等到晚上？大事不好，太太怀孕了！"冬霖说。

"太太怀孕这不是天大的喜事嘛，怎么大事不好呢？"

冬霖气得直跺脚，小声说："你也知道老爷一直没碰过太太，如今却有了孩子，不是让太太死吗？"

"这是真的？正好，我带太太一走了之！"

"这时候，二太太与翠蔓盯太太很紧，你们能走得了吗？太太让我找你就是想让你找到孙大夫，问问孙大夫老爷究竟想要做什么。"

"好的，我会问清孙大夫，到时候就好对付老爷了。"

灵飞绕到后院的矮墙边，爬出墙外，穿过几条巷子之后，到了孙大夫的家。

谁知孙大夫昨夜已死。

灵飞找到悲伤欲绝的孙大夫的儿子，没想到孙大夫医的儿子看到他扭身便逃。灵飞追到后院，抓住了他："小哥为什么见我便跑？"

孙大夫的儿子双膝跪倒说："大少爷只管去问别人好了，你家的事情，我什么都不知道，以后也不要到我家来了。"

"你不知道还是不肯说？你要实在不愿相告，我走便是。小哥也不要太伤心了，孙大夫的丧事要花不少银子，我平时积攒了一些，等我取给你。"

孙大夫的儿子连忙站起身叫住灵飞，压低声音说："我父亲没死，他不过是为了避祸。你家老爷的秘密我父亲他全都知道。你向北走一百里，那里有一座功侯祠，我父亲就在那里恭候少爷，他会把少爷想知道的事情全部告诉你。”

第二天正午时分，灵飞到了功侯祠。孙大夫出来领他进了祠堂，灵飞只见他一身平民打扮，行动也特别小心。

“您现在可以告诉我，我父亲的秘密吗？”灵飞问孙太医。

“大少爷有所不知，你的父亲王老爷是伪满洲国的一位太监。”

灵飞大吃一惊：“孙大夫，你这话从何说起？”

“早在二十多年以前，你父亲有个贴身丫头叫广兰。广兰不但生得漂亮，而且诗书礼仪样样精通。她一直伺候你父亲，你父亲也非常爱她，二人许下终生。不巧，你父亲跟着老太爷外出做生意的时候，正好宫里要选宫女，恰巧选上了广兰。你父亲回来知晓此事后，万分气愤，一气之下到了皇宫当了太监。”

“然后呢？”

“几年以后，他打听到广兰丫头在进宫后不久就病死了。当时慈禧太后死了，宣统皇帝登基，老太爷趁机花钱买通太监总管，将你父亲赎了出来。出来后大家只知道王家的公子失踪几年又回来了，谁都不知道他已经净了身。你父亲多次来我家让我给他治疗，只可惜华佗再世也难啊！”

“还有呢？”

“后来你父亲就娶了你的母亲，你母亲可是名门闺秀，精明得很。他们料想瞒不过她，就让你父亲出去做生意，又安排你母亲和管家许晨产生恋情，然后就有了你，许晨就是你的亲生父亲。你父亲到东北做生意，又拜见了多年前的主子宣统，宣统支持你父亲的生意，于是你家变得富可敌国。近日，日本鬼子想扶持宣统做皇帝，你父亲鞍前马后出了不少力。”

灵飞感到万分痛苦：“孙大夫，我的亲生父母到底是怎么死的？”

“你母亲和许管家的事情败露以后，他们害怕自己的秘密被揭穿，就以你母亲偷情的名义处死了许晨，你母亲悲痛万分也自行了断了。老太太被你母亲揭穿了丑事，一口气没上来也死了。”

灵飞听闻情绪十分激动。

“逼死你的母亲以后，你父亲收到了你从京城来的信，知道你爱慕秋蝉，就又设了一个圈套，想用同样的手段杀死你和秋蝉之后，就霸占你们的孩子，说那是自己的孩子。不巧的是，他的阴谋被秋蝉的丫头冬雪、冬霜识破。然后他就先杀冬雪，再杀别人，大凡和这件事有关系的人全要死。”

“那他为什么不杀李嬷嬷？”

“李嬷嬷是广兰的母亲，也是你父亲的心腹。”

当夜，灵飞离开了功侯祠，他再三叮嘱孙大夫要多加小心。灵飞没想到自己原来是个私生子，怪不得父亲总想杀了他。他觉得这一切都变得可以接受，唯独不可以接受的就是他和生父许晨共同爱上了秋蝉，而且都得到了她。

痛苦万分的灵飞想到离家出走，可想到秋蝉怀了自己的骨肉，并且父亲行事越发歹毒，如果自己不回家，秋蝉又怎对付得了父亲。

老爷听到秋蝉怀孕的消息，满心欢喜地回府。老爷要换秋蝉掉身边最后一个丫鬟冬霖，他要将冬霖收在房里要做三太太，当夜就要入洞房。秋蝉别无他法，看着身边又来了一群小丫头，她心里特别不是滋味。

秋蝉亲手帮冬霖打扮了一番，不禁流下泪来，想想自己虽为王家太太，却连身边的丫头也保不住。

冬霖也哭，却还安慰秋蝉：“太太您也不要难过了。我过去之后，等哪天有了机会，我一把耗子药毒死他，然后我再去报官，生死由我自己承担。”

“傻丫头，你快别混说了，万一漏了口风，你就死定了！过去后该忍的忍，该让的让，你不要冒险和老爷作对。”秋蝉说。

秋蝉让小丫头们为冬霖收拾了一个大包袱，里面是几件衣裳和几两银子，准备让冬霖带走。冬霖下跪，给秋蝉磕了三个响头。

秋蝉弯腰扶起她，哭着说：“今日就等于我把你嫁出去了，以后得空要回来看看我。我的身子一天不如一天，等我死了之后，你看在我们曾是主仆一场的份上，把我埋了，下辈子换我做你的丫头报答你。”

身边的小丫头和老妈子听了这话，大哭起来。此时，一个小丫头慌慌张张地跑了进来叫道：“你们不要哭了，出事了，出大事了！”

冬霖问：“又出什么大事了？”

小丫头子拍着大腿说：“完了，完了，太太要遭殃了！”

冬霖擦了一把眼泪骂道：“有话就说，有屁就放。”

“是这样的，太太让二门外的几个男人给亲家太太送的两箱子东西被门口的人给查了，翠蔓总管不但扣下了货，还带了一伙家丁去亲家太太家查去了，现在亲家太太被捆着连同十几个大箱子一起被抬进了府里。老爷说这几天王府有大事，让工匠们把大门给封死了。太太想想办法吧！”小丫头说。

秋蝉的脸呼地一下红了，连忙打发冬霖说：“你先不要走了，说着祸头，可就来了。你马上到前院打听一下，回来告知我，我再权衡。”

于是冬霖掉头就往外跑，不巧和进门的老爷撞个满怀，还差一点把老爷给撞倒了。后面跟着老爷的紫藤赶紧扶住老爷，她指着冬霖就骂：“瞎了你的狗眼了！你以为自己快成三太太就无法无天了，难不成想撞坏老爷？”

秋蝉也迎了出来，假意数落冬霖，并趁势过去给老爷整衣。老爷进门后铁青着脸喝道：“秋蝉留这，别的丫头都给我滚！”下人们低下脑袋退了出去，秋蝉给老爷递上茶水。

老爷问：“当年前太太死的时候你可在场？”

秋蝉的心里一惊，点点头回答道：“是在场，老爷为何问起这件事？”

老爷又问：“那个场面任谁都忘不了。”

“是！”

“前太太死得惨吗？”

“不惨。不，挺惨的！”

“这就是犯了家法的下场，你可不要学她呀！”

秋蝉连忙下跪:“老爷多虑了,我对您可是忠心不二的。”

紫藤撇撇嘴怪声怪气地说:“哟,我的太太,人人都说自己千好万好,可是……”

她的话还没说完,只见老爷冲上去就是一个耳光,把紫藤打倒在地:“不要脸的东西,我今天明明白白地告诉你,我把你填进房是为了让你对付秋蝉,让秋蝉不得不投入灵飞的怀抱,让他们继续王府的香火。秋蝉现在已经怀了身孕,我留你何用,来人,给我将她乱棍打死!”

几个小子进来把紫藤了拖出去,紫藤满口大叫:“老爷饶了我吧,我不敢了,再给我一次机会,我做府里的丫头都可以,老爷!”

秋蝉连忙跪下:“老爷,既然老爷都把事情说得一清二楚,看在我为王家延续香火的份上,饶了紫藤一命吧!”

老爷哼了一声:“好了,看在太太的份上,打她二十板子就可以了,留她一条命,日后说不定还有用处。”

灵飞走了三天三夜都没有回家,夏芷到处在府里打听他的去处。她不明白为什么老爷总和自己的儿子过意不去。夏芷想这事都怨秋蝉,要不是她与大少爷这样亲密,大少爷也不会落得今日这样的下场。

夏芷想到秋蝉那里去问个明白,一边的婆子拉住她:“大少奶奶这会儿还是不要过去了,老奴听说老爷刚才打了二太太紫藤二十板子,紫藤屁股都打烂了。”

“这就奇怪了,二太太不是老爷的心头肉吗,怎么一回来就打她?”

婆子小声回答:“大少奶奶,您听说前几天二太太那边死了两个小丫头吗?”

夏芷瞪着眼睛问婆子:“这事是真的?”

“那可不是,全府的人都知道了,就是大少奶奶您一个人不知道。”

夏芷原以为紫藤就是个小角色,现在听婆子一说,倒觉得这个紫藤还真挺厉害。于是,她不顾婆子与丫鬟们的劝阻,带着一干丫头来到祈愿堂。

紫藤刚挨了打，正躺在床上哭。她见夏芷进来，原以为夏芷是来安慰自己的，不料夏芷一声怒喝："你算个什么东西，竟然想害我和大少爷。你现在告诉我，大少爷是不是被你们害死了？我都三天三夜没有见过他了。"

在启鸳堂，老爷对秋蝉说："你怀着身孕，不要跪得太久了，起来吧！"

秋蝉起身，老爷又问："秋蝉，你知不知道灵飞这两天去了哪里了？他还会不会回来？"

秋蝉回答："老爷明察，我真的什么都不知道。"

"走了也好，从此以后你不要再想他。日后你还会有孩子的，你必须秘密再接触几个男人，好让我们儿孙满堂。"

"老爷，这个孩子我是不想要的，过几天打掉算了，我想怀上老爷的骨血。"

"我们是夫妻，我也不怕你笑话。当年在雪地中，我就看上了你，所以才娶了你。可我没那个能力，只能借种生子。"

"老爷，事情到了这地步，如果让我生下此子，也是老爷开了恩了。我与大少爷已经铸成大错，断不敢再委身他人。希望老爷能给我一个赎罪的机会，我会跟着老爷好好过日子。"说完，秋蝉失声痛哭起来。

"果然灵飞有眼光，看上了你。你不生可以，不要命也是可以的。可是你也该替你娘想一想，她可是为了你的处女血，下了苦功夫。你差一点把半个王府都搬到娘家了，这个账我该和你算，还是该和我那位视财如命的丈母娘算？"老爷说。

秋蝉说："老爷要杀我娘是迟早的事情，但你绝对不会让人知道堂堂巨商王老爷是一个无用的废男人。你是不要命也要脸面的人，我不乞求你放了她，你想杀谁都很容易，你自己看着办吧。"

"好吧，你先把孩子生出来，你娘暂时住在王府。倘若你说出孩子的亲生父亲不是我，你就和你娘一同去死吧。至于再要孩子的事，以后再说。今日，我给翠蔓留下了一千两银子，你也应该吃些好的，补补身子。灵飞走了，夏芷留在王府，还有几十个奴仆伺候着她，是不是有些浪费？灵飞本就与我没有关系，我何苦再白白养着夏芷。"

"灵飞与老爷是没有血脉渊源，可他喊了老爷二十年的父亲啊！如今，我也有了孩子，是不是日后这孩子也会与灵飞的下场一样呢？"

"当然不一样，你是我太太，是我最喜欢的人。前太太是老太爷给我娶的，我好歹与你同床共枕数日，前太太和我哪里有这样的夫妻恩情。"

"老爷让我生下孩子可以，但是老爷必须答应把冬霖还给我。"

"你不懂，我往街上一走，一个正室夫人和两个姨太太跟在后面，那是多么体面的事情。好秋蝉，我保证不让你的冬霖受一点苦，吃一点亏。现在给你的四个贴身丫头也都是百里挑一的美人。"

"真的吗？"

"就说紫虹，她沉稳大气，老子还是铺子里的管事；紫煌也是很有来头的，她曾经伺候过皇后娘娘郭布罗·婉容，皇后娘娘可是正白旗的女儿；紫兰是你父亲好友的女儿，以前是服侍老太太的，后来偶然让我发现，这丫头也是百里挑一的伶俐人；紫白是一位王爷府的小格格，王爷犯事了，全家人都被放逐边疆，只有这个小格格让我花钱买了下来。"

"好像是挺不错的！"

"我曾对你说过，要让世间最美丽的奴婢伺候你，我实现了自己的承诺，你就老老实实地做我的太太吧。"

老爷让四个丫头都进来拜见主子，四个丫头果然都是美人，行动举止都很有大家风范。

老爷骄傲地说："我的太太就得使唤这样的丫头。你们日后要小心伺候太太，太太虽然年纪轻，可她毕竟是一家之主，你们若再敢和冬雪一伙人学着，在太太面前乱嚼舌根，小心我要你们的命！"

四个丫头一齐回答："老爷只管放心，奴婢们对太太一定百依百顺。"

冬霖本是秋蝉的丫头，被老爷收在房里也在情理之中。王府没有下帖请人，只是全府请了戏班子热闹了一番。老爷与冬霖拜完堂之后，几个丫头搀扶着冬霖进了洞房。

揭下盖头，冬霖看着自己的新房：到底自己当了三太太，住处比以前好多了。

喜娘大惊小怪地说："三太太怎么能私自揭下盖头，那是要等老爷来揭的。"

"我偏不等他，你们下去吧，我要睡了。"丫头婆子们无奈，只好下去了。

冬霖自己卸下头上的凤冠，脱了衣裳，放下帘子就独自睡了。就在蜡烛燃尽的时候，门吱呀一响，一个影子进来，门随即关上。那人掀开帐子，躺在床上。

冬霖问："何人如此大胆，竟然冒犯起三太太我了！"

那人紧紧地压住冬霖："我是老爷。"

冬霖觉得他不可能是老爷："你要是老爷，干吗这样偷偷摸摸，骗鬼呢！"说完她刚要挣扎，一双大手紧紧掐住她的脖子，冬霖晕了过去。

第二日，冬霖苏醒过来，头昏昏沉沉。

喜娘进来说："三太太，老爷等不及了，你还得给太太和二太太敬茶呢！"

几个丫头忙碌了一阵，将冬霖打扮了一番，拉着她到了启鸳堂。

只见老爷带着几分羞涩说："冬霖，昨夜我喝多了酒，掐疼你了吧？"

"老爷，有话明说，昨夜入洞房的是你吗？我正想着找一根麻绳子上吊呢！"

"越来越胡闹了，不是我是谁？你希望是谁？你看你昨夜把我抓成什么样子了，真是母老虎，我还没和你算账。"老爷说道。

冬霖果然见老爷脖子上有几道血痕。这时紫藤被抬着过来，她仍然不敢坐，半趴在软榻上。

老爷看到她便说："还疼吗？伤筋动骨一百天，以后阴天下雨有你疼的时候。你长些记性，日后乖巧一些。"

紫藤哭着说:“老爷打完,大少奶奶又来打,贱妾的命真不值钱!”

“夏芷因何打你?”老爷问。

“她说大少爷三日没有回家,定是被我害死了。”

“谁都知道灵飞放荡不羁,说不定看上哪个窑子里的女人了,这个夏芷真不知道好歹。”

夏芷正好也进来,两眼哭得通红,上前下拜说:“父亲大人早安。”

“管好你的男人,今日可是我和你三姨娘的大好日子,别的话改日再说,起来吧。”老爷冷冷地说。

夏芷起来,坐在一边。

这时,打扮得花枝招展的四个贴身丫头搀扶着秋蝉,走了进来。秋蝉挨着老爷坐下:“老爷昨日喝了那么多烈酒,今日没事吧?”

老爷抓着秋蝉的手:“这些妻妾中,就你对我最好。我接二连三地娶小妾,你心里不要难过。”

秋蝉笑着说:“老爷越来越把我当孩子看待了,哪个大户家的男人不是三妻四妾的。老爷还算可以,娶的都是我身边的人。”

冬霖双手端着茶碗跪在秋蝉身前说:“妹妹给姐姐敬茶。”

看到冬霖的脖子上有两个掐过的青紫印,秋蝉双手接过茶问:“冬霖,你昨夜还好吗?是不是老爷喝醉了,打你,掐你?”

冬霖低着头说:“太太,老爷对我挺好。”

正在这时,一个三门外的小子气喘吁吁地跑进来说:“禀报老爷和太太,大少爷回来了。”

老爷拍着桌子说:“他总是在不该回来的时候回来。”

灵飞来到老爷身边,看到秋蝉身后的紫白,吃了一惊,紫白低下头,装作为秋蝉捏肩。

老爷问灵飞:“这些日子你到哪里去了,是不是外面有人了?”

灵飞站着,看着花容月貌的冬霖。

夏芷见灵飞安然无恙地回来，自然十分欢喜，她对灵飞说："傻愣着干什么，老爷问你话呢！"

灵飞跪倒在老爷面前："父亲，谢谢您养育了我二十多年，我原本想着不回来的，但是放心不下这个家。"

秋蝉便说："好话不说三遍，老爷对你的教诲，你要记在心头。老爷，大喜的日子不要生气了，好不好的都是一家人。"

"我也没有了兴致，冬霖接着敬茶，灵飞起来吧。"老爷发话。

灵飞坐到一边，冬霖接着敬茶，秋蝉几乎不敢直视灵飞，他能回来就是她最大的安慰。

除了翠蔓，没有一个关心紫藤的人，如今挨了打，也只有翠蔓一人过来看望。这天，老爷却来了，给她拿来一些药丸子。

老爷坐到她的跟前："现在好多了？"

紫藤点点头："老爷能来看我，我从内心感激老爷！"

老爷沉默了一会儿："感激就不用了，那天我也是气糊涂了，竟然打了你，事后我便后悔了。"

紫藤一边哭一边说："我什么事都干不好，老爷应该打我。"

"不是你什么事也干不好，而是你什么事都不用心去干。和你说了多少回，一定要小心，你偏偏粗心大意。这回灵飞回来，你想法子给我整死他，看着他我就添堵。"

紫藤心里有说不出的为难，她多希望自己在府里可以平静地生活。

"你是我的女人，就应该为我做任何事，一个灵飞就把你吓成这样了？"

紫藤乞求："老爷放了我这一次吧。除了杀死大少爷，你让我干什么事我都愿意。"

老爷一下怒了，指着紫藤的脸说："我不想和你说第二遍，你要是个女人，就去利用男人的弱点，引诱他上钩，我可是时时刻刻盯着你。"

说完，他带着门外的小子走了。

紫藤只好打扮了一番，架着拐杖一个人来到后花园，找了棵梨树，搭了一条麻绳，然后看着雅阁有人出来，马上把自己吊了起来。

灵飞正在打盹，一群小丫头们急匆匆地跑来禀报："大少爷，二奶奶上吊了！"

紫藤已经被救下，灵飞推开人群，只见紫藤闭着双眼，似死去一般。灵飞将紫藤搂进怀里，轻轻地把了她的脉："没事，脉相很正常，很快就会苏醒。"

就在这时，老爷带着一群人赶来，老爷看到灵飞搂着紫藤，上去夺过紫藤，并一脚将灵飞踢倒。

紫藤醒了："老爷给我做主，大少爷前些日子闯进祈愿堂，要对我无礼，我拼死挣扎，他才走。他怀恨在心，刚才我来院子里，他就将我吊在树上，多亏了花匠大哥相救。他到现在还不放过我，我死了算了。"

"你们听听这个畜生干出的好事，她是你的庶母，你怎么能打她的主意？来人，把他给我吊起来，活活打死他！"老爷恶狠狠地说。

夏芷正在冬霖房里与冬霖说话，只见自己的贴身丫头跑进来："大少奶奶，老爷把大少爷吊起来正要往死里打呢！"夏芷这便知道灵飞上了老爷的圈套，所以和冬霖急匆匆地来到后花园。

只见灵飞被吊在树上，几个家丁拿着棒子打他。夏芷发疯一样地扑了上去，将一个家丁扑倒，然后手持棒子挡在灵飞身前："老爷，我知道你想将灵飞置于死地，但是这样的栽赃嫁祸手段太毒了！"

老爷大声说："真是一丘之貉，你男人是什么人难道你不知道吗？他三番四次调戏二姨娘紫藤，紫藤不从，今日他竟然要杀了紫藤。简直就是畜生，我留着他有什么用？"

"紫藤算个什么东西，我哪里不如紫藤了？灵飞从来就没有动过我一次，他怎么会动紫藤？我是灵飞的妻子，我知道我的男人看上的是什么女人。你们上下串通，分明就是要草菅人命！"夏芷说。

"你疯了，疯狗！"老爷说。

“我看你们疯了！”夏芷大声回道。

“将夏芷也活活打死！”老爷发话。

家丁们刚要下手，秋蝉带着紫白等一干丫头赶来，大声说：“老爷，您若要打死灵飞与夏芷，我也一头碰死，一死三命，这回你满意了吧？”

见秋蝉跑得上气不接下气，老爷扶住秋蝉说：“你何苦替他们求情，他们活着就是我们的克星，死了一了百了。”

“既然老爷觉得大家死了干净，拿刀子来，我将腹中的孩子也杀死，给老爷来个干净。”

紫藤对老爷说：“别管她，让她死。”

老爷劈头给了紫藤一个耳光：“我看你死了才好。”

夜里，启鸳堂内，老爷搂着秋蝉说：“秋蝉，你真的那么恨我吗？”

“不会，我只觉得老爷可怜。”

“我一定会好好地对待孩子的，你那么善良，除了你，世上没人能配得上做我王老爷的太太。”

紫藤正要睡觉，夏芷带着一群丫头杀了进来，见人打人，紫藤惊慌地坐了起来。

夏芷对身边的丫头们说：“把她箱子里、柜子里的衣裳都拿出来烧了。”

丫头们翻箱倒柜地折腾着，丫头们翻到冬雾的箱子，冬雾却偏偏不让翻。

夏芷对冬雾说：“你不就跟了太太几天，怎么变得这样厉害了？”

“你们觉得自己个个聪明伶俐，其实你们都糊涂。你们相互厮杀起来，最得意的是老爷。老爷难道怕你们死吗？你们死了他再买几个。”

冬雾的一席话让夏芷的气消了一半。

冬雾继续说：“今日的事是二太太做得不对，可是面对老爷的逼迫她又能怎么样呢？亏你们都是见过世面的人，老爷现在就是想着先借二太太的手除掉大少爷，然后再借三太太的手除掉二太太。他在外面干些什么事，大家谁都不清楚，你们何必要上他的当，真的厮杀起来，送了自己的小命不说，那也正合老爷的心意。"

紫藤哭着说："冬雾，我以前对你那样不好，关键时候，你还这样向着我说话。"

冬雾说："不是我向着谁说话，老爷现在对太太也是如此。但凡太太身边有个伶俐丫头，不是杀死就是打发出去，为的就是掌控太太的言行。日后，他为了自己的脸面，也会杀死太太的。"

紫藤又说："我前些日子去看老爷，老爷竟然和日本人在一起说话，翠蔓说老爷想当汉奸。"

大家同时愣住了。

夏芷说："说起这事，我也觉得奇怪，王府里死了人，官府从来不插手管，老爷背后到底有什么人在撑腰？前几日我出门，街上的人鬼鬼祟祟地说我们家有什么革命党。我追问，他们连忙散了。我问大少爷，大少爷反而骂了我一顿。"

紫藤长叹了一口气："革命党是什么我不知道，可老爷明日要再来逼我，我可怎么办呀？"

冬雾说："我要是你，一头碰死了也不会去害人。"

深夜，一个黑影匆匆翻过后花园的围墙，学着布谷鸟叫了三声，灵飞出现了。黑影将灵飞拉到一旁说："老同学，好久不见了，我被组织安排到了你家。组织上怀疑你父亲串通日本人，要帮溥仪复辟。"

"紫白，你是怎么混到我家的？"

"我们一起投身革命，你说要回来接一个人一起去参加革命，可是你一走就没了消息。前些日子，有人发现你父亲与日本人来往密切，就让我扮作丫鬟来你家。恰好你父亲为太太买丫头，我父亲因反对帝王制被流放边疆，我就说自己是小格格，你父亲便将我买下了。"紫白说。

"听说日本人马上就要进上古郡了，父亲要是汉奸，我绝不手软。"

“你以前在学校说要带走的人就是二太太紫藤吗？”

“不是她。别问了，还有，你不要单独行动。”

老爷抚摸着秋蝉，二人睡在一起。秋蝉把头靠在老爷的胸脯上：“老爷，今后不要杀灵飞了，我保证不看他一眼好吗？”

“秋蝉，男人的事情你就不要管了，做好你的太太就可以了。”

“家和万事兴，我们好好地过日子，你带着灵飞做生意好不好？”

“蝉儿，我的生意灵飞做不了，反倒添乱。这几个丫头还可以吧？”

“可以，老爷的眼光就是不错。”

“蝉儿，我每夜都这样搂着你好不好？”

“好！”

第七章
王府的特务

老爷:“我不是说过了嘛，平时你要时时刻刻跟着太太,怎么又来了？”

紫煌:“我是日本东浦太郎将军的女儿，每日要为你的太太端茶倒水，你为我们日本又干了些什么？”

老爷将翠蔓叫到屋里嘱咐："你看着大少爷，不要让他轻易到太太的启鸳堂，也不要让他轻易出门。"

"老爷，大少爷是主子，我是奴才，奴才怎么敢管主子的事。况且平日大少爷和太太就相处甚好，我这样做会惹太太生气。"翠蔓说。

"你是王府的总管，吃谁家的饭向着谁，懂吗？"

"老爷，别说惹太太了，就是我在太太面前说一句不中听的话，太太身边的丫头们个个都恨不得吃了我。"

"你也不要装可怜，在王府，除了我，你权力最大。太太、少爷、大少奶奶、二太太、三太太她们吃穿用度都要过你的手，你让谁好过，谁便好过，你让谁不好过，他就注定在王府难以生存，你懂了吗？"

翠蔓点点头："明白了。"

"明白了就下去吧，我要出几天远门，你好好地管着几位太太与少爷，别让她们太出格了。"

翠蔓走后，老爷正在桌案前忙碌着，突然有人敲门，他问："谁？"

紫煌推门进来。

老爷说:“我不是说过了嘛,平时你要时时刻刻跟着太太,怎么又来了?”

“我是日本东浦太郎将军的女儿,每日要为你的太太端茶倒水,你为我们日本又干了些什么?”紫煌说。

“这不是当初说好的吗?你潜伏在王府,暂时做个丫鬟。我已经为宣统帝的复辟准备了一大笔钱,宣统帝也很认可我,我日后就是满洲国的功臣,我们交往的日子自然还很长远。”

“我父亲东浦一郎很快就会带兵进城,你把他的司令部设在哪里?”

“这是上古郡政府的事情,我不便插手,我只为我们宣统皇帝效劳。”

“我看你们王府后院的雅阁不错。”

“这可不行,王府的这群女眷与上百个丫鬟怎么办?多不方便!”

“什么方便不方便的。我告诉你,你太太的性命就在我手里,你可仔细着。”

老爷鼻子上渗出汗珠:“是,千万不要为难我的太太,她还是个孕妇。你这些日子找到反日分子没有?”

“上古医院的乔本是我们日本人,他说反日分子不过是一些小人物,没必要大惊小怪。”

“是的,是的,小泥鳅翻不起大波浪。”

冬霖为老爷熬了一碗老母鸡汤送到老爷的书房,刚要敲门,就听到里面有女人说话。冬霖刚要细听,只听老爷问:“门外是谁?”冬霖着急地进来,只见老爷一个人端坐在书桌前,冬霖有些吃惊。

“以后不要轻易来我书房。”老爷阴着脸说。

“太太说老爷体虚,让我炖了一只老母鸡给老爷补补身子。”冬霖说。

“好了,你去回太太,我的身体好着呢,让她自己多保重吧。”

“好的,我就端给太太了。”

冬霖端着老母鸡汤去启鸳堂,她心中疑云重重:自己分明听到有女人和老爷说话,可进去只有老爷。她边走边想,不小心脚下一滑,老母鸡汤也泼了一地。

等冬霖走远了，紫煌从门后闪了出来。

“今后没什么大事就不要来了，万一让人撞着，我们就全暴露了。”老爷说。

“怕什么，你注定要暴露的，还怕早与晚吗？”紫煌不屑地说。

“要是现在暴露，说不定我城里的铺子、乡下的作坊全会被人炸掉，到时候我用什么来孝敬你们日本人？还有我的太太，她决不能容忍有一个汉奸丈夫。”

“你要记住，我们的事情远远要比你家里的这点破事重要。”

老爷无奈地摇了摇头说：“紫煌，我只是想要一个完整的家，你们必须答应我这个要求。秋蝉是个善良的女人，你们不要伤害她。”

紫煌冷冷地说：“那就看你怎么做了。”说完，推门而出。

翠蔓带着几个婆子来到后花园的雅阁，灵飞正在看书，夏芷和几个丫鬟正在绣枕头。夏芷见翠蔓进来也没理会，继续和丫鬟们做针线。

翠蔓说：“老爷说了，雅阁的丫头仆人太多，让挪出去一些去伺候三太太。”

“雅阁本来就在后花园，不和正屋里相比，这样偏远不但不给加人，反而还要减人，老爷就算说了这话，你自己也不考虑考虑。”夏芷说。

“考虑什么，三太太屋里还等着用人呢。”翠蔓说。

灵飞突然拍着桌子发火了：“老爷让你来要人你就要人，老爷让你拿刀子杀人，你是不是还要拿刀子捅了我？我的母亲为王府勤俭持家，轮到我了连几个丫头也不配用了？你有多远就滚多远，不要恶心着我。”

夏芷从炕上下来拉着灵飞说：“好男不和女斗，她算个什么东西，臭管家婆一个。”

翠蔓说道：“你名义上是大少奶奶，可谁真把你当成大少奶奶看待？一女不侍二夫，你也不知道羞耻！”

夏芷最怕别人提她以前的事情，所以翠蔓的几句话让她抓狂。她扑上去用尽全身的力气，掐翠蔓的脖子，吓得翠蔓尿了一裤子，眼睛翻白了，夏芷才停手。

翠蔓带着几个婆子离开，来到老爷的书房告状。刚走到桥廊上，就看到太太新买来的丫头紫煌从老爷的书房出来，翠蔓不禁心里一惊：太太就是有事也会吩咐三太太去办，轮不到这个丫头呀？

“老爷的书房，除了几个太太可以去，别人是不能去的，你到老爷书房干什么？是不是偷东西？”翠蔓对紫煌说道。

紫煌说：“老爷也在书房，太太让我过来看看老爷好不好。”

看着这个胆大的丫头匆匆离去，翠蔓忽然想起紫藤对她说的话来。翠蔓心想：难道这个女子和日本人有什么联系？这样小的丫头，按说不可能。

翠蔓突然大叫一声：“紫煌，站住！”

紫煌转过身问：“管家，您管理好家里的账本就可以了，难道还要管到太太头上吗？你是看着太太性子软好欺负吗？”

“你是什么来历？”

“我是婉容皇后身边的宫女，这个老爷已经知道了。”

“婉容认识日本人吗？”

“这事您自己去问婉容皇后吧。”

翠蔓原本是来和老爷告状的，现在遇到了紫煌，而且这个丫头刚进府就这样傲慢，其中说不定另有隐情。她来到紫藤屋里，紫藤正躺在炕上抽大烟。

翠蔓对紫藤说：“老天爷，不得了，太太身边的紫煌大模大样地从老爷书房出来，我叫她，她还不服气，说不定这个丫头和日本人有关系。”

“这几日，老爷把太太当成宝贝，太太身边的丫头进出老爷的书房又有什么稀奇。我听说过男日本鬼子，还没听说过女日本鬼子。别操心了，她爱咋地咋地。”

翠蔓："你傻呀？有男就有女，日本鬼子就没好货。前些日子来的那几个丫头，家里人都让日本鬼子给杀了，我们不能看着老爷往火坑里跳却无动于衷。谁要是招惹日本鬼子，谁就是引火上身。"

紫藤一边梳理头发一边说："日本鬼子管我抽大烟吗？"

"管，什么都管。"翠蔓说。

"那你快去和大少爷说说，让他拿个主意。"

"你就别提大少爷了，老爷不喜欢大少爷。"

这个春天，上古郡的街头依旧有着冬天的那股寒冷。夜里，秋蝉总会听到雨水敲打窗户的声音。

灵飞吩咐了翠蔓一干人，要紧盯着紫煌，不论她走到哪，都要有人跟着。翠蔓让二门外的小子们看着紫煌，只要她有所行动，就马上回来告知她。

深夜，紫白与灵飞相聚在后花园。

灵飞将翠蔓所说的话与紫白说了，紫白连连摇头说："这事你能肯定吗？平日里，这个紫煌在太太面前低三下四，没有一丝一毫外露的迹象。"

"这事也说不准，你当心就是了。"

"上面告知上古医院有一个叫乔本的大夫，这个大夫形迹可疑。本月他到过清凉寺三次。清凉寺有位同志被杀，这件事很可能与他有关。"

"那该怎么办？"

"想办法除掉他。"

灵飞点点头。

秋蝉害喜，连日呕吐不止，吃不下一口饭。石家的女人一直留在秋蝉身边，细心地伺候着秋蝉。看着母亲日渐苍老，秋蝉心中异常地难过："娘，女儿不忍心看着娘每日为女儿操劳，等孩子生下以后，我和老爷说，我和娘一起过，孩子就留给冬雾养着。"

"这可不行，你既然嫁给了老爷，这辈子就是老爷的人了。不要因为我这个老婆子，闹得你和老爷不和。"石家的女人说道。

“娘有很多事是不明白的，女儿却都明白，好日子要过到头了。”

石家的女人吩咐紫煌：“把太太的安胎药端来，记着不要让别人碰，你亲自倒在碗里。”

紫煌答应着出去了，紫虹为秋蝉披了一件大衣裳：“太太一定要想开些，每日这样哀愁，对腹中的孩子不好。”

秋蝉站起来走到窗前，轻轻推开窗户，看着天上的风筝问紫虹：“谁在放风筝？”

“可能是大少爷和大少奶奶。前日，大少爷买了一对鸳鸯风筝，大家围着看了好一阵。可能看着今日的风向好，就出来放着玩了。”

秋蝉将窗户关上，脸上流露出失落的表情。她木然地看着紫虹的脸：“紫虹，你看书吗，《牡丹亭》、《西厢记》之类的？”

紫虹摇摇头：“太太，奴婢家里不比王府。虽然父亲受了主子的恩典，做了个管事的，可是奴婢毕竟是个女儿家，学多了没用，倒是听过《西厢记》的戏。”

“在那些故事里，人们相爱、离别、思念，然后有的遗忘，走到一起却是极少的。”

“太太还是少看那些糊涂书，那些书里的女子都是孤独终老的，看了让人悲切。”

就在这时，端着药碗的紫煌进门，却不小心让门槛给绊倒了。秋蝉掀起紫煌的裤腿，发现她的腿上发红。

紫煌忙说：“太太，都是奴婢不好，将太太的药都洒了。”

“药可以不吃，但是你的腿被烫红了，要不请大夫看一下？”秋蝉问。

“太太，大夫都是野郎中，奴婢还是到医院去看看西医。”紫煌说。

“到底是服侍过婉容皇后的宫女，懂得就是比我们多。那你去医院吧，带上两个丫头，不要随便吃外面的东西，早去早回。”

带着两个丫头，紫煌走出二门之后说：“你们到处去逛逛吧，平时少有这样的机会，玩一阵子后就在二门内等我。”

两个小丫头说要到戏园子里去听戏，说着便手拉手走了。

紫煌行色匆匆地走了一段，接着拐了几个弯，从后门进了医院。她径直来到乔本的诊疗室，乔本见到紫煌后，对排队的病人说："你们明日再来，今日我有些不舒服。"

乔本将紫煌接进里屋："大小姐有什么吩咐？"

"前几天一个反日分子，叫什么五枚师太，你是怎么处理的？"紫煌说。

"按照大小姐的吩咐，我到了清凉寺，找到五枚师太。这位老尼姑还有些道行，一眼认出我是日本人，便与我动起手来。我险些栽在这个老尼姑手中，多亏那天我带了手枪。"

"以前就和你说过，不能随便用枪，这样容易暴露自己。"

"是！"

"在我父亲东浦一郎来上古郡之前，一定要将这些反日分子全部杀掉，免得夜长梦多。"

"大小姐在王府还顺利吗？"

"王府的太太是一个很简单的女人，对我一点戒心都没有，这个女人我们以后还可以利用。只是有些下人很不简单，她们有可能已经怀疑我了，但是我确信，在她们把真相搞清以前，就都会死在我的手里。还有王府的大少爷表面是个浪荡公子，但是他很有可能也是反日分子。"

翠蔓派出的两个小子回来禀报："翠管家，这个紫煌丫头非常狡猾。她竟然拐了几个弯，想甩掉我们，多亏我们路熟，才跟上了她，她到上古医院去了。"

"很好，她的狐狸尾巴终于露出来了。"翠蔓冷笑道。

说完翠蔓正要打发两个小子们出去，老爷一脸暴怒地走进来说："你在密谋什么？"

翠蔓故作冷静地回答："老爷，奴婢让这些不知深浅的小子们注意买办，小心亏了府里的钱财。"

老爷反手给了翠蔓一个耳光："该你操心的地方我自然会吩咐你的。"

翠蔓从地上爬起来，忙倒茶给老爷。

"别故作聪明哄骗别人，其实谁都比你明白。"

"老爷，奴婢真心为了王府好，奴婢从来不藏私心。"

"你若再插手别的事情，这个茶碗就是你的下场。"说完老爷将茶碗摔得粉碎。

老爷接着又说："太太已经怀了我的骨肉，你的主要任务就是照顾太太，不要无事生非，当心你这条狗命！"

说完，老爷瞪了站立一旁的两个小子一眼，就出去了。

翠蔓连忙将门外的婆子们叫进来问："老爷进来你们怎么不告诉我？"

婆子们回答："老爷不让我们进来禀报。"

"你们现在是由我使唤，下次再有此事，我先打了你们，再去老爷面前领罪。"

婆子们都不敢说话，翠蔓急忙来到雅阁找灵飞，灵飞听到紫煌出府的事，立刻想到了该怎么对付这个女子。

紫煌带着两个丫头刚进二门，灵飞堵在门口。紫煌上去说："问大少爷安！"

"你这个小娘们儿，打扮得花里胡哨的，去哪里浪了？"

"大少爷，您怎么这样辱骂一个下人？不怕传出去坏了自己的名声吗？"

灵飞索性动起手来，到紫煌的身上乱摸，紫煌一脚便踢了过来。

"真不愧是日本的狗特务，腿脚这样厉害！"灵飞说。

紫煌哭了起来，大叫救命。

秋蝉带着一干丫头，急忙跑过来，见灵飞正要对紫煌下手，秋蝉气得浑身发颤，上去给了灵飞一个嘴巴："以前，我听说你的丑事，都觉得她们是在胡说。现在你当着我的面调戏我的丫头，可真让我伤心。"

紫煌哭着扑进秋蝉的怀里："太太，大少爷不止一次调戏奴婢了，太太给奴婢做主。他竟然说奴婢是日本鬼子的狗特务，那这样太太不也就是日本鬼子了。"

秋蝉气得脸色发白，对灵飞说："你不要解释什么，我不想听。你压根就是一个放荡不羁的纨绔子弟，以后不要再让我看到你这副轻薄样子。"

"太太，我不是故意轻薄她的。您问问她今天到过什么地方，见什么人了？"

"我到上古医院看大夫去了，是太太让去的。"紫煌争辩说。

灵飞忙问秋蝉："秋蝉，难道你也和上古医院有来往吗？"

紫煌反驳："你这样说会让太太伤心的，难道太太的言行都要受你控制吗？"

"你滚，滚回你的雅阁，不要再踏进院子！"秋蝉生气地说道。

灵飞低头走了，他知道秋蝉误解了他，所以他比秋蝉还要难过。

紫白扶着秋蝉劝慰道："太太，您不要哭了，也许少爷有苦衷。"

"是我亲眼看到他对紫煌动手动脚。他还是人吗？老天爷，杀了我吧！雷劈死我吧！作孽，作孽呀！紫煌这个丫头伶俐乖巧，哪有一点不检之处？分明就是兔子爱吃窝边草，下作！"

紫虹、紫兰和紫白一起将秋蝉扶回启鸳堂。秋蝉仍旧哭泣着，这时小丫头来报："三太太来了。"

"太太身子不好，不想见人。"紫虹说。

没等紫虹说完，冬霖进来说："你们先下去，我和太太有话说。"

冬霖一边给秋蝉擦泪，一边安慰："太太也不要对着下人哭了，万一被下人看出来，太太的命、姨太太的命，还有奴婢们的命就都会没了。奴婢觉得大少爷不是那种好色之徒。"

秋蝉知道自己有些失态，停止了哭泣，紧紧抓着冬霖的手。

夜里，秋蝉与冬霖同睡在一个帐子中，二人紧紧地抓着对方的手。无数彻夜难眠的夜里，秋蝉都在想着她和这些伺候过自己的丫头们之间的一切：冬雪没了踪迹；冬霜死于非命；冬雾被紫藤看管着，犹如坐牢一般；冬霖虽然被老爷收在屋里，却守着活寡，也是过了今日保不住明日的。

这夜，灵飞也无法入眠，夏芷睡在里屋，他独自睡在书房。他本来是想试探一下紫煌的身手，没想到惹得秋蝉这样误解，秋蝉一定十分心痛。夏芷知道他心里装着秋蝉，倒也从来没有埋怨过什么，总是一个人静静地睡觉。

睡到半夜，灵飞坐起来，冲着窗外学了几声布谷鸟叫，紫白从窗户外飞跃进来。

灵飞问紫白："太太这会儿怎么样了？"

"伤心了一阵子，三太太来了，二人吃了一点百合粥，就睡下了。"紫白回道。

灵飞抱起酒坛，灌了一阵说："我要带走的人是秋蝉，她以前是我奶奶的贴身丫头。她答应过我，要跟我走，可是等我回来时，她却嫁给了父亲。"

紫白安慰道："大户人家就是这个样子，你也别难过了。如今她已经怀孕，我们是在刀口上做事的人，你不要耽误了她的一生。

灵飞痛苦地说："你不知道，她怀的是我的孩子。组织上说不定哪日就会让我离开王府，我怎么能丢下她不管！"

闻言，紫白也喝了一口酒说："我们不要儿女情长，不然会坏了大事。太太确实很伤心，可紫煌是不能再留下了。"

"我已经打草惊蛇了，她说不定有枪。"

"别喝了，再喝就醉了。"

"我曾以为再也不会为谁沉醉，可秋蝉却让我陷入痴狂。本以为此生有秋蝉不会再孤单，可甜蜜过后又是孤寂，怕她伤心，却又偏偏让她伤心。"

"记得在京城读书的时候，我们最要好，常常被人当作恋人。当我鼓起勇气向你表白的时候，你告诉我，有个美丽痴情的女子在等待着你。回首往事，不觉有憾，被你拒绝后，我难过了很久。但我不曾后悔被你拒绝过，你的影子，烙在我的内心深处。你带着艰巨的任务回来，我也跟着你来了，看到你家复杂的人际关系，看到你深爱的女子是那样美丽善良。你曾说时间会让深的东西越来越深，浅的逐渐被遗忘。那么，在你的世界里，我是否会被淡忘？”

“你永远是我的好同学，好同志，好妹妹。”

与此同时，启鸳堂内，冬霖挽着秋蝉的手问：“太太，您睡着没有？”

“睡不着，自从怀孕之后，夜里就很少能睡着。”秋蝉说道。

冬霖问：“太太一定还生大少爷的气吧？但如果他真的离开王府，太太定会后悔的。”

“唉！这个畜生，白白辜负了我对他的一片情意。为了他，我死都不怕，他却这样伤我！”

“太太，紫煌进府不久，我们毕竟对她了解有限。若说她和老爷串通，故意演戏给太太看，那也不是没有可能。”

“可是，他真的对紫煌动手，我都亲眼看见了！”

“是阴谋都会表演得很逼真。或许她说了什么刺痛大少爷的话，大少爷才动手的。明日问问跟着紫煌出府的那两个小丫头，好好吓唬吓唬她们，她们免不了会招供的。如果大少爷觉得您对他已经绝望，一走了之，那岂不是一辈子的遗憾吗？”

秋蝉静静地哭泣着说：“我相信，纵然岁月催老了我的容颜，时间挥霍了我的青春，我对灵飞的感情，也只会淡而不会断，所以我真是宁愿相信紫煌是老爷派来的一个潜伏者。”

冬霖也跟着秋蝉默默流泪：“太太，不要哭了，以后不要理他，让他反思一下自己也好。”

帐子外，紫虹说：“两位太太，都三更天了，快睡吧，要不明日身上又会难受。”

就在这夜，灵飞与紫白如江洋大盗一般，翻越重重高墙，来到上古医院。紫白对灵飞说：“一个时辰之后，你不见我出来，就说明我已遇到不测，那你就马上回王府。”

“紫白，我和你一起进去。”

“你不能过早暴露自己，这是组织上的命令。”

紫白轻轻推开窗户，摸索着前进。就在她推开乔本的卧室门时，灯啪的一下亮了。

乔本用枪口对准紫白的额头说：“把你的面罩扯下来。”紫白举起双手，然后慢慢地要扯掉自己脸上的黑布。

乔本狞笑着说：“你们反日分子太笨了，我正愁找不到你们呢！”

突然紫白飞起一脚，踢中乔本的小腹，乔本一急开了一枪。她凌空反扑过来，乔本拿起椅子，挡住了她的双臂。她飞起一脚踢碎了灯泡，黑暗中乔本开始胡乱放枪。

保安团的人拿着手电，涌进乔本的屋里。紫白撒了一把白灰，然后抽身跳下小楼，翻身越过高墙走了。

灵飞抓住紫白的手问道：“你没被打中吧？”

“快逃！”紫白说。

二人在跑回王府的路上，遇到一队警察迎面走来，他俩抓着对方的手道：“万一被抓，就咬舌自尽。”

就在这关键时刻，一个打扮轻佻的女子挡住警察的去路，咯咯地笑着说：“哟，路探长，这是干吗呀？”

紫白和灵飞同时惊呼：“翠蔓！”

翠蔓拖住路探长的胳膊，挡住了警察的追捕。

路探长说：“滚开，小心老子开枪！”

“来，打，往这里打！我去你府上，替我家老爷给你送黄金白银的时候，你怎么不拿枪来毙了我？三天不见就长本事了？”翠蔓说。

“我的小姑奶奶，你能闭嘴不？”

翠蔓看着路探长的脸说：“不用叫姑奶奶，我也当不起，叫翠姑娘我就满足了。”

说完她咯咯地笑着走开了。

回到自己屋里，紫白解开衣服看到自己胸口上有一片伤口，她连忙包扎了一下。正要吹灯睡觉，紫煌推门进来问："我听到妹妹屋里有响动，就进来了，妹妹不介意吧？"

"我夜里起夜了，把你吵醒了。"

"我那会来找你借东西，敲了半日门，你也没搭理我。我推门进来你也不在，今夜是紫虹与紫兰姐姐的班，你去哪里了？"

"大少爷和大少奶奶闹别扭，我去陪大少奶奶了。"

紫煌笑着说："雅阁中那么多的丫头，还用你陪吗？可见你在撒谎。王府里真够热闹的，夜里竟然有这么多人不睡觉。"

"随便你怎么想，我要睡了，请你出去。"

第二日，老爷回府来到秋蝉屋里，秋蝉正和冬霖下棋。老爷换了衣服，坐到一边。

秋蝉忙命紫兰过来收拾了棋子，又亲手为老爷上茶。

老爷接过茶碗，对秋蝉说："我说过很多次要让府里通电的事情，你总说爱闻蜡烛的气味，今日我已经找了电工，过几日府里就通电了。我们在院子里安上路灯，黑夜就如同白昼一般了。"

丫头们拍手叫好，只有秋蝉默默无语。

老爷接着说："这几日我冷落了你，幸亏冬霖还聪明，主动过来陪你。生意是忙了些，蝉儿，请相信，那些不曾共眠的时光里，我从未搁浅对你的思念。我虽有三个太太，但你是我心尖上的人，我把所有的感情都放在你一个人身上。"

秋蝉说："老爷，您的话确实温暖了我的心。我们也算老夫老妻了，老爷还是别对我这样挂心，省得两位妹妹听了，她们该觉得老爷偏心了。"

"我就偏心了。你看看我的两个姨太太，哪个能比得上你。二太太紫藤成日泡在大烟中，简直成了烟鬼，提起她我就生气；三太太就是个木头，跟她睡在一起，和一具尸体睡在一起没有区别。”

冬霖低头认错说：“老爷说得很对，奴婢天生就是做下人的料。”

王府通电了，灯泡的亮光晃得秋蝉眼酸。

老爷特意让自己家的制衣坊为秋蝉做了几款很时髦的旗袍，秋蝉觉得穿着别扭，旗袍到底不如裙子严实，露胳膊露腿的。

老爷便说：“好看，大上海的女子上街都是这样穿的，拖地裙子太老土了。”

紫煌也说：“老爷说得对，我们婉容皇后最爱穿旗袍。”

“听听，到底是紫煌，和别的丫头就是不一样。”老爷说道。

秋蝉挑选了两件颜色很艳的旗袍说：“紫白，你把这两件旗袍分别送给大少奶奶和三太太。先送到大少奶奶屋里，她喜欢哪件就哪件，剩下的给三太太。”

突然，老爷对秋蝉说：“听说上古医院来了一位叫乔本的西医大夫，把脉很准，要不请他过来把把脉，然后开些安胎药？”

“这样人家会不会觉得我太娇贵了？”秋蝉问道。

“那怕什么？我的太太就是娇贵。”

“老爷还是将我娘挪出去住吧，她老了，不习惯热闹。”

老爷皱了皱眉头：“这是你怀孕之后，求我的第一件事，我就依了你，不过她只能带一个丫头出去。”

“一个丫头能干什么，挑水做饭样样会吗？这也怪了，紫藤每日横躺在大炕上抽大烟，还不是二三十个丫头伺候着？”秋蝉说道。

老爷见秋蝉有些不高兴，拉下脸子说：“你没有做王府太太的时候，你娘还不是一个人生活？你也不用和我生气，最多再拨过去一两个婆子。你的衣裳可以给她，不过不要拿府里的东西给她。”

“老爷越发小气了，我娘还能要府里什么东西？我就是觉得她老了，想让她过几天舒心日子。老爷这样能干，一天进账的银子就够我娘吃一辈子了。”

老爷扑哧一声乐道:“不要给我戴高帽子，我让她老人家过好就是，没想到我的太太也会夸人。”

午饭秋蝉只吃了一些清淡的食物,饭后,老爷派人到上古医院接来乔本大夫。秋蝉换了旗袍,和老爷一同坐在启鸳堂。

少许,二门外的小子们来报:“老爷,太太,乔本大夫已经上路,马上就到了。”

秋蝉有些惊慌:“老爷,我好害怕,听说西医爱动刀子。”

老爷抓着秋蝉的手:“不要害怕,让二太太、三太太,还有大少爷和大少奶奶都来。”

片刻,紫藤由丫头们扶着进来,身后跟着冬雾。

老爷有些不高兴:“看看，你抽大烟都抽成什么样子了? 好好的绫罗绸缎竟给你这样的人披上了。”

紫藤颤巍巍地见过老爷与太太,然后颤巍巍地坐到一边。

冬霖接着进来,她穿着秋蝉给她的旗袍,披着一个披风,显得十分摩登。

老爷与秋蝉都惊呆了,原来女人穿上旗袍是这样艳丽动人,玲珑的身材凸显无疑。

于是老爷笑眯眯地说:“谁说三太太不会打扮，她扮起来可真给王府争脸,不知道的还以为她是大上海来的官太太。”

冬霖弯腰请安,挨着紫藤坐下,这让紫藤显得更加猥琐。

灵飞带着夏芷进来,没想到夏芷也穿了旗袍,缠了金线,高高挽起的发髻插着一支翡翠簪子。

大家都看傻了,夏芷还是当年的夏芷,一点都没变,她还是那样的美艳动人。

老爷哈哈笑着说:“我老了，原以为王府都是一群丫鬟当家做主，没想到你们这样为我撑门面。尤其是夏芷,身为长房媳妇,以后要配合翠蔓,好好把家管起来。”

接着秋蝉说:“要不是乔本大夫今日过来，也不会请大家过来。没想到王府的女主子个个明艳动人。日后府里只要来贵宾,大家都要到启鸳堂,让外面的那些人看看,王府是什么样的人家。”

夏芷说:“我们哪能和太太相比,太太才是风华绝代呢!”

丫头们上了大枣与瓜子,还沏了云南的普洱茶。老爷说这茶是暖胃的,女人喝了好。于是大家都很淑女地喝着茶,用手帕子擦嘴。

就在这时,小子们进来说:“乔本大夫到了。”

翠蔓带着一干婆子先去引路，大家安静地等待着乔本。紫藤有些支撑不住,打了几个哈欠。老爷瞪了她一眼,冬雾便在她的茶里放了一点烟膏,紫藤一口喝了个干净。

踏进王府,乔本感觉真是大开眼界:王府到处是雕梁画栋和奇花异草,简直可以与皇宫相比。

“乔本大夫,我们老爷和太太在启鸳堂恭候您呢。”乔本随着翠蔓,跨过几道垂花门之后,来到启鸳堂。只见王老爷和一个绝色美人端坐在中间,两边坐着另外几个美人,身后站着的丫头们也个个眉清目秀的样子。香炉内烟雾缭绕,地上铺着厚实的花纹地毯。

乔本笑着说:“王老爷,王府可让我大开眼界了。”

看着这位身材高大、眉清目秀的男子,秋蝉倒觉得他的长相怎么也和大夫那种老气横秋的样子不相干。

老爷命人给乔本倒茶,乔本看到灵飞,愣了一下。

老爷对灵飞说:“还不见过乔本叔叔。”

“乔本叔叔好。”

“我刚到上古郡就听说了,大少爷可是一表人才的美男子,今日一见,果然不假。您每日在家干什么呢?”

灵飞笑了笑说:“以前贱内身子不好,一直伴着她。后来她身子好转了,我也还没有工作。”

乔本看了看夏芷，只见她虽然有些病态，但是那种美是任何人也没有的。乔本问她："现在少夫人的病可大好了？"

夏芷点点头说："好多了。"

穿上白大褂子，乔本走到秋蝉面前。紫兰用绢子盖住了秋蝉的手腕，秋蝉脸色微红，低下了头。

把脉一阵，乔本笑着对老爷说："胎相正常，切记不要乱吃补药。"

于是老爷笑着说："后院是犬子的住宅——雅阁，我在那里已经备下薄酒，请乔本大夫赏脸。"

乔本假装推辞一番，然后跟着老爷一起来到雅阁。

紫白轻轻扯了一下灵飞的衣角，灵飞停住，她问道："这可是难得的机会，下手吗？"

"会不会连累我的家人？"灵飞问道。

"我换上毒酒，你敬他。等毒液深入他的骨髓，恐怕他已经到医院了。"

灵飞点点头说："这个魔鬼已经逃不出我们的手掌心了。"

大家到了雅阁，依次而坐。老爷命人拿出葡萄酒，倒满酒杯敬乔本。

乔本拒绝说："老爷，不要难为在下了，我滴酒不沾。"

老爷只好和家里人喝起来。就在此时，路探长带着警察进来说："院长请乔本大夫马上回去。"

乔本起身告辞。大家送他出二门，他挥手的时候，衣衫里掉下一个药丸。

紫煌捡起来对他说："大夫，您的药丸。"

他接过药丸小声说："就是你身边的那个丫鬟昨夜行刺我，你要注意！"

紫煌点头，路探长把乔本送回医院。

回到雅阁，灵飞对夏芷说："乔本这条老狗，可能看上你了，一直盯着你。"

"看上了又能怎么样，我已经名花有主了。"夏芷冷哼了一声

"夏芷，你虽然是我的妻子，但我们始终没有睡到一张床上。"

"我已经很满足了，你就是再嫌弃我，我在府里也是没人敢惹的大少奶

奶。我相信总有一日，你会懂我，爱我。”

“我的执着与痴情都放在秋蝉身上了，我爱她，夏芷，委屈你了。”

“你今天怎么了，这样多的感慨？你和太太是没有结果的。我感谢你娶了我，给了我一个荣耀的身份，这是一生一世的恩情。”

“你若是真心想报恩，就替我杀了乔本，他可是杀人不眨眼的日本人。”

夏芷惊恐地看着灵飞：“你就这样让我报恩吗？”

“除此之外，我再也想不出其他的办法。”

夏芷点点头说：“你这样信任我，就是付出性命，我也心甘情愿。”

灵飞一把将夏芷搂在怀里，激动地说：“你千万小心，万一你回不来，我就亏欠了你，这样我一生都会不得安宁。”

第二天，夏芷带着两个小丫头，在医院门前的集市上转悠。等到乔本下班路过的时候，突然一个小子抢过夏芷的提袋，推了夏芷一下就跑，夏芷的丫鬟大声叫喊着救命。

乔本推开人群，只见夏芷的胳膊磕破了，流着血。

乔本扶起夏芷，夏芷说：“乔本大夫，真不好意思。”

乔本带着夏芷进了医院，用碘酒清洗她的伤口，夏芷疼得倒吸一口气。乔本春心荡漾，给夏芷包好伤口。

夏芷正要走，乔本一把搂住夏芷的腰说：“美人，可以陪我吗？”夏芷呆呆地站着，等乔本亲吻她的脸时，她拔下发髻中的扁簪，冲着乔本的后心猛刺进去。他痛苦地扭着身体，倒在了地上。

乔本说：“你这个狠毒的女人，为什么要杀我？”

夏芷回答：“因为你是日本鬼子。”

乔本从腰间拔出手枪，夏芷猛扑过去，在他的手腕、脸、咽喉乱刺一顿，他彻底死了。夏芷瘫坐在地上，看着乔本死不瞑目的眼睛。她扑进洗手间，洗掉脸上的血迹，换了一身衣服，将自己带血的旗袍放到一个手提袋中，走出了乔本的房间。

几个日本武士看着夏芷大模大样地走出来，穿着白大褂，戴着口罩，还以为她是医院的护士，就没在意。

夏芷慌乱地从后门逃回王府，对灵飞说："我把乔本杀了。"

"你说什么，你已经杀了他吗？"

"我该怎么办？"

"不要害怕，有我呢。我们去见太太，和她说明白，我不信她会见死不救的。"

秋蝉正在绣花，紫兰趴到她的耳边说："太太，大少爷在外面候着，要见太太。"

秋蝉全身一哆嗦，不小心刺破了手指："你告诉他，我身体不好，不便见人。"

紫兰回答："我何尝不知道太太在生大少爷的气，但是大少爷说，有些话他只能和太太您一个人说。"

秋蝉走下绣架，洗了洗手，戴上戒指，来到厅里。只见灵飞神色慌张地站在一边，秋蝉坐下，然后对身边的丫头们说："这里不用你们伺候，你们暂且下去。"

灵飞对秋蝉说："秋蝉，我有急事求你帮忙。"

秋蝉严肃地说："叫我太太。"

"太太，你不知道，那天为你诊脉的大夫是日本鬼子。我让夏芷把他杀了，你要帮夏芷渡过这个难关。"

秋蝉一惊："老爷知道乔本是日本人鬼子吗？"

"老爷已经当了汉奸，你身边的紫煌就是日本间谍。日本人说要在三个月之内，踏平中国。太太也是中国人，不能看着日本人这样屠杀我们的同胞，抢夺我们的土地。"

"不，老爷怎么能成了汉奸？"秋蝉不相信。

"老爷是伪满洲国的太监，他为了掩盖这个事实，故意娶了许多妻妾。宣统皇帝对他说，要是清朝恢复了帝制，还要加封他。所以他一直与日本人来往密切，日本人也保证要让宣统皇帝复辟。"灵飞说。

"事情原来这样可怕，但是眼下该怎么遮掩夏芷杀死日本人的事？"

二人正说着，路探长带着一队警察包围了王府，口口声声说要进来搜查。紫白慌忙跑进启鸳堂说："太太，大事不好了，路探长说咱家大少奶奶有杀人的嫌疑，要搜查王府！"

秋蝉慢慢喝了一口茶说："让路探长进来。"

灵飞躲在帐后，路探长带着一队警察杀气腾腾地走进来，秋蝉起身相迎："路探长，到底出了什么事，您这样气愤？"

"你还问我？你们王府的人可真厉害，连日本人都敢杀。今日中午，你们大少奶奶进了乔本的房间杀了他，然后化妆成护士逃回王府。马上交出你家大少奶奶。"

秋蝉冷笑一声道："谁都知道我们大少奶奶弱不禁风，乔本身强力壮，大少奶奶怎么能杀了乔本，你是不是糊涂了？我们老爷在上古郡也是有脸面的人，你可不要往我们老爷脸上抹黑，不然我可不客气了。"

"到底是王府的掌门太太，说话就是硬气。来人，给我搜！"路探长说。

"慢，我们老爷不在府中，你是不是看我们一群女人好欺负？翠蔓，给我将这群土匪赶出去。"

翠蔓带着一群小子们，拿着木棒对着警察劈头盖脸就打。

"再打我就开枪了。"路探长说。

翠蔓往路探长头上就是一棒，他晕了过去，警察们忙抬着他跑出王府。

老爷来到医院，见路探长躺着，眉头紧锁。

老爷对他说："路探长，脑袋还疼吗？"

"王老爷，你家的女人都够野的呀！"

王老爷命翠蔓打开箱子，箱子内全是银圆。路探长看着满箱子银圆，眼睛都直了。

“路探长，这是我的一点心意，今日多有冲撞，请多谅解。”老爷说。

“你想让我怎么交代？”

“这是一千大洋，听说路探长的房子在劈柴胡同那，有了这些钱，探长可以在繁华处买一处地道的四合院了。”

“凶手怎么办？”

“什么凶手，她压根就是和我们大少奶奶长得很像的一个女子。这是日本人的事情，不但你路探长惹不起，连我王老爷也惹不起啊！”王老爷笑眯眯地说。

“王老爷就是会办事。”

“哪里，哪里！我们以后还有更多的合作机会。”

回到府中，老爷打开书房的门，一拉灯，吓了一跳，只见紫煌正用枪口对着他。

“我不是说过了嘛，不要轻易来我的书房。”

紫煌狠狠地说：“我刚才去乔本的灵堂验尸了，乔本是被人用利器刺死的，你为什么不把凶手交出来？”

“收起你的手枪，这玩意儿可不是闹着玩儿的。我一心向着你们日本人，最后落了这样一个下场，真叫人心寒！”

紫煌问：“你知道乔本是多么重要的一个人吗？”

“知道，他确实是很重要。可是依他的身手，他能死在夏芷的手里吗？就连傻子也能明白，夏芷有必要冒着生命危险杀死乔本吗？”

紫煌软了下来，慢慢说：“可能是有人指使她。”

“谁指使？太太这个人的品性你又不是不知道，她可是一心一意地为了王府的安定着想，她能指使夏芷杀人吗？那岂不是引火烧身？”

紫煌冷冷地说：“你的儿子灵飞呢，他能和日本一条心吗？”

“那你把枪口对准灵飞好了。我送他出去读书这几年，也不知道他与什么人接触。如果是他指使的，你最好一枪毙了他，也了结了我一桩心事。”

老爷回到启鸳堂掀开帐子，只见秋蝉已经熟睡。他抚摸着秋蝉的身子，秋蝉醒了，老爷将她搂进怀里说："蝉儿，你不知道日本人有多恶毒，所以王府里的人都不要轻易去碰日本人。过几天日本人的大队人马就要驻扎在上古郡了，你们的容貌一个比一个美，我真怕你们出事。"

"今日的事是乔本轻薄夏芷在先，夏芷确实无法脱身，才刺死乔本的。老爷，无论如何也得保全夏芷。"

"事情已经办妥了，但是日后王府的女眷，不能擅自出府。我真搞不明白，夏芷怎么能下得了如此的狠手。"

"老爷，其实人在绝望的时候，都会这样做的，在清白与受辱之间，往往会选择最后的一搏。"

在睡梦之中，冬霖忽然觉得身上异常沉重。她从模糊的睡梦中醒来，一个男人重重地压在她的身上。她奋力挣扎，身上的男人喘着粗气说："不要动，我是老爷。"

"胡说，你不是老爷，我清楚老爷的气息，你给我滚。"

冬霖的嘴被一双大手紧紧捂住，几乎窒息了。事后，那人仓皇逃走。

第二日吃早饭的时候，冬霖姗姗来迟。

秋蝉对她说："你的脸色那么难看，怎么了？"

老爷瞅了冬霖一眼："既然是三太太，就要有三太太的品德，要不然让人总以为你还是个丫头。"

冬霖坐下，看着老爷。

老爷问："看我做什么？"

冬霖低下头说："老爷什么时候怕人看了？我只是想看看您的脸。"

紫藤被冬雾搀扶着走进来，一脸颓废的样子，电卷子烫过的头发，如蛇一样盘在脑后。她挨着秋蝉坐下，秋蝉看着她骨瘦如柴的样子，长叹了一声。

灵飞与夏芷进来，夏芷没有半点的惊慌，和往常一样向大家问好然后坐下,体态端庄,很有大少奶奶的气派。

“你们可听仔细了,昨日上古医院的乔本大夫被杀了,有人怀疑是夏芷干的,但我相信王府的人都是本分守己的。”老爷说。

灵飞点燃一支烟,慢慢抽着。

老爷怒视着灵飞:“你也老大不小了,应该在外面谋个差事,难道让我养你一辈子吗?”

“父亲说得很对,我也想着要到学校去当个老师,或者到报社当个编辑。”

紫藤说:“老爷带着他做生意,不是更好吗?”

“他不适合做生意。”老爷说道。

“父亲养了我二十多年,我不会再让父亲操心了,让我自己出去找工作吧。”

秋蝉对老爷说:“灵飞到底是长大了,能说出这样暖人心的话来。”

灵飞在“全聚德”请路探长吃饭,路探长带了一班人马来。

路探长坐下后对灵飞说:“奇怪了,你怎么会请我吃饭?”

“听说路探长已经喜迁新居,我就请您吃一顿家常饭,谢谢路探长肯赏光。”

“这新家是有了,可是家里空空,连个像样的家具也没有。我老婆虽然是探长夫人,可身边连个伺候的丫头都没有。”

灵飞从衣袖中摸出一锭金子说:“这是我过生日的时候,太太给我的,说是让我自己喜欢什么就买些什么。路探长若不嫌弃,就拿去置办点家具吧。”

路探长假意推却了一番:“这怎么好意思?”

“我家的生意,要不是路探长给罩着,早就给人搅了,孝敬路探长是应该的。”

路探长收下金子,敬了灵飞一杯酒。

“父亲一直说我是个读书人,不愿意让我跟着他做生意。不知路探长能否帮助我找个差事呢?”

路探长拍着胸脯说:“那好办,你明日就到保安团上班吧。”

冬霖这几日觉得身子不大好,偶尔还会呕吐。她的丫头都是一些毛孩子,也不懂得关心她。

秋蝉来到冬霖的房里,见她的脸色不好,便连忙扶住她问:“你病了?”

“也没有大碍,就是觉得头沉,还恶心。”

秋蝉连忙让紫虹去请大夫,大夫把脉之后对秋蝉说:“太太,三太太有喜了。”秋蝉一惊,她知道老爷是没有生育能力的,冬霖又是一个本分的女子,她怎么会怀孕?

秋蝉支走下人,对冬霖说:“是谁的孩子?”

冬霖用力捶打自己的肚子。

秋蝉又问:“是大少爷的吗”?

“反正不是老爷的,他每次进来都谎称自己是老爷。”

闻言,秋蝉头一阵眩晕,她安慰冬霖说:“先不要声张出去,这件事非同小可。我身边亲近的人,就只有你和冬雾。冬雾每日被关在祈愿堂,不得出来。要是让人知道你怀孕了,咱们在王府就更难了。”

“太太,我知道少爷和您打小就好。可是我没有勾搭他,每次他都是半夜三更闯进来的。”

秋蝉紧紧搂住冬霖:“你的为人,我怎么能不知道,可恨的灵飞!”

秋蝉让自己的丫头紫兰先伺候着冬霖,又怕冬霖寻短见,秋蝉将冬霖的丫头们叫到跟前斥责:“主子病了,你们就不能出去找大夫,或是去告诉我吗?一个个贼眉鼠眼就只知道吃,这些日子你们好好服侍着你们主子。如果她的病不见好转,当心你们的小命!”

小丫头们跪在地上,大气也不敢出。

秋蝉虽不怎么厉害,但是王府里的人都怕她。她带着紫煌与紫虹等人来到雅阁,夏芷亲自端茶伺候。

秋蝉问她:“你坐下,大少爷呢?”

夏芷回答："他去保安团上班了，还不知道能不能长久在那上班，所以就没敢告诉太太这件事。"

"你倒是位贤妻，他不让你回我，你就不回了？我虽然比你年轻，但也是你婆婆。"

"太太说得对，儿媳以后管教着大少爷就是了。"

秋蝉冷笑一声说："你管教？你别怂恿他做出什么下流没脸的事我就阿弥陀佛了。晚上让他到三太太房里，我在那里等他。"

说完秋蝉起身就走了，夏芷带着自己的一群丫头一直把她送出园子。

秋蝉在王府里漫无目的地走着，高高的院墙上长满野草，那一抹绿色，不知道包含着什么样的心结。起了风，那凉凉的风吹到秋蝉身上，她不禁打了个哆嗦。紫虹为她披上了斗篷。

走出二门，秋蝉在洗浆房前站住，这里最容易让她感到伤感：多年以前自己的母亲就是在这里洗衣服，冬天母亲的双手长满冻疮，流着血水。一阵难过的秋蝉，竟止不住淌下来泪水。

身后的一群丫鬟也不敢上去劝，只是静静地低着头。

秋蝉抹了一把泪水，转身离去。紫虹小声说："太太，该回去了。偌大的王府，一天是走不完的，咱们改日再来。"

"紫虹，人为什么活着？"秋蝉问道。

"各人有各人的造化，奴婢们是为了伺候太太活着。"

秋蝉与冬霖坐着，相互说了些体己的话，这时灵飞进来了。

秋蝉怒视着灵飞："当了警察，你越发有能耐了？"

"太太不要笑话我了，我只是为了混口饭吃，不想让老爷给养着。"

"你原来这样要面子，既然要面子就不要做不要脸的事。你偷偷来三太太的房里，别以为我不知道！"

灵飞一头雾水："太太为何把我说成这样，我何时到过三太太屋里了？"

"冬霖怀了孩子，假如你是一个有担当的男人，就给她一个交代。"

“我真没想到太太一直这样看我，要不要我掏出心来让你看看？”

说着，灵飞从冬霖的针线笸内拿起剪刀往自己肚子上捅去。

这时，门外的夏芷扑了进来，死死地抓住他的双手说：“太太，这么多年了，大少爷是什么人，别人不知道，太太应该是知道的。现在屋里也没有外人，大少爷从来没有碰过我。他夜夜思念的是太太，又怎么会做出这样的事来呢？”

灵飞甩开夏芷，执意要掏出自己的心。

突然冬霖说：“不，不是大少爷！那人曾经被我抓伤，脖子上有疤，可大少爷脖子上没有疤。”

秋蝉说：“府里就他一个男人，二门外的伙计晚上都进不来，不是他，还会是谁？”

“难道是老爷故意安排的？”冬霖猜想。

“你怎么会这样想？”秋蝉问。

“第一次的时候，我抓伤了他，第二天老爷故意在脖子上留下两道伤疤。”

“老爷真不愧是老爷。他想要孩子，来了个双保险。就算我意外滑胎，还有你的孩子。”秋蝉道。

“他想得美，我明日一碗打胎药，将自己的肚子清理得干干净净！”冬霖气着说道。

“千万不可，你的孩子就是你的一张免死金牌，你就装糊涂吧。”

灵飞委屈地哭起来，自己一心对待秋蝉，却屡屡被她怀疑。

“到现在我还是对你存有疑心，你一个大男人也别哭了。夏芷，想让你的男人保命就要让他安分守己。今夜我不妨试试老爷。”秋蝉说道。

夏芷从灵飞手中夺过剪刀，扶起灵飞就告辞了。秋蝉命翠蔓送些新铺盖过来，另外又给三太太添了些新衣。

老爷从绸缎庄回来，没有去启鸳堂，而是直奔冬霖的房间。

冬霖正躺着，老爷摸着冬霖的秀发说：“你躺着，不要起来。听霍大夫说你怀孕了，我真是有说不出来的高兴。王家虽然富可敌国，可是人丁稀少，少爷又是一个胸无大志的人。如果你真的为我添了男丁，就是王家的功臣了。你的灵位也将永远供奉在王家的祠堂里，世世代代受后人敬仰！”

“奴婢要是生下女孩呢？老爷是不是就不把我的灵位放进祠堂了？”

“女孩也好，我要送她到日本读书，把她培养成一个知书达理的千金小姐。”

“要是胎死腹中呢？”

老爷狠狠地推了冬霖一把：“你这样口无遮拦地乱说，是不是诚心诅咒我们王家断后？你平日伶俐乖巧，怎能说出这般狠话？可见你就是贱骨头。”

冬霖蒙着被子哭了起来。

老爷拉开被子说：“看你，两口子哪里有不吵架的。别哭了，我脾气不好你又不是不知道，就是在太太面前，我也是这样的。今夜，我陪着你，我们什么都不干，就看着你肚里的孩子。”

“太太已经将紫兰拨了过来，紫兰这丫头比别人心细，老爷还是去看看太太吧。”

“我的几位太太中，我陪你是最少的。就不要撵我走了，今夜我陪你说说话。”

秋蝉得知老爷在冬霖屋里过夜，很是高兴：冬霖终于在王府立住脚了。

倒是紫藤听说冬霖怀了孕，便大发雷霆哭骂着：“老爷也没有怎么宠过她，她怎么会有孩子，说不定是大少爷的种！”

冬雾说：“二太太何苦这样诋毁人家。自己要是眼红，也生出一个来，让别人看看你二太太也是王府的功臣。”

紫藤说：“我知道你们乌龟王八一条藤都来欺负我。你来祈愿堂的时候，我没有对不起你，反倒是在我难过的时候，你连一句安慰的话也没有，一心向着别人。”

“我过来又不是伺候你的，是老爷、太太怕你偷汉子，才让我过来看着你。

在我面前摆主子的架子,你也不撒泡尿看看自己配不配。"冬雾一脸不屑。

冬雾的这几句话，像把刀直捅进紫藤的心里。紫藤扑上去揪住冬雾的头发,二人扭打起来。

小丫头们赶紧跑着报告了翠蔓，翠蔓赶来，将二人拉开:"你们也不怕别人笑话,主子没有主子的样子,整天窝里斗。你们有本事和大少奶奶一样,杀一个日本鬼子让大家看看。"

紫藤抱住翠蔓:"翠总管,你给我做主。老爷不稀罕我,如今连这个小蹄子也不把我放在眼里。她是主子,我倒成奴才了。"

冬雾毫不示弱地反击:"你看看她哪里像个主子? 老爷也就是觉得没几个小妾让人看了会没面子才抬举她,她倒真把自己当成主子了。我是太太的丫头,即使过来了也是给太太那边做针线,我偏不伺候她,她能把我怎么样? "

翠蔓说:"好了,都少说一句行不行! 看看你们厉害的,二太太你也真是,你爱抽大烟,在府里已经低人一等,何苦和太太跟前的丫头打架,还骂出那样难听的话。依我看,你还是收拾一下自己,讨好老爷才是正经事。"

自从和紫藤打过一架,人人都觉得冬雾是个刺头,所以都敬她三分。而紫藤则改头换面,每日打扮得妖娆妩媚:嘴唇那个红呀! 只要老爷在府里出现,她就不失时机地跟在老爷身后。

老爷坐在书房,心情极其烦乱:本来紫藤是可以杀死灵飞的,却偏偏让冬雾坏了事。冬雾又是秋蝉心尖上的人,如果动了她,恐怕秋蝉不会为自己产下孩子。更出乎预料的是夏芷竟然出手杀死乔本,她真是个不简单的女人。她为什么要杀死一个与自己毫不相干的日本人? 也许灵飞是反日分子,是他指使她去杀人? 可一个弱女子杀一个武功高强又带枪的日本间谍,那是何等的难事啊。

就在王老爷百思不得其解的时候,紫煌翻窗而入,老爷吓了一跳!

"乔本的死与你王家有没有关系? "紫煌问。

"没有,夏芷是什么人你也看到了,连一只鸡也不敢杀,何况杀人? "

“我也试探了几次，不见她有什么功夫。难道是有人杀了乔本嫁祸给王府吗？”

老爷连连点头说：“还是大小姐想得透彻。一些鸡鸣狗盗之徒，看着我王家日益繁荣，早就恨之入骨，巴不得我王家出些事情来满足他们阴暗的心理。”

“但是王府里有两个人最可疑，一个是王府总管翠蔓，另一个是太太身边的丫头紫白。路探长一再交代，出事的那日他追着两个身影正要放枪的时候，翠蔓从黑暗中走出来，千方百计地想要拖延时间，才把那两个人放跑了。”

“我也对这个翠蔓十分不满！她干出的事没有一件让我满意，她哪里是在帮着我，分明就是在和我作对。你看看谁当管家合适？”

“太久保蒋莽。他从小生活在中国，而且他一直在特务连工作，谁都看不出他是日本人。”

“这不是大材小用吗？太久保蒋莽，他来管理王府，王府不就变成他的家了吗？我再傻也不可能这么做吧！”

“现在只有太久保蒋莽来管理王府，王府的内鬼才会现身。”

老爷沉思了片刻之后说：“那你能确保王府的安全吗，尤其是我三位太太的安全？”

“当然！”紫煌说。

第八章
灵飞的出走

既然老爷做了汉奸，我就同他再也没恩情可言了。你曾经说过，你要娶我，要为我做最美丽的嫁衣，我会等你回来。

夜里，老爷来到启鸳堂，秋蝉已经睡了。

紫虹过来为老爷洗脚脱衣，老爷让她倒掉洗脚水之后就不要进来了。他拧开台灯，抚摸着秋蝉露在外面的上半身。

秋蝉醒了，看着他。

老爷从胸前的内衣中掏出一把手枪放在秋蝉手中："天下要乱了！你拿着它防身。"

秋蝉接过冰凉的手枪道："我们深宅大院的，外面就是闹翻天，也不可能乱到王府里.老爷不要害怕，我用不着它。"

"天下大乱时，我若不在你身边，一定要保护好自己。"

秋蝉紧紧抱住了老爷，哽咽地说："老爷，这一世谁与我走到底，谁就是我真正的丈夫。"

"蝉儿，我害怕有人知道我不堪的往事，每天都小心翼翼地生活着，尽管你腹中的孩子不是我的，但我一直将他视如己出。我能想象，当我们的孩子呱呱落地时，听到他第一声啼哭，看着他第一次微笑，那将会是多么的幸福。所以，为了咱们将来的幸福，你要保护好自己。"

秋蝉伸出修长的手指，抚摸着老爷的面庞：她同情这个一直在绝望中挣扎的男人，可是在这个男人心里，却藏着很多不可告人的秘密。

“老爷躺到秋蝉身边：“蝉儿，你觉得翠蔓还好吗？”

她毕竟是个女子，出府办事需要抛头露面，应该会有诸多不便。”

第二日，老爷让大家都到启鸳堂。大家到齐之后，老爷带着一个身材笔直但却很瘦弱的男人进来，女眷们起身要避开。

老爷说：“大家不必回避。我和太太昨夜商议过了，翠蔓当总管的这些日子，王府总是不断出事。翠蔓虽然会精打细算地过日子，但毕竟是女人，出外办事大有不便。”

大家听着。

老爷继续说：“所以我今天请了多年的故友——蒋莽来做王府的总管。翠蔓，你以前和二太太紫藤很要好，还是伺候二太太去吧。今日，你将所有的账目理清，钥匙交给蒋莽。冬雾丫头跟着二太太，每天都闹得府里鸡犬不宁，让我十分不快。我知道冬雾一心还是想着到太太身边，那就了了你的心愿，日后还是跟着太太吧。如果太太出了什么事，我就要找你了。”

翠蔓对老爷说：“老爷做得对，我早就不想做这个总管了。平日好些事情我都无法去办，这回蒋莽总管来了，我就安心了。”

老爷问夏芷：“灵飞怎么没过来，还在睡懒觉吗？”

夏芷起身：“还请父亲多体谅。路探长说他身边缺少人手，让大少爷帮他忙去了，这事我已经回了太太。”

秋蝉说：“是的，夏芷回过我，我忘了和老爷说了。”

老爷说：“蒋莽总管，这三位是我的太太，那一位是我的儿媳夏芷，儿子去工作了。这些丫头们有的是世奴，他们的祖祖辈辈都是我们王家的奴才，有的是被王府收留的孤儿，体面一些的大丫头是买来的。如果她们不听话，你回了太太，把她们撵出王府就行了。二门外有几十个小子们，他们有的是轿夫，有的是跑腿的买办。每月你都要给这些人发月例，一定要量入为出啊！”

“王府是远近闻名的大户人家，想必主子们都是娇生惯养的人。我既然做了王府的总管，就不得不豁出去得罪人了。丫头们，你们最好是一次错误也别犯，如果被我发现，马上让人打死。”蒋莽说道。

冬雾站起来：“你不过是个管事的，和我们一样也是奴才。好不好的上面有老爷和太太，下面有大少奶奶，难道你还想一手遮天不成？”

众丫头也十分不服，都学着冬雾七嘴八舌地嚷嚷起来。

蒋莽走到冬雾的面前问道：“你是不是想找死？”

“老天爷，好大的口气，我就是想找死，你敢杀我？”冬雾反问道。

秋蝉让紫虹将冬雾拉开，自己挡在冬雾面前：“蒋莽总管，管人靠的是规矩。王府有王府的家规，冬雾是我的丫头，你真还敢打她吗？”

老爷劝道：“太太，有些丫头没有王法，蒋莽总管管着也是应该的。你不要护短，省得宠着她们让她们闹翻天了。”

“他不配当总管。”秋蝉说。

蒋莽说秋蝉：“看看你，哪有贤良淑德的品性，你才不配做王府的太太。”

秋蝉看着老爷：“蒋莽到底是什么人？为什么对主子连个尊称都没有？”

“你们就忍着一些吧。”老爷说。

秋蝉忽然想到老爷昨夜给自己的手枪，顿时醒悟过来：这个蒋莽来者不善，她对老爷说：“蒋莽可以留在府中，但是绝对不可以做总管。”

冬霖对老爷说：“他是总管还是阎王，怎么刚进门就这样凶恶？以后他还能把我们当人看吗？”

“我已经决定了，休想更改，蒋莽就是王府的总管。”最后老爷说。

大家散了，秋蝉愣愣地坐着，她摸了摸腰间的那把手枪。

冬雾奉上茶来，秋蝉说：“你去雅阁，只要大少爷回来，就马上让他来见我。”

翠蔓进来，对着秋蝉跪了下来。秋蝉将她扶起来劝道：“不要难过，我会帮你夺回总管的位置。”

“太太，这个蒋莽很可能是日本人。他带进王府的人都穿着木屐，老爷其实早就当了汉奸。"翠蔓说。

秋蝉脸色煞白:"我怎么就没想到老爷是这种人!"

紫煌突然飞出一脚,将翠蔓踢倒。

秋蝉问:"你,你也是日本人?"

"是,我的父亲东浦一郎很快就会将整个上古郡占领,到时候你们都是亡国奴,还谈什么尊严?"紫煌说。

秋蝉晃荡着身体,险些晕倒,丫头们过来把她扶住。

翠蔓站起来:"我早就看出来你一直逼着老爷办事。"

紫煌说:"恰恰相反,是你们老爷一直花钱巴结我们。"

灵飞刚一进门,紫白便把他拉到一边:"老爷用日本人做王府的总管,紫煌已经亮出了自己的身份。太太被软禁在启鸳堂,你我千万不可暴露了!"

他吃了一惊,没想到日本人来得这样快:"下一步该怎么办?"

"现在最重要的就是保护王府所有的人,还有就是要破坏日军的联络系统。"

来到启鸳堂,灵飞见秋蝉泪流满面。灵飞对她说:"太太不要过度悲伤,有些事挺一挺也就过去了。"

"这一大家子女人,日本人一进上古郡,怎么能逃得掉!"秋蝉说道。

紫煌换了日军的军装进来,对灵飞说:"我的父亲东浦上将要来了,你赶紧将雅阁让给我的父亲。"

秋蝉说:"大少爷自生下来就住在雅阁,一直在那生活了二十多年,岂是你说让就让的?"

紫煌不容商量地说道:"你也别和我讨价还价,不要给脸不要脸,不然到时候我让雅阁的人全都死。"

灵飞再也忍不住了,扑上去狠狠掐住紫煌的脖子说:"我现在就让你死!这是王府,不是你们日本,由不得你胡来!"

丫头们齐声叫着掐死她,掐死这个魔鬼。紫煌的眼睛向上翻着,眼看就要死去。

突然两声枪响，灵飞捂着受伤的胳膊松开了紫煌。蒋莽大步地走进来，对着身后的日本武士说："把他关押起来。"

日本武士正要动手，秋蝉挡住灵飞对蒋莽说："不，是我让他这样做的。关押我吧，我是这个家的女主人，他们都听我的。"

看着秋蝉如此维护灵飞，蒋莽便对秋蝉说："这是第一次，也是最后一次。既然你是王府的太太，我就给你这个面子。希望你见好就收，不然我让整个王府血流成河。"

秋蝉怎么也搞不明白，上古郡声名赫赫的王老爷竟然害怕起了日本人。

老爷赶来，连忙解释："我的夫人虽然是一家之主，到底是丫头出生，蒋莽总管就不要和她一般见识了。"

听到这话，秋蝉几乎绝望：即使自己生下孩子，恐怕也会被日本人踩在脚底。秋蝉问老爷："我们为何要苟活在日本人的管制之下？"

老爷的脸色非常难看："你一个妇道人家，怎么能明白我要做的大事。"

看着老爷转身而去的背影，秋蝉想：老爷是汉奸，而自己能做的就只是跟着这个汉奸，陪着他，一起让万民唾弃。

紫白扶住秋蝉："太太，两个日本人刚来府里，他们就已经压得我们喘不过气了，看样子我们早晚也得死。"

此时，夏芷带着几个丫头过来："太太，老爷让我们搬出雅阁。"

"他当汉奸的决心谁都无法阻挡。你们听着，谁能杀死蒋莽，日后就是我的姐妹。"秋蝉说。

"蒋莽早有准备，谁能杀得了他？"夏芷问。

灵飞捂着伤口说："我去，杀倭寇是我们每个热血男儿的责任！"

紫藤晃晃悠悠地站了起来："我是府里一个吃闲饭的人，如果大家信得过我，我就去杀了他，什么男人也逃不过我的手掌心。"

秋蝉说："妹妹，对于女人来说，名节是何等重要！"

"对于女人来说，国和家同样重要！"紫藤说道。

蒋莽正要睡觉，一个日本武士进来说："王府的二夫人求见。"

"不见。"

"听大小姐说，这个二夫人在王府最不得宠，或许她是来告密的。"武士说。

"我今天到，她今天就要来告密？不会，她没有那么愚蠢。"

武士正要出去，蒋莽又说："让她进来。"

紫藤扭着屁股，娇滴滴地进来说："日本大人，您好！"

"你要是和我说这些无用的话，就请你出去，我对你们中国的女人毫无兴趣。"蒋莽说道。

"别呀，你对我们中国女人有没有兴趣，我不在乎。我就是想告诉你一个秘密，如果日本大人您不想听，我就走了。"紫藤说着站起来扭着屁股假装要走。

"站住，你想要说的秘密是什么？"

"不告诉你，除非你亲自来我屋里取一样东西，那可是你们日本人最喜欢的。"说完，她扭着屁股出了蒋莽的门，临走时还不忘给蒋莽一个微笑。

蒋莽思来想去：这个小小的王府内说不定隐藏着反日分子，说不定紫藤要告诉自己的正是这个秘密。他穿好衣服，独自来到祈愿堂。

守夜的小丫头们问："蒋莽总管要见我们二太太吗？她明日要回娘家，今夜正收拾东西，没空见您。"

蒋莽推开两个小丫头，直往紫藤的房里走去。祈愿堂静悄悄地，丫头们躲在屋里。

紫藤穿着绸缎内衣，曲线暴露无遗。看着紫藤收拾东西，蒋莽咳嗽了一声。

紫藤转过脸，笑嘻嘻地说："你到底还是来了，要是晚来一夜，你可就什么也得不到。"

"你要给我什么？"

半躺在床上，紫藤从枕头底下拿出一张纸："这是上古郡反日分子的名单，这可是我从大少爷那里偷来的，你想要吗？"

蒋莽上来伸手就抢，紫藤说："我有一个坏习惯，就是别人想要我的东西，必须是我自愿给的。如果我不愿意，就是毁了我也不给。"

他掏出手枪指着紫藤："就是毁掉，你也来不及了。"

紫藤站起来推了一下蒋莽的胳膊："你拿出这个东西吓唬谁呢，好像别人都没见过似的。你今天要是打死了我，那么很多事情就都断线了。你也看到了，在王府，我还是最喜欢你的。"

蒋莽再也受不了紫藤露骨的挑逗，一把将她搂进怀里："你给我提供情报，我给你我这个人。"

"日本哥哥，你真坏。我可没说要你的人，我只说喜欢你。"

蒋莽将紫藤压在床上："日后，我是王府的老大，你就是王府的老二，那个大太太算个什么东西。"

"你不后悔吗？我是个可怜的女人，老爷从来没有爱过我，但是他对我说过，不守妇道的话，就要我死。"

蒋莽说："他敢让你死，我就先让他死。"

正当他得意的时候，突然被一根铁丝紧紧勒住了脖子。他的手揪住紫藤的头发，使劲往下扯，紫藤往他的两腿之间猛地一踹，他不动了。

灵飞又使劲勒了好长时间，直到蒋莽断气为止。灵飞拖着他的尸体，抛进祈愿堂的井里。

"大少爷，纸是包不住火的，你跑吧！"紫藤说道。

"我走了，你们都会遭殃！"

这时，秋蝉扮作一个丫鬟来了。

灵飞对秋蝉说："你那里有紫煌看着，太危险了！"

"紫煌已经被紫白引出府外，你赶快跑吧，不要管我们了。这个时候，能跑一个是一个。"秋蝉说道。

灵飞一把搂住秋蝉："不，要走我带你一起走。"

秋蝉说："灵飞，去挽救我们的民族。既然老爷做了汉奸，我就同他再也没恩情可言了。你曾经说过，你要娶我，要为我做最美丽的嫁衣，我会等你回来。"

紫藤也说："少爷，这可不是儿女情长的时候。紫白拖延不了多久，紫煌一回来，你就走不了了。"

灵飞对秋蝉说："秋蝉，等我，我会回来娶你的。你告诉夏芷，我对不起她。"

灵飞从后花园翻墙逃走了，秋蝉回到启鸳堂，跪在床前默默地流着泪：我会用一生等待你，良人，你千万要回来！

紫煌冰冷的刀直架在秋蝉的脖子上："你在为谁祈祷？"

秋蝉回道："为我的孩子祈祷，为我孩子的父亲祈祷！"

一群丫头涌进房里，惊叫着。秋蝉说："你们下去，我没事。"

"为什么说你没事？"紫煌问。

"如果你现在杀了我，我家老爷就是一把火烧了王府，也不会留给你们日本兵住的。收起你的刀，小心伤着你自己。"

收起刀，紫煌坐下来喝了一口茶："刚才你们府里有个影子，我一直追了很远，也没追着，我怀疑这个人是紫白。"

秋蝉不紧不慢地说："你认为是谁就是谁，我也不知道。"

这时，一个日本武士跑来对紫煌说："大小姐，蒋莽总管出去之后，就再也没有回来。"

"他出去之前，有什么人找过他？"

日本武士回道："二太太紫藤找过他。"

紫煌冲着日本武士大骂："你们这些人难道都是死人吗？蒋莽到王府第一天就失踪了，给我到处去找，尤其是二太太的屋。"

秋蝉知道事情暴露了，她揣上老爷给她的手枪，带着冬雾等一群丫头到了祈愿堂。

紫煌带着人四下寻找，最后她们从水井中打捞出湿漉漉的蒋莽，他的脖子上还勒着一根铁丝。紫煌拿着刀就要冲秋蝉劈来，就在此时，紫藤说："慢！"

"你不要急，我也不会放过你。"紫煌狠狠地说道。

"太太是好人，她什么都不知道。蒋莽想占我便宜，我叫救命，然后大少爷就跑进来用铁丝勒死了他。"紫藤说。

"我不信!"紫煌脸都青了。

"信不信都由你了。这是王府,不是你们日本人的地盘。你以为老爷受你们摆布,我们就都会像他那样软骨头吗?你错了!"紫藤说。

紫煌反过身一刀劈下去,紫藤倒在地上,秋蝉上前抱住紫藤:"妹妹,你看看我!"

紫藤抬起头,没有说话,只是笑了笑。

老爷唉声叹气地在启鸳堂来回地走动,秋蝉却在静静地流泪。他终于忍不住大吼:"别哭了,你让我跟日本人怎么交代?"

秋蝉依旧在哭。

"你娘又没死,不用你哭丧。"

冬雾过来边给秋蝉擦泪边说:"今天日本人杀二太太,明天就敢杀太太。老爷怎么不去埋怨紫煌,反而数落太太。"

老爷指着冬雾:"都是你们这些下人乱嚼舌根,要不然紫藤哪里懂得什么爱国不爱国的!"

秋蝉说:"起码紫藤是爱王府的,因为王府就是她的家。如今家不像家,倒像杀场了。"

"我之前让你们忍着一些,日本人也是人。可你们偏偏不忍,这下死了一个跑了一个。日后你们别那么僵,动点脑子。"老爷的语气缓和了一些。

"王府里是住不得了,我去跟着我娘,穷也好富也好,图个安宁。"秋蝉说。

"真是不知道天高地厚的东西,你以为府外就安宁吗?日本人一进来,不听话的那些人都得死。"

冬霖进来,也是满脸泪水。

老爷说:"你们往日不是最讨厌紫藤吗?她死了不是称你们意了?个个哭丧着脸,这个王府就是让你们哭倒霉的。"

来到启鸳堂,夏芷脸上沾满泪痕,嗓音有些嘶哑:"太太,我想知道大少爷去了哪里？我要去找他，他是我的男人。无论他遇到多大困难，我应该陪伴着她。"

秋蝉看着成熟的夏芷，她的脸上没有羞涩，只有执着。秋蝉纠结了很久："夏芷，我们再等等，灵飞会回来的。过了这一阵子，他一定会回来的。"

"只怕他回来后，已经见不着我了。"夏芷说。

"他临走的时候和我说过，要你耐心地等他。我们要祝他一切平安。"

夏芷默默地流泪。

"雅阁没有了灵飞更显得荒凉，那里丫头们虽多，但缺了阳刚之气。你搬到启鸳堂和我一起住吧，好不好的，也是个伴。"秋蝉又说。

"不！雅阁有灵飞的气息，有灵飞留下的衣物，我要好好地看着它们，等灵飞回来。"

紫藤死了，二太太的位置成了一个空缺。老爷很快娶了一个富商家的女儿，填补了这个空缺。

这个女子名叫露西：露西颇有几分姿色，她父亲是做钟表生意的。她头上从来不戴花，脸上也从来不抹粉，整日素面朝天。她带了几个陪嫁丫头，最伶俐的那个叫作喜鹊。

同样，老爷没有和露西圆房。老爷只说忙，等挑选个黄道吉日，再同她圆房。

秋蝉觉得非常可惜，可怜了露西的青春年华。

紫煌越发变本加厉，一张嘴就是我们日本怎么样，这加深了王府里所有女人对她的仇恨。可她却毫不在意，有时候老爷嘴里叼着雪茄，她也抢过去猛抽几口，然后再塞进老爷嘴里。老爷没有半点怒意，还不停地对着她笑。他害怕紫煌受到伤害，于是在她的身边多安插了十几个日本武士。

看看那亮闪闪的军刀，真叫人胆寒。

紫藤死后，秋蝉再也没有对老爷说过一句话。秋蝉的心里已经没了老爷，她一门心思只想杀了紫煌，让王府平静下来。她不能容忍这个女人在王府里吆五喝六，她要除掉她。

老爷觉得去秋蝉那里是自讨没趣，碰了几次钉子之后，他就经常往露西的房里钻。

秋蝉让二门外的小子们四处打听戏班：为了能除掉紫煌，她必须演一场戏。小子们终于打听到了一个戏班，演员唱功非常了得。

秋蝉把冬雾和紫白叫到面前嘱咐："老爷既然娶了我，王府就是我们的家。现在日本娘们儿骑在我们的脖子上拉屎撒尿，我无法容忍。我请了个戏班子在后花园的雅阁唱戏，等好戏唱到高潮的时候，我们躲到幕后击毙紫煌。"

紫白说："太太，那戏班子不会受到牵连吗？不能只顾我们，而害了人家呀？"

冬雾也说："我们都没有打过枪，一枪若打不中，我们不会暴露吗？太太，这不是个万全之策。"

"那我们对紫煌就没有一点法子了，任凭她兴风作浪？"秋蝉问道。

"我有一个朋友是专杀日本鬼子的，让他藏在幕后。杀死紫煌以后，我在一旁放空枪将路探长引开，让他趁机逃跑。"紫白说。

"这也太让你冒险了！"秋蝉说道。

"不冒险。对于怎样除去紫煌这个恶人，我很有信心，路探长是抓不住我的。"

秋蝉如获新生，来到祈愿堂。老爷搂着露西正在剥荔枝吃，见她进来，老爷多少有些慌张，推开怀中的露西："太太，你不在屋里好好养胎，怎么乱走动？"

秋蝉宛然一笑，这笑容太甜了，真是赏心悦目。

露西倒了茶水，秋蝉接过茶碗，喝了一口茶说："露西妹妹到底是富贵人家的女儿，行为举止就是不一般，难怪讨得老爷这样欢喜，连我看了也十分喜欢。"

老爷说道："在王府，你的品格才是一等的，她不过是伺候你的一个姐妹。"

秋蝉却说："老爷不能这样说，都是老爷的太太，哪有个高低贵贱之分。妹妹进府来，都没有摆个酒宴，我这个做姐姐的十分懊悔。如今我把自己的体己钱用来雇了一戏班子，大唱几日。一来让府里的人明白，这戏是唱给妹妹听的；二来王府许久没有热闹了，大家都灰着个脸，连个喜庆样子也没有。老爷，你看妥不妥？"

老爷满脸堆笑说："蝉儿，难为你想得这样周全。但是怎么能让你出钱请戏班子，我来出钱。大家也乐一乐，府里好久没有请人唱戏了。”

秋蝉将一切安排妥当，在后花园的雅阁设下戏台，并将冬霖请到自己身边。

果然紫煌带着一伙日本人过来看戏，路探长也来了，和老爷、露西坐在一起。露西离着老远问秋蝉：“大姐，今天唱的是什么戏呀？”

“《墙头记》，不知道妹妹听说过没有？”

露西笑着摇了摇头道：“没有，我从来不看戏。”

戏曲很快就进入高潮，几个儿媳妇拉着公公的胳膊和大腿抢公公。大家笑得前仰后翻，秋蝉看了紫煌一眼，紫煌也抿嘴笑着。秋蝉紧盯着幕后，只见一个黑影站在乐手旁边。

突然啪的一声，枪响了。紫煌将脑袋一偏，肩膀上挨了一枪：“统统给我杀死！”日本武士将大伙围作一团。

紫白蒙了脸对着一个日本武士开了一枪，一个日本武士应声倒下。路探长带人追赶紫白，紫煌忍着疼痛让日本武士将戏班的人全部杀死。

雅阁乱成一团，日本武士见人就砍。冬雾拉着秋蝉要走，秋蝉挣脱冬雾冲进人群，对着紫煌的后背开了两枪。

紫煌转过身看着秋蝉，秋蝉说：“我忍你多时了，今日就是你的死期。”

紫煌将枪口对准秋蝉开了一枪，便倒下了。秋蝉觉得满脸是血，只见冬霖倒在自己脚下。

冬雾夺过已经死了的紫煌手中的枪，对着日本武士乱打了一阵，几个日本武士倒下了。

老爷推开众人，扶起紫煌大叫：“你可不能死，你死了，我怎么和你父亲交代？”

秋蝉也扶起冬霖，冬霖说：“太太，其实我早就知道您今天会有行动的，我不后悔。”

面对着尸横遍地的场景，老爷大声叫着：“这是为什么？”

秋蝉慢慢放下冬霖，站起来说：“你应该问你自己这是为什么。为什么好端端的王府会变成今天这样？”

老爷抓住秋蝉的衣裳：“你就是一个灾星，我好后悔娶了你。”

秋蝉上去给了他一个耳光：“我一生最恨的就是嫁给了你。卖国求荣，与日本鬼子狼狈为奸，你还是人吗？”

路探长将府里的所有人都关押起来，要找出凶手。

深夜，秋蝉来对路探长说：“事情发生的时候你也在场，刺客不光是杀了日本人，也杀了我们府里的三太太。你不能因为抓不到刺客，就让一群冤枉的人来顶罪。”

路探长问道：“你们王家怎么这样多事？前些日子二太太杀了太久保蒋莽，现在又有人把紫煌给毙了，你让我怎么跟日本人交代？我就是有十个脑袋也不够日本人砍的。”

“凡是有良心的中国人，都不愿意看着日本人欺压在我们头上。你要是打算把这些无辜的人当作替罪羊，还不如把我关押起来，放他们出去。”秋蝉说道。

“我可是一直怀疑你们王府有反日分子。你不要以为你是王府的太太我就不敢动你。来人，把其他人全放了，将王夫人关进大牢。”

紫白说：“你敢！”

“少来吓唬我，我总得给日本人一个交代。来人，把她关起来，不准任何人来担保，就是王老爷来了也不行。”路探长说。

这时老爷赶了过来怒道：“你一个小小的探长，想关谁就关谁吗？事发的时候，你也在场，而且当时就只有你们这些警察带着枪，我还怀疑是你们的人干的。”

“你怎么反咬我一口？”路探长有点摸不着头脑。

“在上古郡，我怕过谁？敢关我的太太，你想找死吗？”说着他把枪口顶在路探长的脑门上，狠狠地说，“你说得很对，发生这样的事确实要给日本人一个交代。你杀了紫煌，我又毙了你，这是最好的交代。”

说完他开了枪，路探长横躺在地上。

第九章
夏芷诈死

夏芷忍着疼痛，连开几枪，小钱一郎横死在门口，然后她又对着涌进门的日军连开数枪，日军应声倒下。忽然老爷冲夏芷的后脑开了一枪，夏芷躺在血泊中。

老爷去了一趟长春，宣统帝已是康德帝。因老爷捐献巨额钱财有功，康德帝满心欢喜地封了他员外郎之职。

回来时，老爷已经成为上古郡第一名人。他不知道康德皇帝的复辟是日本人的一个阴谋，他信仰的依旧是那个被赶下龙椅的伪皇帝。

秋蝉被封为明贤夫人。看着自己的肚子一天比一天大，她对灵飞的思念也越来越强烈。她把府里所有的事都交给夏芷打理。

窗外下起了雨，一对燕子飞过天空。冬雾端来几个烤红薯，秋蝉坐起来，与丫头们一起吃烤红薯。

老爷进来笑道："你们真会享受，变着法子吃起了烤红薯。"

冬雾给了老爷一个，老爷边吃边说："这味道还真不错！"

"都是冬雾这个小蹄子想出来的法子。"秋蝉说。

"你还别说，我越来越喜欢太太这边的丫头们了。露西带进府里的那些个丫头，獐头鼠目的，一个个如贼一样。"

"老爷不是又想打冬雾的主意吧？她可是我的大宝贝，老爷在外面娶一万个也可以，但是要冬雾不行。"

老爷突然问："现在夏芷管家了，她能行吗？这样做是不是有些草率？"

"老爷有所不知，其实夏芷的胆识与聪明比我强百倍，她来管家是最合适的。"秋蝉说道。

老爷沉默了片刻说："是不该招惹日本人了，想想都害怕，咱们一家平平静静地过日子多好。"

"恐怕这一时半刻平静不了，日本人肯定会来报仇的。"

"路探长这个黑锅是背到底了。你们看着都很柔弱，却一个比一个厉害，关键时刻谁都不手软。"

"老爷抬举我们了，为了保命，我们倒成了患难姐妹。"

"这几日身子怎样？"

"还好，老爷事多，竟然还惦记着我。"

"事情再多，家里的平安也是大事。你产下孩子，我们就有个完整的家了。"

老爷走后，秋蝉问紫白："你有大少爷的消息没有？"

"听几个同志说他上前线了。"紫白回道。

秋蝉的心纠结起来：前线刀枪无眼，你可要千万保重。

夏芷来回话，见秋蝉有悲切之态，也不好问缘由，只在一边静静地站着。

"偏巧你来了，老爷和我那会儿还说你把家操持得好。"秋蝉说。

"太太的心思媳妇明白，雇来的管家一个比一个恶毒，简直叫人害怕。"夏芷说道。

"是呀，你来管家，我才是最放心的。"秋蝉的心情好了一点。

"太太这样疼我，我一定会管好这个家。"

"很快大批的日本人就要来上古郡了，太太思量着是不是买一些枪？"紫白说。

"是该买枪，哪怕是猎枪也好。这样大的府里，没有几十条枪怎么可以。紫虹，你打开箱子，取些钱来。紫白，你打探下哪里有卖军火的。"秋蝉说道。

紫虹从箱子里拿出一些银票给了紫白。

夏芷说："这怎么能用太太自己的钱呢，用府里的钱就可以了。"

秋蝉说："你们都得小心谨慎，千万不能让老爷知道了。这样一大笔钱，若老爷查账，一定会被发现的。我们和老爷对着干，想想都有些害怕。"

"老爷深不可测，但是他若总和日本人来往，总会引来很多灾祸。"夏芷说道。

"其实我已经无路可走，明摆着溥仪已经倒台。老爷总是白白给他银子，这倒罢了，还没完没了的和日本人纠缠，真让人心寒。"秋蝉说道。

夏芷从头上拔下一根银簪子，一边掏耳朵，一边说："我也害怕日本人进了上古郡就会封城，所以我就让下人买了许多的菜，让婆子们腌了，备着吃。"

秋蝉说："是，还是夏芷会合计。真要打起仗来，有钱没处花也是有的。我也很久没有看到腌菜的场面了，今日去看看。"

夏芷带着秋蝉出了启鸳堂，冬雾一群丫头们在后面跟着。大家出了二门，酱菜房前有成堆的蔬菜，品种繁多，男人们洗菜，女人们撒盐。几十口大缸摆在酱菜房里，鲜菜有鲜菜的味道，腌菜有腌菜的味道。

看到秋蝉进来，大家下跪行礼。秋蝉说："日后行礼就免了，大家相互问个好就行了。"

夏芷说："如果真的买不到菜了，我们这些腌制的菜也够吃一段时间。七碟八碗摆上一桌，甜酸咸辣一应俱全。"

老爷听说夏芷带人腌制了很多咸菜，于是打算开个酱菜铺。老爷将夏芷叫到面前："柜上还有多少钱？"

"柜上没有多少钱，下人们要添换一些衣服。王府从来没有克扣下人们的习惯，尤其是跟着主子们的大姑娘，她们一年都是四套衣裳。"夏芷说道。

"今年收成不好，棉花涨价了，所以我们作坊里需要很大一笔开支费用。我听说你腌了很多菜，我思量着开个酱菜铺，好歹有些收入。"

"老爷，如今王家的好日子谁都说不准能保几日，我原本是想着万一日本人进了城，我们自己家备有吃的。”

老爷很不高兴："我就不想听这些话。你一个妇道人家到处散布谣言，这对你有什么好处？你分明就是想恶化太太与日本人之间的关系。”

“老爷，我真是无心的，况且太太也不懂这些事情。”

“日后，你少在太太面前说东道西。我算看透了，怨不得老太太当时非要把你打发出去，她老人家就怕你兴风作浪。前些日子你杀了乔本，我看在太太苦苦哀求的份上，也就把这事摆平了。可如今你仍旧不守规矩，难道你想让我把你赶出王府吗？”

“老爷，我知道我的男人现在是不在王府了，你赶我出去也是应该的。”

“滚出去！把账本交给二太太露西，你不配做管家，还是好好管管自己吧！”

夏芷从老爷书房出来，边走边哭，自己苦心经营着偌大的王府，换来的却是老爷这般呵斥。她到了启鸳堂，见秋蝉和几个丫头正在剥核桃吃。

夏芷跪到秋蝉面前哭诉："太太，老爷让我把账本交给二太太露西。”

冬雾扶起夏芷，给她擦泪。秋蝉顿时气得不行，她不明白老爷为何要处处和她作对。

披了件衣服，秋蝉对丫头们说："你们在这里陪伴大少奶奶，我去书房见老爷。”

紫虹本想跟着去，秋蝉决意要自己去。来到老爷的书房，秋蝉拍了拍门，老爷嗯了一声应门。

秋蝉说："老爷，您口口声声说把府里的事全都交给我，为什么还要插手夏芷的事情。”

“你是王府的太太，这种小事也把你气成这样，将来你还能做我的贤内助吗？”

“我抬举谁，老爷就要压制谁。往日的冬雪、冬霜，现在的夏芷，难道老爷真的想看到我在府里孤军奋战才高兴吗？”

"你越来越放肆，太让我失望了！"

"我压根就不相信什么康德皇帝，您这样精明的人为什么还在做这样的梦？不是我让你失望，是您太让我失望了！"

老爷拍案而起，指着秋蝉的脸骂道："我看你这个太太是做腻了。"

"我算什么太太，不过一个陪衬而已，这样的太太做了也是受罪。"

老爷缓缓坐下来："就因为这点小事，你就和我吵成这样？你要觉得委屈，把孩子生下来之后，你就走吧。去找灵飞，我只当你死了。"

秋蝉站起来："好！既然老爷把话都说到这份上了，我就让你称心如意。等把孩子生下来之后，我就不欠你什么了。"

老爷的酱菜铺还是开张了，开张之日，露西陪着老爷迎来送往。大家问起太太因何没来，老爷只回答她快生孩子了，不方便出府。

露西从夏芷手里要过账本和库房的钥匙，成了王府的管家。夏芷觉得是因为自己，老爷才这样冷落秋蝉的，所以心中十分难受。

启鸳堂几乎每日都是关门闭窗，老爷试探着让露西去了几次，秋蝉都没有开门。突然有一天，冬雾打开启鸳堂的门，急匆匆跑着让二门外的小子们找大夫。大家才明白，太太要生了。

露西坐车到绸缎庄找到老爷，对老爷说："太太要生了，冬雾派小子们找大夫去了。"

于是老爷急匆匆回府，大夫从秋蝉的卧房内出来，满头大汗地问老爷："老爷，太太是立生，孩子的一只脚先下来了，老爷保太太还是保孩子？"

老爷大声说："这还用问吗？太太只有一个，孩子可以再生，保太太！"

秋蝉怀着必死的念头，用力地生孩子，直到筋疲力尽时，她握着冬雾的手说："保住我的孩子，我活着已经没用了。"

老爷几次要冲进秋蝉的卧房，都被挡在了外面。他突然对着卧房的门跪下来，大声吆喝着："秋蝉，我是你的老爷，我不要孩子，就要你！"

大夫从产房出来，依旧满脸是汗，他对着下跪的老爷说："老爷，太太晕过去了，恐怕大人和孩子都难保命。"

老爷双手颤抖着说："我只要秋蝉，你明白吗？我只要我的太太！"大夫转身又进去了。

夏芷来到启鸳堂，她的衣袖仿佛带着江南的柔风，绝代的芳华充斥着整个启鸳堂。

冬雾用帕子捂着嘴哭："大少奶奶，你和太太一起的时间最长了，你进去和太太告个别吧。"

夏芷发髻上的菊花在微微颤抖着，她不慌不忙地说："大家不要乱，事到如今，只有用最后的法子了。老爷，您到药铺去拿些止血药粉，看在夫妻一场的份上，为她办最后的一件事吧。"

老爷站起身，狂奔着跑出府，当他路过一家棺材铺的时候，突然滑到了。

一个小伙计从棺材铺跑出将老爷扶起，说："哟，这不是王老爷嘛！想买棺材呢，买一送一，买一个大的送一个小的。"

老爷使劲抽了那伙计两个嘴巴，继续奔跑。

秋蝉醒了，她看到夏芷，感觉像是看到了灵飞。

夏芷命产婆和大夫出去，坐到秋蝉身边："老爷已经被我支出王府。太太，我知道女人生孩子就像过鬼门关一样，挺过去就没事了。"

"夏芷，这是灵飞的孩子，我死后，你要把他抚养成人。"秋蝉说道。

夏芷笑了笑说："太太，我知道。我心里什么事都明白，要不是太太将我医好，我早就成一堆骨头渣子了。太太服下这颗药，我来为太太接生。"

服下一粒药丸之后，秋蝉昏昏沉沉地睡了过去。但她隐约感到下身被剪刀剪开，她不能挣扎，也喊叫不出来。

老爷拿回止血药粉，冬雪送了进来，满手是血的夏芷正用缝衣针缝合太太下身的伤口，褥子上放着一个婴儿。

夏芷说："傻丫头，快给太太止血。"冬雾将止血药粉撒在秋蝉的下身，血液慢慢凝固了。

夏芷停了手，抱起婴儿。婴儿的手指微微颤动，她的嘴对着婴儿的小嘴，从婴儿口中吸出一口黏液，婴儿哇地大哭起来。

房外的人听到新生命的哭泣，都惊喜起来。夏芷为婴儿裹了脐带，然后包起来让冬雾抱出去给老爷看。老爷接过孩子，泪水从他的脸上滑落下来。

秋蝉睡了许久才苏醒过来，老爷坐在她的身边，秋蝉感到下身钻心地疼。

老爷抓住秋蝉的手："我的好太太，你差一点就离我而去了。"

秋蝉感觉到自己还活着，她问老爷："孩子呢？"

老爷欢喜地说："孩子已经让奶娘抱到暖阁了，是个闺女。"

冬雾端着稀粥进来，秋蝉喝了一口。秋蝉闭上眼睛，老爷抓着她的手仍旧不放："蝉儿，我知道你还在生气。你不知道我的心头有多沉重，康德皇帝的复国大计和整个王府生意上的大小事情都压在我肩头。你总怪我和日本人纠缠，可是康德皇帝就是要依靠日本人的势力，我怎么能背叛主子的意愿呢？我也痛恨日本人的横行霸道，可是我的无奈又有谁能理解？"

露西一看账本就头晕，但老爷让她管账，她也没法。

太太生了孩子之后，老爷一直陪伴着太太。露西的心头添了醋意：王府的人似乎都围着太太转，她这个二太太不过是个摆设。

这日，酱菜铺里的掌柜马胜来交钱对账，露西把脸凑过去，两人的脸挤在了一起。露西烫过的卷发划过马胜的脸，马胜感觉痒痒地，就用手一摸，不巧摸到露西的脸上。

"你干吗呢？小心我告了老爷，打断你的腿！"

马胜的脸一红："二太太，我不是有意的。如果我有意轻薄二太太，今日出去就被乱枪打死。"

露西咯咯地笑着，半躺在椅子上："没事。你也算是一条汉子，怎么怕起那个老东西来了。我原本是不愿意嫁给老东西的，只因为我老子做生意亏了本，欠了老东西的钱。我老子把我抵账了，老东西一直没有同我圆房，可能就是觉得良心过意不去。"

“二太太真可怜，我还以为你们二房比太太那边吃香。”

“吃香什么呀！太太生了一个丫头，这不，老爷每日都陪着太太。今日又买来几只鹦鹉，鹦鹉能说会唱的，可以哄着太太开心。夜里我翻出死去的二太太抽过的福寿膏，真想一口吞下去死了，给老东西来个称心如意。”

“干吗要给他称心如意，那不是拿着自己的性命开玩笑嘛。”

“唉！我这没人疼，没人爱的，死了也好。”

“您既然是二太太了，还愁没有人喜欢吗？”

“你的嘴真巧。老爷这几日的做派，气得我肠子都疼。”

“要不要我为二太太您揉揉肠子？”

露西眼睛里的媚态呼之欲出，她点点头。马胜的身体贴了过来，二人抱在一起。

整整躺了一个月，秋蝉才能坐起来。这一个月中，老爷每时每刻都在秋蝉身旁。女人终究心软，看着老爷为自己操劳，秋蝉顿生怜悯之意。

秋蝉细想：世上哪个人没有缺陷，老爷遭受了致命的打击之后，还能坚持活下来。这个男人的一生真苦，夫妻之间哪有什么深仇大恨。这样想着，秋蝉对老爷也有了好脸色。

老爷见秋蝉逐渐和自己好了起来，心里的一块石头也落了地。冬雾抱来面色红润的孩子，秋蝉看着孩子细嫩的皮肤，摸了又摸，亲了又亲。老爷抱着孩子，也是爱不释手：“过几天你的身体硬朗了，我就给孩子大摆酒宴，过个满月。”

“孩子还没有名字，老爷想过名字了吗？”秋蝉问。

“前几日我让测字先生根据孩子的生辰八字测算了一下，叫宛阳最合适。”

“这名字真好听，绝对独一无二。”

“你产女那日，多亏夏芷这个丫头。你还真有眼光，让她来当家。”

“要不是夏芷，我们母女一个也活不了，我还没想到怎么去谢夏芷呢！”

“我让身边的小子们去查了一下露西的账目，她做得一塌糊涂，还是让夏芷来管吧。都是我一时心眼小，害怕夏芷在你面前挑拨我们的夫妻关系。”

正说着，夏芷端着红糖水进来，对老爷和秋蝉笑了笑说：“红糖是补血的。太太产后一直亏血，快服下吧，一会儿就冷了。”

“老爷经过考虑，还是想请你出任管家。”秋蝉说道。

夏芷服侍着秋蝉喝下红糖水后，对老爷笑了笑说：“老爷，管家这事既然让二太太干了，我们现在夺过来，未免让二太太心寒。酱菜铺子我倒是能帮一把，因为好多酱菜，一开缸之后，卖不出去就会坏掉。如果老爷不嫌弃我一个妇道人家抛头露面的，我就到酱菜铺去给马胜掌柜的打下手。”

“这个想法不好。你是王府的大少奶奶，整天待在酱菜铺里，会满身都是酱菜味儿的，那还不委屈死你这样的美人儿。”秋蝉说。

“太太，我别的本事没有，就是有做酱菜的能耐，太太还是让老爷依了我吧！”夏芷说。

老爷说：“正好，酱菜铺开张没有多长时间，你去和马胜理顺了，再回来做管家。”

马胜自从与露西有了私情，他的整颗心都放在露西身上，还把酱菜铺里的钱都给露西花了。

露西也是糊涂人做糊涂账，什么都不管，只觉得马胜才是她的真命天子。

如今，夏芷来到酱菜铺做二掌柜，马胜不由害怕起来。

夏芷的精明人人都是见识过的。她进了酱菜铺，让伙计们调理酱菜：油酥黄瓜必须淋辣椒油，八宝酱菜必须放酱豆腐，糖醋白蒜出缸的时候必须用清水冲一下……此外还加了不少萝卜、瓜、莴苣、蒜苗等。

酱菜铺的伙计们深深佩服这个精明能干的大少奶奶，店铺的生意一下火爆起来。人们来买酱菜，看到这位漂亮的大少奶奶，都暗地里称她为“酱菜西施”。

秋蝉最爱吃夏芷做的酱蒸茄子，所以冬雾每日都要到酱菜铺取些酱菜。

一日，冬雾看到马胜从酱菜铺出来，鬼鬼祟祟到了王银匠的铺子。冬雾从酱菜铺拿了酱菜出来，躲在胡同口，好一阵子，马胜才从王银匠的铺子出来，然后匆匆回了酱菜铺。冬雾到了王银匠的铺子，见几个伙计在化银子，她问：“你们掌柜呢？”

王银匠匆匆忙忙从里屋出来赔着笑脸说：“是冬雾姑娘啊，冬姑娘要做什么首饰？”

“就按刚才马大掌柜的一样，我们太太让给我们大少奶奶也来一副。三日内我来取，价钱比马大掌柜的要翻一倍。”

露西来到酱菜铺，要和马胜亲热。但夏芷坐在帘子后，马胜就是有天大的胆子也不敢有所行动。看着热闹的酱菜铺，露西无聊地离开了。

她恨夏芷：这个守着望门寡的女人到底想干什么？是不是想勾搭马胜？想到这里，她又返回酱菜铺，掀起帘子，只见马胜在算账，夏芷却和另外一个客商在谈生意。

夏芷见二太太进来，也非常吃惊：“二太太有事吗？”

露西看了一眼马胜，马胜连头也没敢抬。夏芷立刻明白了，于是继续坐下和客商谈生意。

秋蝉已经忍让了老爷多次，她希望老爷能不计前嫌，好好地和她生活。她想过无数次，也许是天意的安排，让她与这样的一个男人在一起生活，然后形影不离地过完下半辈子。

女人本该认命，毕竟孩子也有了。

老爷对宛阳是一百个满意，每日都要抱着孩子玩一阵才肯睡觉。恶人也有善良的一面，谁能一辈子只做好事不犯错误呢！这样想着，秋蝉觉得好受了许多。

自从秋蝉九死一生生下孩子，老爷也安分了不少。从那以后，他从不在秋蝉面前提及日本人，溥仪之类的话。

一日，冬雾拿回一套银饰：有簪子，一大串牙签耳勺，还有一对虾须银镯子，做工一流。

秋蝉不解："你可人大心也大了。不用我准备什么嫁妆，自己倒是置办了起来。这得花费多少钱，莫非你疯了？"

"太太的意思是奴婢不配戴这些银器？"冬雾问道。

"你还是个丫头，怎么想着这般打扮，那不是招惹闲话吗？"

"这是奴婢为太太置办的，府里已经有人这样打扮了，太太不能让人压下去！"

秋蝉摇摇头："不可能，就是老爷为宛阳打个长命锁，也没舍得镶这些宝石。宛阳可是老爷的命根子，我就不信他舍得为别人这样花钱。"

"不是老爷给做的，是别的男人给做的，太太只管看着就是了。"

看了这些银饰，秋蝉也没当回事，就让紫虹收了起来，并给了冬雾一些银子，让她日后不要乱花。钱用在关键之处才是钱，要不就是浪费。

没几日，老爷为宛阳大摆满月宴，请了不少人。冬雾为秋蝉戴上这些银饰，却见露西和秋蝉是一样的打扮。老爷对着客人没好意思问。

夜里，老爷回到启鸳堂说："我寻思着开个当铺，还想着钱够不够。你们倒好，一套又一套地换银器。原本我是不该计较这些事，可你们也得和我说一声吧？这两套银器需要花多少银子，看看银子的成色，那可不是纹银！"

铺床的冬雾说："老爷这就错怪太太了，太太的这套是奴婢用多年积攒下来的散碎银子做的。可二太太的那一套就来路不明了，说不定是什么人送的。"

老爷说："多嘴，不是一起做的样式能那么相似吗？你们也别唬我，我没工夫瞎猜。"

秋蝉说："老爷，我何时哄骗过您？"

老爷默不作声地躺下了。

第二日，露西屋里的丫头过来说："老爷太太，二太太今日晕过去了，可能是吃了不干净的东西，总是呕吐。"

秋蝉一愣，立刻明白了冬雾的意思。

老爷问来回话的丫头："没有请大夫看看吗？"

那丫头说："还没有，二太太说不看大夫。"

秋蝉对那个丫头说："你先回去，我伺候老爷吃了早饭后，就过去看看。"

老爷皱着眉头："我又没有碰她，别是怀孕了。"

吃了早饭，老爷并没到铺子里去，反而到了书房，将露西叫去。他盯着露西的脸，露西脸色苍白，一阵接一阵干呕。

"你身子不好，该请大夫看看，怎么说些赌气话？"老爷说。

"不知道怎么了，可能要死了！"

"你这样的人，死了也没有人会可怜你。"

"我怎么了？我替你勤俭持家，你却说出这样让人心冷的话来。"

"满头珠翠，遍身绫罗，你还可怜？"

露西一惊："这些都是我娘家的陪嫁。"

"你娘家都到了将你抵债的光景了，还有这样多的陪嫁吗？我最恨别人骗我，你是王府中最没出息的人，真叫人鄙视。你如今让人忍无可忍，还不自知已经把自己的路堵死了。"

露西跪下，哭着说："老爷，我知道我对不住您。可我是个女人，不是死人。老爷宽恕我吧，让我跟他走，我不会带走王府的一针一线！"

"他是谁？"

"老爷不要为难他。"

老爷又问："他是谁？"

"马胜。"

"你把账本交给太太，自己在祈愿堂面壁思过。但是你肚子里的野种，要拿掉！"老爷说完就走了，偌大的书房，只有露西一个人跪在地上。

夜里马胜悄悄潜入了祈愿堂，当他推开露西的卧房，他看到露西跪在老爷太太面前，身边站着冬雾，冬雾端着一碗热气腾腾的药。

马胜双腿一软，跪倒在露西身边："老爷，是她先勾引小人的，要不小人怎么敢动老爷的女人呢？还请老爷饶命！”

露西恶狠狠地看着马胜，从冬雾手中夺过药碗，将紫黑色的汤药咕咚咕咚喝了个一干二净。

太太让冬雾扶起露西：“露西，这样的男人配你这样牵肠挂肚吗？不要委屈了自己，生气是拿对方的错误来打击自己，怀恨是拿对方的错误来折磨自己。”

老爷说：“马胜，我原本打算，假如你是个敢于承担错误的人，我就把露西嫁给你。可你竟然是这样的一个脓包，今天你休想活着离开这。”

“老爷，常言说愚痴生嗔怒，皆因理不通，休添心上火，只作耳边风。长短家家有，炎凉处处同。是非无实相，转眼究成空。放了马胜吧！”秋蝉求情。

老爷说：“听太太的，你走吧。”

马胜掉头就跑，他晕晕乎乎穿过长廊，刚要跑出院子，就被别人用麻袋蒙了头脸，然后一声枪响，马胜倒在了地上。

秋蝉对身边的露西说：“你是大户人家出生的千金小姐，要做到怒不变容，喜不失节。可惜你这般好模样了，日后望你好好做人。”

露西哭哭啼啼地答应着：“请老爷太太放心，这样的错误我是绝对不会再犯了。”

老爷吩咐丫头们看着露西，然后带着秋蝉回到启鸳堂。二人洗漱完，躺到帐子中。他摸着秋蝉修长的身体说：“你觉得我将马胜怎么处理了？”

“老爷怎么处理他都是老爷自己的事情，我一个女人家也知道鸡鸣狗盗的下场。但是愈是愤怒的时候，愈要克制自己，不要轻易口出恶言，伤人伤己。一时的怒气，无心的语言，往往会毁掉多年辛苦培养的功德。”

“娶了你好几年，我才发现，人其实最想要的不是金银珠宝，而是一颗知冷知热的心。”

夏芷刚起来，冬雾来到雅阁：“大少奶奶，我们太太叫您过去一趟。”

夏芷边洗漱边说：“什么事让小丫头们过来一趟就可以了，还劳烦大姑娘亲自来。快坐下,我马上过去。"

打扮完毕之后,夏芷跟着冬雾来到启鸳堂,老爷与秋蝉都在。

秋蝉说:"大清早的把你叫来是为了一件事,老爷将酱菜铺的大掌柜交给了你,你好生经营着。"

夏芷是何等聪明的人,一听此话,就觉得马胜的事东窗事发,但还是问了声:"马胜呢?"

秋蝉很平和地说:"南边也有咱家的铺子,老爷好多年没有过去了,就让马胜前去经营着。"

老爷说:"灵飞走了很长时间了,可能回不来了。你若看上哪位掌柜,我和太太做媒,将你嫁出去,你也算有个着落了。"

"老爷,媳妇知道大少爷喜欢的不是儿媳,可是儿媳愿意等他。哪怕这辈子等不到,还有下辈子呢!"夏芷说。

秋蝉哭着说:"难为你这样的有心人了。灵飞也算个有福之人,能有你这样的女人。老爷不愿意让你在这样如花似玉的年龄,每日独守空房。如果传出去什么闲言碎语,就毁了你了。"

夏芷从发间拔出一根簪子,一掰两段,对老爷与秋蝉说:"我若有二心,就如此簪。"

秋蝉与夏芷抱头痛哭起来,她们是为了同一个男人而悲伤。老爷长叹一声,久久无言。

露西等了三日,并没有滑胎的迹象。她颤抖地推开门,出了祈愿堂。身后的丫头说:"二太太,老爷不让您出祈愿堂,让您面壁思过。"

"滚开!"

丫头们再不敢多说,露西出了大门,又出了二门。王府的大院真大,她走得有些气喘。来到酱菜铺,她见酱菜铺里依旧那么拥挤。推门进入马胜的办公室,只见夏芷一人端坐在那里,身边却多了个打算盘的小丫头。

露西问夏芷:"马胜不在?"

夏芷扶着露西坐下："二太太，他在不在对二太太来说，都没有任何关系了。听我一句话，忧则天地皆窄，怨则到处为仇，哀则自己束缚，怒则大敌当头。二太太不要为了这样一个不值得的男人，毁掉自己的一辈子。"

露西双手捂住眼，哭着说："可是我，我真的不能没有他。"

夏芷吓得赶紧关上门："老爷是什么人，想必二太太也是知道的。饶人不是痴汉，痴汉不会饶人。如果府里有一个人知道您和马胜有染，那您在王府就没有立锥之地了。忍忍吧，万事做过了头，就没有回头路了。"

露西哭了一阵又一阵，直到天黑才离开酱菜铺。

听说农村遭了水灾，农民都揭不开锅。大批的农民涌到了上古郡，希望能混个饱饭。

王府里又收留了一些丫鬟，她们不懂什么规矩，但是干活儿勤快。

秋蝉带着露西与冬雾她们将府里的黄豆拿出来，磨了豆浆，送到乡下。

田地里被洪水泡烂的庄稼连根子都被人挖光，树叶、树皮都被人吃光了。最后，连树根也找不到了。原本富庶的上古平原，居然让它的子民们找不出一颗余粮。没有粮食，人们连河里的青蛙都打捞光了。河里也很快空了，连一只蝌蚪泥鳅也找不到，上古平原的人们第一次感到粮食的亲切。

当他们看到王府的太太——秋蝉送来豆浆，都打心里感激这位大慈大悲的美丽太太。露西远远地躲着难民，不时地用手帕捂着嘴。

秋蝉一走就是半个月，等她回到府中，看到很多日本人把守在自己的家门口，整座王府犹如一座牢笼。回到启鸳堂，一个日本太太迎了出来，她的身边是一个油头粉面的翻译。

日本太太看着瞠目结舌的秋蝉，很有礼貌地鞠躬，然后说出一大堆谁都无法听懂的鬼话。

翻译说："这是东浦一郎的夫人，她说很不好意思，借用贵地了。"

秋蝉被冬雾搀着，进了门，一切都变了。到处是日本美人的图画，她的檀木大床也换成了榻榻米。

奶娘出来，抱着宛阳说："太太，老爷说了，今后王府的女眷与下人都搬到祈愿堂来。"

来到祈愿堂，秋蝉只见一个小小的四合院挤满下人，夏芷从东屋出来说："太太可回来了，雅阁被日本高级军官占用了，我也搬到了祈愿堂。太太与二太太到正屋住，体面些的姑娘们到西屋，其他的小丫头们在堆房与库房中住，男仆都在廊子里打地铺。"

"老爷呢？"秋蝉问道。

"老爷在陪日本高级军官。不要恨老爷，他也许另有苦衷。"夏芷回道。

"我不恨他，王府本来就是他的。"

秋蝉来到正屋，紫藤吸过的鸦片味儿还没散尽。

秋蝉和露西东西屋各住一间，秋蝉的大床被挪了进来，衣橱里的衣裳一件也没少。等各人都散了，紫白进来说："太太，我买了二十支枪和两箱子弹，都放在了太太床下。"

"不到万不得已，谁也不能动手，看情况再说。"秋蝉说道。

一个小子进来："老爷听说太太回来了，非常高兴。今夜，老爷要在雅阁为太太接风洗尘。"

秋蝉软软地回答："告诉老爷，我准时到。"

夜里，秋蝉带着露西，梳洗了一番，来到雅阁。

后花园到处是日军的岗哨，进入雅阁之前，丫头们都要被搜身。雅阁之内灯火通明，一群日本女人簇拥着东浦太太已经落座。日本女人见秋蝉挽着露西和夏芷进来，都站起身问好。

"既然大家都是老爷的客人，以后就不要客气了。"秋蝉说道。

翻译说："东浦太太说了，我们不过暂住贵府。等过些日子，我们有了自己的住处就走。"

"好，好的。"秋蝉说。

老爷陪着东浦一郎出来了，他不敢直视秋蝉。秋蝉看见老爷在日本高官面前摇尾乞怜的样子，浑身不舒服。

人为了求生，可以出卖一切。

老爷向东浦一郎介绍了秋蝉和夏芷，东浦一郎指着露西问："这个女子好看，她是谁？"

"她是我太太的一个陪房。"老爷说。

大家默不作声地开始吃日本菜，一队日本歌姬跳了一阵日本舞来助兴。秋蝉吃完饭，带着大家正要离开。

老爷指着露西说："你留下。"

露西慌忙躲到秋蝉背后。秋蝉说："我留下，让露西走。"

老爷说："你是我太太，不要这样不懂事。东浦君的副将小钱一郎要找个中国女子，夜里好有个伴。"

"老爷，露西怀有身孕。"秋蝉又说。

"我就知道你没有把她的野种打掉，让她留下。"老爷生气地说。

露西跪倒在老爷面前说："老爷，不要把我交给日本人，求老爷放我回娘家！"

老爷理也没理露西，将秋蝉推了出去。秋蝉突然拔下发间的簪子说："如果你要留下露西，我现在就死在你面前。"

老爷愤怒地将秋蝉的手腕拧住说："你少来威胁我，回祈愿堂去。"秋蝉的簪子掉在地上，被他一脚踢开。

露西留下了，秋蝉回到祈愿堂。老爷铁青着脸说："你若想保住宛阳的性命，就要一切听我的。"

"原来老爷让我生下宛阳，就是用来威胁我的。"秋蝉很伤心。

老爷冷笑几声："你自己睡吧，我到书房去了。"老爷走了，秋蝉却一夜没睡。

第二日，露西满脸羞涩地来见秋蝉。秋蝉很吃惊，露西比前几日更加丰润。

冬雾吐了一口痰："呸，好恶心！"

露西坐到秋蝉身边："姐姐不要恨我，我知道自己在大家眼中不是人。但是，我的孩子是无罪的，我只想好好把孩子生下来。"

"既然我们都是为了孩子，就是同病相怜的人了，你和小钱一郎对付着过日子吧。"秋蝉说道。

"他比马胜还要疼我，给了我很多见都没见过的珠宝。我管他是日本人中国人，疼我的男人就是好男人。"露西说。

冬雾忍无可忍："你还有脸活，我要是你，马上一头碰死。滚到日本人的身边，以后少来。"

露西站起来指着冬雾就骂："你算个什么东西？我是日本少将夫人，我今日过来不过是看看你们的可怜样子，你以为我会怕你们？我还真的没时间陪着你们，我要和小钱君回我娘家。"

秋蝉劝解说："露西，回娘家要紧。她只是个丫头，没见过中国女人不知羞耻地嫁给日本高官。你走吧，没有时间的话，日后就不要来了，免得伤了和气。"

露西掸着身上的灰尘，从祈愿堂出来，骂骂咧咧地走了，秋蝉也没送她。

傍晚，老爷身边的一个小子来说："日本军官太久保太郎让冬雾姑娘过去伺候。"

秋蝉一惊："告诉老爷，冬雾这几日病了，不能过去。"

小子走了片刻，又进来说："老爷说了，让冬雾姑娘过去。日本的医疗发达，那里的医生会很快治好冬雾姑娘的病。"

带着冬雾，秋蝉来到老爷的书房：小钱一郎和露西都在，那个胡子拉碴的肉头可能就是太久保太郎。

露西看着秋蝉和冬雾，冷笑着说："有骨气别来呀！真是的，恶心谁呢？"

秋蝉扑上去揪住露西的衣裳，给了她一个嘴巴。露西有日本人撑腰，哪里还把秋蝉放在眼里，她揪住秋蝉的头发，回敬了秋蝉一个嘴巴。冬雾将露西的脸抓破了，三个女人扭打成一团。

突然小钱一郎冲着冬雾的后背开了一枪，冬雾的鲜血溅了露西一脸。露西惊叫一声，愣住了！

秋蝉披散着头发搂住冬雾，冬雾说："太太，死了真好，我避过了一切灾难。"

冬雾慢慢合上了眼。

老爷走到秋蝉的面前："别哭了，这是你自找的。把紫虹叫来，太久保太郎还等着要人。"

抬起头，秋蝉看着老爷，他的冷漠几乎让秋蝉感到陌生。

不大一会儿，一个丫头进来。

老爷说："这是王府最好的丫头，叫紫虹，祝你们玩得快乐！"

大家都走了，老爷让小子们将冬雾的尸体也拖走了。

秋蝉坐在地上对老爷说："这日子何时是个头？"

"你自己多保重，不要得罪露西。"

秋蝉摇摇晃晃地走出来，看着齐刷刷站着的日本兵，又摇摇晃晃回了祈愿堂。紫虹和紫白迎了出来。

秋蝉问紫虹："你还在？"

"我在，送进去的是别人，太太需要我。"

秋蝉一头栽到了。

等秋蝉苏醒过来时，她的双眼失明了，看不到一丝的光亮。

露西进来，大家都不敢作声，她跪倒在秋蝉面前说："太太，我不是故意想让冬雾死的。"

秋蝉哦了一声，再没有说话。露西跪了一会儿，自己起来就走了。

这个冬天，秋蝉在黑暗与寒冷中度过。东浦太太送了好些药过来，秋蝉一口也没吃。老爷来了几次，唉声叹气一番就走了。夏芷已经不再去酱菜铺了，她与丫鬟们一同伺候着秋蝉。

快过年了，突然有一日，一队日本兵闯进来说东浦一郎丢了一分秘密文件，要拷问府里的每一个下人。

秋蝉对带头的人说："今后你们看好自己的文件就好了，不要动我身边的人。"

就在僵持不下的时候，老爷来了。他乞求着日本宪兵头子："我的太太已经成了这样，你们就放过这个家里的人吧，一切后果由我来承担。"

日本宪兵头子走了，几日后，太久保太郎在出巡的时候，被炸死在鼓楼前。此后，王府的人，都被囚禁在祈愿堂，再也没有人能出门。

秋蝉想到了十五岁那年的冬日，雅阁的花栏上落满积雪，她和老爷在后花园第一次相遇。她落下泪来，转眼一切都成了过去，自己由一家之主沦落成了阶下囚。

除夕之夜，紫白气喘吁吁地跑进来说："太太，大少爷来信了！"

秋蝉和夏芷同时一哆嗦，秋蝉说："你是怎么知道的？"

紫白将信递给夏芷："这是我从老爷书房里偷出来的。"

夏芷流着眼泪打开信，边哭边念着："秋蝉，我已经上了战场杀日本鬼子。记得我曾经对你的承诺，我要为你准备一件最美的嫁衣。"

秋蝉说："是他，是灵飞！大过节的，不知道他那边怎么样？"

枪炮声不断地在王府四周响起，秋蝉整夜整夜失眠。她害怕随便一个炸弹落到王府里，炸死宛阳，但是她又是多么希望这座王府被炸弹炸毁。

老爷将夏芷叫到面前："言行，立身之基也。太太双目失明，祈愿堂只靠你一人撑着了。"

"老爷，日本人还要在这多久？"夏芷问。

"等恢复大清之后。"

"那就是还要很久了。老爷，我想带太太出府治疗眼睛。"

“不行，我们不能引起日军的怀疑，那样会坏了大事。”

夏芷淡淡一笑：“老爷，总不能为了避日军的怀疑，让太太在黑暗中度过一辈子吧？这对太太不公平。日本人可以占领王府，但却不能不让人给太太治病。”

“太太瞎了，可以消停一些。如果她眼睛雪亮，早就被日本人杀了。”

“让太太在黑暗中活着，和让日本人杀了有什么区别？”

沉默了片刻，老爷问夏芷：“我问你个事，如果你告诉我，我就让你带着太太去治疗眼睛。”

“老爷请说，如果我知道，一定会告诉老爷。”

老爷看着夏芷的脸：“祈愿堂中谁是反日分子？那个反日分子进我的书房，来去自由。几日前，还把大少爷的一封家书给偷了。”

夏芷淡淡一笑：“祈愿堂如果有这样的高手，是藏匿不住的，因为这里到处是日军。我们在祈愿堂为太太点火熬药，日军都要进去查问半日，如有此人，祈愿堂不早闹翻天了？”

“我起先是怀疑冬雾，后来冬雾死了，这样的事却还在发生。那日代替紫虹的那个丫头一进门，我就怀疑反日分子可能是紫虹。可仔细想想，应该不是她。”

“老爷，这是不可能的，王府没有这样的人。如果老爷想拿此事和我做交易，那我输定了。”夏芷说完转身要走。

“不要着急，你觉不觉得祈愿堂现在的仆人太多了点？你们一共三个主子，那么多人伺候，未免显得有些多余，我打算遣散一半仆人。”

“老爷是一家之主，您说了算。”

回到祈愿堂，夏芷在秋蝉面前说了一会儿话，然后将紫白拉到房里，对紫白说：“暂且停止你的一切行动，老爷已经怀疑我们了。”

“可外面的同志还在等待消息，他们的处境令人担忧。”紫白说。

“不要想太多了，没有你，祈愿堂就没人帮忙了。好好保重自己，别忘了太太床底的那几把枪还没被动过，我们不能白花了那笔钱。”

老爷带来一个日本大夫，到祈愿堂给秋蝉看眼睛。

大夫翻了翻秋蝉的眼皮：“太太患的是病毒性角膜炎，眼睛已经长了一层灰皮，这需要动手术。”

丫头们一听眼睛还要动手术，吓得哭泣起来。

老爷对夏芷说：“太太必须做这个手术。你下午列个名单，我让这些人出府自谋生路。”

夏芷点了点头，她知道老爷要赶走的就是她名单上要留下的人。于是那些好吃懒做的人都没被列上名单，却偏偏写了太太身边最得势的丫头。她知道这是一场心与心的较量，如果自己输了，她愿意承担起一切的后果。

下午，夏芷把名单送到老爷的书房。

老爷接过名单，见秋蝉的几个心腹大丫头全都在名单之上。他不解地问夏芷：“这些丫头们平日不是比较伶俐吗？太太面前没有几个能拿出手的丫头可不行。”

“这些丫头表面上伶俐，在老爷面前显得很会来事，其实一个比一个笨。要不然东浦太太拿来那么多的好药，太太的眼睛怎没有一点起色。再说了，老爷帮了日军的大忙，日后也许就是大官，她们跟着也是累赘。”夏芷说道。

“你下去吧，太太明日还要做手术，你可要好好伺候。”

夏芷从老爷书房出来，正赶上东浦太太带着一群日本女子游玩，大肚子的露西也跟在后头。她们看到夏芷，立刻过来打起招呼。于是夏芷也过去问东浦太太好，那个油头粉面的翻译看着夏芷，夏芷微微冲他一笑，那个小白脸也一笑。

告别了东浦太太，夏芷回到祈愿堂。只见日本大夫在给秋蝉的眼睛消炎，丫头们堆在客厅里，鸦雀无声地站着。

夏芷命紫兰为日本先生安排好了饭菜，叫紫白来到屋里，小声说：“如果老爷真的辞了你，这事就难办了。”

“没事，我熟悉王府的地形，可以经常进来。”

晚上，老爷将王府所有的仆人都叫在一起，按着夏芷的名单，被念到的人全部站了出来。夏芷的额头渗出汗珠，不知道这些人是走是留。

突然老爷说：“你们也看到这个府里的情况了，凡是没有念到名字的，都走吧。”

顿时，祈愿堂哭声一片，夏芷故意说：“老爷，这个名单上的人是要被辞了的。”

老爷嘿嘿一笑：“是你想辞掉她们吧？我就知道你的心，你看着太太身边的几个丫头手段高超，于是想亲自换一批丫头，由你调理。”

夏芷看着紫白，与老爷的第一次较量，她们胜了。

紫白从西屋的地洞中钻到后花园的水塘边，一个翻身，跳上小桥。两个日本兵在桥上来回走动，紫白学了一声鸟叫。院外火光冲天，日本军吹响了哨子，向院外奔跑过去。

翻过雅阁的围墙，紫白只见一个日本大兵在电台旁发报。紫白又越过跨院，见东浦一郎和小钱等人在地图上指指点点。刚要拔出手枪射击，一只大手摁住她的肩头。紫白回头一看，是东浦太太身边的翻译。

紫白正要动手，翻译一下捂住她的嘴，把她拉出跨院小声说：“我们的同志太少，你没必要做出无谓的牺牲。”

“你是谁？”

“你没必要知道我的姓名，叫我孤寂就行。日后不可贸然行事，一命换一命不值。你知道这里有多少暗哨吗？”

“我怎么相信你？”

就在此刻，几十把手电筒明晃晃地照着他俩。

孤寂举起双手说：“是我，太太等将军有些急了，让我看看将军何时安寝。这是我的相好。”

一个宪兵说："混蛋，你不知道这里是中国人不能来的地方吗？"

孤寂点头答应："下次不敢了。"

夜里，东浦太太问孤寂："你带着一个王府里的侍女到将军的住处去干什么？"

"太太，我喜欢她，但是我怕她的主人发现。"

"混蛋，能到将军工作的机密地方去约会吗？你在骗谁？"

"太太，相信我！"

"那个女子叫什么名字？"

"她，她叫夏芷，就是王府的大少奶奶。"

沉默了片刻之后，东浦太太狠狠地说："如果下次再有此事，你就得死！"

孤寂说："太太放心，不会再有下次了。"

秋蝉做过手术之后，夏芷和紫虹一干人正伺候着她。

一个日本侍女来："东浦太太请少奶奶过去。"紫白向夏芷使了个眼色，夏芷站起来跟着侍女来到启鸳堂。

东浦太太微笑着出来迎接，然后让座给夏芷。

东浦太太用生硬的中国话说："不瞒你说，我的女儿东浦洋子，也就是紫煌，几个月前死在你们王府，你知道吗？"

夏芷点点头说："东浦太太，我知道的，是被路探长带人杀死的。后来我们老爷也击毙了路探长，为东浦小姐报仇雪恨了。"

东浦太太流着泪："孤寂一郎是将军朋友的儿子，也是我的中文老师，你们真的相爱吗？"

"我在王府是个寡妇，我的男人死了。我与孤寂一见钟情，我爱他。"

"你的男人就是杀死太久保蒋莽的那个人吗？你得说真话。"

夏芷点点头说："是。"

"你的男人是被谁杀死的？"

夏芷依旧平静地说："被我家老爷。"

东浦太太突然大笑起来："你说的全部是谎言，父亲怎么可能杀死儿子？"一个侍女用枪口顶住了夏芷的后背。

"我的男人不是老爷的孩子，宛阳小姐才是老爷的亲骨肉。我的男人是前太太和管家私通生下的孩子，老爷一直不喜欢他。"夏芷说完，抬头看着东浦太太。

东浦太太挥挥手，拿枪的侍女走开了："你愿意嫁给孤寂吗？"

夏芷摇摇头："我只是喜欢他，没想过要改嫁。"

"我给你们当媒人，你要嫁给他。"

夏芷没有说话，只点点头。东浦太太让侍女将夏芷送回祈愿堂。回到自己房中后，夏芷蒙着被子失声痛哭起来。

老爷将夏芷叫到书房："东浦一郎说你要嫁给他太太身边的那个翻译，这是真的吗？"

夏芷点点头："是。"

"你忘了对着我和太太起过的毒誓吗？"

"老爷，我忘不了。"

"你就一点也不留恋王府了吗？"

"留恋，可乱世之中，一个女人是身不由己的。希望老爷不要让太太知道，等太太眼睛好了，再告诉她。"

"不行。那个孤寂是东浦太太的翻译，是吃软饭的汉奸，你怎么能嫁给他？"

夏芷反问老爷："老爷也知道汉奸很可耻吗？"

老爷哑口无言，狠狠拍了一下桌子："我还以为你能为王府撑起一片天。"

"有太太。"

嫁给孤寂之后，夏芷才发现东浦太太身边真是高手如云。她们如毒蝴蝶一般，一到黑夜就飞出王府，四处杀人放火，天明时，再一起飞回王府。

孤寂对夏芷说："你要万事小心，只要东浦太太不叫你，你就不要轻易出屋子。”

“你也要小心！”

“万一我出事了，你也逃不出王府，那样我就真是害了你。”

“不会，你不会出事的。切记，时机不成熟的话，就不要鲁莽行事。”

这日，夏芷学着日本女人的样子，跪在地板上擦地。

东浦太太进来，夏芷忙着行礼。东浦太太说：“这几日你到我屋里去，将军要去土粮城，要走好几日，我很寂寞。”

“好！”

东浦太太送了夏芷一些字画，让她用来布置房子。

夏芷收下说：“真好看，我们太太也喜欢这些，可是她的眼睛现在什么也看不到。”

“要不你去送给你们太太两张，也算我的谢礼。”

夏芷点点头，拿着字画，来到祈愿堂，对紫白说：“东浦一郎今日要到土粮城，你告诉外面的同志，一定要杀了他。东浦太太身边的舞姬都是高级杀手，你必须防着这些人。”

“委屈你了，太太每日都想见你。”紫白说道。

“你对太太说，只要完成任务了，我马上回到她身边。”

回到东浦太太身边，夏芷也学着日本歌姬的打扮，与露西坐在一起。露西已经生下一个男孩儿，还学会了很多日本话。

东浦太太说：“我们日本女人，都是很斯文的。可是我听说你们中国女人喜欢打架，小钱露西和夏芷，你们也来打打架，让我开开眼界。”

露西站起来，提着夏芷的头发，抽了夏芷两个嘴巴。夏芷捂着脸，东浦太太哈哈大笑。

就在此刻，东浦一郎进来，夏芷大惊。原来东浦太太是在试探她，夏芷想告诉紫白，可是现在脱不了身。

几日后，紫白见到夏芷：“你的消息是错误的，我们埋伏在土粮城的同志全被日本鬼子枪杀了。他们用了个空城计，车里只有一个司机，等我们的同志出击时，他们的大批的人马从四面围了过来。"

夏芷听了非常后悔，她知道东浦太太不会放过她，可她一时也没有什么好法子。

东浦太太的女仆在夏芷还没有起床的时候就闯了进来，见夏芷和孤寂没有睡在一起，冷笑着拔出手枪对准了夏芷。

医生为秋蝉解下最后一层绷带，秋蝉几乎不敢睁眼，她只觉得一阵晕眩。日本大夫说："你能看到我吗？"秋蝉点点头。丫头们一阵欢呼，抱着秋蝉哭泣起来。

秋蝉看了看身边的丫头们："大少奶奶呢？"

紫虹回答："在太太做手术的那些天，东浦太太已经让大少奶奶到她那里伺候她去了。"

"王府不能没有夏芷。"秋蝉说道。

大家默不作声，紫虹打点了日本大夫。

紫白低声对秋蝉说："救大少奶奶，她的处境很危险！"

带着几个丫头，秋蝉到了启鸳堂。东浦太太笑吟吟地出来迎接秋蝉，依旧是满嘴日语。

孤寂翻译说："东浦太太说了，恭喜太太的眼睛能够重见光明。"

秋蝉客气地说："谢谢东浦太太！"

秋蝉与东浦太太对坐着，东浦太太小心地摆弄着茶具，并亲手为秋蝉倒茶。秋蝉笑着接过茶杯："我们府里的大少奶奶还在您的身边吗？我离不开她，想着把她接到祈愿堂。"

东浦太太说了一顿日语，孤寂翻译说："既然夏芷女士已经嫁给了孤寂一郎，那就是我们大日本的人了。再说，你也不忍心将他们俩拆开吧？"

秋蝉放下茶杯："夏芷的秉性我最了解，她不会轻易出嫁，更不可能想要成为日本人。"

翻译说："如果你不相信，可以问问你家老爷。这是事实，我们都应该尊重事实。"

"东浦太太，如果我今天带不走夏芷，我是不会离开启鸳堂的。"秋蝉说道。

"我也很喜欢你在这里和我做伴。"翻译说。

突然秋蝉拿出一个手雷，一把将东浦太太压在身下："我今日来了就没打算活着回去，这样的日子我过够了，今天带不走夏芷我们就同归于尽！"

手雷冒着青烟，东浦太太吓得脸色都变了，日本侍女拔出手枪对着秋蝉。

东浦太太终于说中国话了，她慌忙说："放夏芷出来！"夏芷被放了出来，全身是伤。

秋蝉哈哈大笑："没想到你们这样怕死，我的手雷是个哑雷，只冒烟，不爆炸。"

东浦太太五官极度扭曲着："给我开枪，杀了这群中国母猪！"

侍女们正要开枪，秋蝉拿出一根银针说："慢着，刚才慌乱的时候，我把这根毒针扎在了东浦太太的身上。你们日本的医疗手段再好，也治不好这种毒。这是鸩毒，是从鸩鸟的羽毛中提取的一种毒药，毒性更甚鹤顶红。中国曾经有位恶毒的吕后，就是被这种毒药毒死的。当然，我这里有解药，你们若不再伤害我身边的人，我就会将解药给你。"

侍女们放下枪，翻开东浦太太的衣领，只见那上面有铜钱大小的一片紫印。

东浦太太说："快给我解药，要不然将军会把你们统统杀死！"

"就是现在给了你们解药，我们也会死。我讨厌你们的自作聪明，更讨厌你们阴毒的手段。我们是人，需要自由，你们每日把我们关起来，作为你们的囚犯，这日子已经到头了。"秋蝉说。

说完，秋蝉带着夏芷离开启鸳堂，走得非常潇洒。

东浦太太感觉毒性在她体内蔓延，大声叫喊："让将军回来！"

老爷回到祈愿堂，灰头土脸的，带着几分恳切的神情说："秋蝉，不要把事情做绝了，你要考虑全局，把解药给我。"

秋蝉笑着："要不是要解药救东浦太太，你是不是还不来？你将我们推向日本人的枪口之时，何曾考虑过我们的感受？"

老爷依旧服软地说："康德皇帝眼看离宝座就差那么一步了，你不要让他功亏一篑。"

"他卖国求荣，用中华儿女的血液换取他那摇摇欲坠的皇位，他算什么皇帝？我恨他，更恨你这样的汉奸。"

老爷突然变得激动起来："我是什么汉奸？我也很恨日本人，但是我是多么无奈！你知道为了给你治疗眼睛，我是多么低三下四地去求日本人吗？现在，你的眼睛好了，竟然对我发狠，你让我在东浦一郎面前怎么交代？如果你觉得王府是个牢笼，那你拿出解药，我让你们带着宛阳离开王府。"

"晚了，日军已经统治了整个上古平原，你让我们怎么走？又去哪里？"

讨解药无果，老爷出门时还摔了一跤。他爬起来，扶着门框对秋蝉说："好，看看我们谁更狠！"

"你狠，不用看了！"

老爷一路抓耳挠腮，烦躁到了极点。他回到书房，对等待的东浦一郎说："将军，她死也不交出解药，我真的没有一点办法。"

"你们中国人的良心大大地坏了。你们不但杀了我的女儿，还要对我的太太下手。你知道我的太太是什么人吗？她是天皇陛下的第九个女儿，就是你们中国人所说的九公主。要是我的太太有个三长两短，你们都得殉葬！"东浦一郎说。

"知道，请将军放心，我会尽快找出解药。"

东浦一郎挺着胸脯走出老爷的书房，老爷一直送到门廊外面。

入夜，几个黑影闯进祈愿堂，她们分头奔向各个屋子，各屋却空无一人。就在她们要走出房子时，突然闻到一股艾草的香味，接着她们软软地倒下了。

秋蝉拧亮电灯,看着五位昏迷的日本女杀手,对夏芷说:“怎么办?”

“她们的双手不知道沾满了多少中国人的血，事已至此，让她们有来无回。”夏芷道。

“我本来是个不愿意看到血腥的人,却被卷进这样血腥的战争。一人喂她们一颗药丸,让她们的同胞亲自杀死她们吧!”秋蝉说。

紫白将药丸塞进她们嘴里，将她们拖出祈愿堂。这几个日本舞姬被风一吹,马上苏醒了。她们的脑袋一片混沌,只知道她们的任务就是杀人。于是她们摇摇摆摆地回到了启鸳堂,见人就开枪。

东浦一郎与他的太太正在睡觉,突然被耳边的枪声惊醒,他们顾不上穿外衣,拿着枪跑出来。只见五个黑影如鬼魅一般,让人眼花缭乱,她们出手的每一枪,都能置人死地。东浦一郎刚要伸手开枪,手腕上就挨了一枪。东浦太太披头散发,到处躲藏。

一队日本宪兵涌进来,瞬间全部被击毙。又一队宪兵涌进来,层层叠叠包围了启鸳堂,最后这群黑色的舞姬倒在了血泊中。

东浦一郎掀开她们的面罩,大吃一惊,对东浦太太说:“是我们的人。怎么会是我们的人?”

东浦太太惊叫一声,晕倒在地上。等到东浦太太苏醒过来,东浦一郎抓着她的手说:“她们是被灌了疯药,迷失了神智。可惜了,这样厉害的杀手就这样死了。”

东浦太太惊恐地说:“不,她们会使妖术,一定是她们使了妖术!”

“看来这个秋蝉并不像我们女儿看到的那么简单,她很厉害,很有手段。”

“你让小钱去祈愿堂,只要她们一日不交出解药,我们就每日杀她们一个人。”

“眼下,只能听太太的了。”

小钱一郎带着日本兵，将祈愿堂重重包围，一边拍门一边大叫:“如果你们不交出解药,我会每日杀掉你们的一个人,直到杀光为止。”

门开了，秋蝉独自站在门口，怒视着小钱一郎："你要敢杀我身边的一个人，你们东浦太太就死定了。我们都是同病相怜，一人生则全部生，一人死则全部死。我们已经到了生不如死的地步，还怕死吗？"

小钱一郎指着秋蝉："你的良心大大地坏了，别忘了是谁治好了你的狗眼！"

"你们也别忘了，没有王府，你们的日子也好不到哪里去！"秋蝉说道。

小钱一郎对东浦一郎汇报："这个女人太狡猾了，假如我们杀她身边的一个人，她们就都会寻死，这样太太就没有药可救了。"

东浦太太遍身起了红斑，奇痒难耐，她不住地抓挠着身体的每一个部位，瞬间她想到了露西。她指着小钱一郎咬牙切齿地大叫："露西，那个露西，她是中国人。让她想办法，要不然我们杀了她的孩子。"

露西惊恐地带着孩子出现了，跪在东浦太太面前，哭泣着说："秋蝉已经恨我入骨，我不能去，她会打死我的。"

小钱一郎一脚踢翻露西："秋蝉敢杀你，老子的人也能杀了你。"

露西觉得听错了："你真的要杀我吗？"

小钱一郎指着露西的孩子："不但杀你，还有你的小杂种！"

露西如梦初醒，她披头散发来到祈愿堂，还没敲门，紫白就站在门口："是不是日本人打发你来要解药？"露西哭着点点头。

"你回去告诉东浦一郎，如果他的部队三日之内搬出王府，我们太太就会把解药给她。"说完紫白关了门，任凭露西怎么拍打，里面也没有一丝动静。

露西回了启鸳堂，将紫白的话学了一遍。

东浦一郎说："好，我答应。"

夜里老爷身边的一个小子来到祈愿堂，见到秋蝉："太太，老爷让大少奶奶过去。"

夏芷跟了出来，到了老爷的书房，老爷在烟雾缭绕的屋中端坐着。

夏芷问他："老爷抽烟还是吸鸦片？"

“我有自己做人的原则，鸦片从来不沾。是洋烟，日本人给的。”

“老爷叫我来是为了解药的事吗？”

“你真聪明，你现在给我偷出解药，我会重用你。”

“太太说了，三日内日军搬出府里，自然会交出解药。”

“这个女人太阴险了，我错看她了。你一定要帮我，留住日本人。”

“老爷，我无能为力。”

“你不想灵飞吗？他现在就在日本人手里，当了俘虏。这是他给你的信，你要用解药换取灵飞的性命。我知道你爱他，他也是个好男人，可是秋蝉偏偏死缠着灵飞，让你过着委屈的日子。”

夏芷接过老爷手中的信，只见上面写着：夏芷我妻，我被日本人抓获，关在长春的监狱中，每天受尽拷打。我想你，你要让秋蝉想法救我——灵飞。

夏芷看到确实是灵飞的笔迹，但转眼间她识破了这个阴谋。依灵飞的性格，就是死，他也不愿意让秋蝉知道自己在受刑，他怕秋蝉会难过。夏芷将信放进衣袖：“我和太太讨要解药，老爷多保重。”

“不，好夏芷，不仅要偷到解药，还有另外一件事，就是解药到手以后，你给我杀了太太。”说着，老爷将一把女式手枪放在书桌上。

夏芷冷笑着：“我什么时候害怕过子弹？”说着将枪口对准了老爷。

“你要干什么？”

“你说我要干什么？我要毙了你这个上古郡最大的汉奸。在你没有对我说杀死太太之前，我还觉得你有希望。现在，你一点希望都没有了。”

老爷刚要拔枪，夏芷大声喝道：“别动，你这个太监，你还要害死多少人才肯罢休？”

夏芷一开枪，老爷趴到桌子底下。她慢慢走过去，老爷也拔出手枪，她对着老爷的手腕开了一枪，他的手枪落地。夏芷捡起老爷的手枪，正要对着他开枪，门被撞开，小钱一郎对着夏芷就是一枪。夏芷忍着疼痛，连开几枪，小钱一郎横死在门口，然后她又对着涌进门的日军连开数枪，日军应声倒下。忽然老爷冲夏芷的后脑开了一枪，夏芷躺在血泊中。

来到祈愿堂，老爷脸色煞白，他推开门前的紫兰，进入秋蝉的屋内，秋蝉正在梳妆。老爷恶狠狠地问："你还有心思打扮，描眉画鬓给谁看呢？你知道夏芷差一点毙了我吗？"

秋蝉道："知道。像你这样的大汉奸，人人得而诛之。"

老爷发疯地冲到秋蝉面前，将秋蝉的首饰推到地上，指着她："我就知道是你指使的，唯女子与小人难养也，这话说得一点也不假。你已经成了王府的当家人了，不但不帮着我，反而这样害我，你的居心何在？"

秋蝉纹丝不动地坐着，冷冷地回答："瓜从瓤里烂，你已经把王府折腾成了这样，别人又有什么办法？"

这时奶妈抱着宛阳进来，老爷一把夺过宛阳："今日你若不交出解药，那么我就让宛阳死在你面前。"

秋蝉从衣襟下拿出一个小瓶子："放下我的女儿，这是你要的解药。"

他将宛阳扔到奶妈怀里，拿着解药倒出来，看了看走了。

紫白说："太太，大少奶奶已经没了，尸体正放在祈愿堂门外。"

秋蝉落下泪来："都怪我，明知道她去了也是死，为什么还让她去？我去看看她。"

来到祈愿堂外，秋蝉只见白布蒙着夏芷血迹斑斑的尸体。秋蝉让人将夏芷抬进祈愿堂，把她放在西屋床上。

紫虹为夏芷换上旗袍，秋蝉抓着夏芷的手说："夏芷，整个王府，就你穿旗袍最好看了，下辈子你投胎再做个美丽的女人，我们依旧是患难的姐妹。"说完，秋蝉抱着夏芷的尸体号啕痛哭起来。

就在秋蝉痛哭的时候，紫白看着夏芷的手指动了一下。紫白摇晃着秋蝉："太太，也许大少奶奶还活着。"

秋蝉说："人都僵了，肩部中了弹，头也破了哪里还会活着？"

紫白轻轻掐住夏芷的人中穴，只见夏芷咳嗽了一声，吐出一口血，睁开眼睛看着秋蝉，柔弱地说："太太，您要离开王府，老爷要杀您！"

夏芷出殡的日子到了，秋蝉来到老爷的书房："老爷，夏芷已经在祈愿堂躺了七天，总不能让她烂在王府吧，我带着几个小子们把她埋了。人死为大，老爷就成全了我吧。"

"她就活该被扔出去喂狗，竟然还想要杀我！"

"夏芷十来岁就进府了，不看别的情面，也要看在故去的老太太的脸上，让她入土为安好生投胎。"

"好吧。但你不能出府，万一你跑了怎么办？"

"老爷，我就是死，也得死在王府，我能跑哪里去？让我送她最后一程吧。"

"拿什么交换？"

"老爷需要什么？我的命？"

"你以为你的命很值钱吗？"

"好吧，老爷要什么都可以。"

"东浦太太说了，府里除了夏芷是反日分子，还有别人，你把他们交出来。"

"这事只能慢慢查，她们都在我面前低眉顺眼的，我也看不出来。老爷，让夏芷出殡吧，我一定会给老爷一个交代。"

"去吧，要是你查不出内鬼，那你就是内鬼，休怪我不客气！"

回到了祈愿堂，秋蝉给夏芷的伤口换了药，然后对夏芷说："这一别，也许今生难以再见，宛阳就托付给你了。她留在府中，迟早都会被老爷用来做筹码。"

秋蝉将宛阳从奶妈怀里抱过来，亲了又亲，不禁泪流满面。夏芷躺在棺材里，秋蝉给宛阳灌了一些安眠药，然后将宛阳放在夏芷的胸前。

夏芷对大家说："出门的时候，你们要高声哭喊，万一大小姐叫出声来，也好掩盖一下。"

出殡的队伍出了祈愿堂，走到王府门口。日本宪兵要打开棺材，大家大哭不止。

秋蝉对日本宪兵说："我们老爷让出殡的，管好你们日本人的事就行了，还敢管我们王府的事！"

紫兰挡在秋蝉面前："人都死了，你们还不放过？"

日本宪兵用刺刀挑开紫兰衣领的扣子，荡笑着说："花姑娘好美！"

紫兰说："太太，你们走，我留下。"

"不，我不能弃你不顾！"秋蝉说。

"太太，再拖就走不了了！"紫兰又说。

于是秋蝉一狠心，带着出殡的队伍，一路哭泣，一直出了上古郡，看着夏芷把宛阳抱上马车。

回府只见紫兰全身精光，伤痕累累地死在地上，秋蝉脱下自己的衣服，盖在紫兰的身上。

老爷来到祈愿堂，对秋蝉说："我让你下葬了夏芷，你该把东浦太太口中的内鬼给我交出来了。"

"是紫兰，她已经死在府门口了。"秋蝉说道。

"胡说，你不要敷衍我。"

秋蝉怒视着老爷："你若不信，我亲自到东浦一郎面前解释。"

"你又想耍什么鬼把戏？"

"日本鬼子逼死我们府中那么多人，你怎么不去和他们理论？而是一再让我交出什么内鬼，我就是内鬼，你把我交出去。"

"你敢和我这样说话，你就不怕宛阳有什么闪失吗？"

"她生在王府本来就是个错误。我不怕，你杀了我们母女，最好现在就把我俩杀了。"

老爷捏住秋蝉的脖子："牙叉骨挺硬的，你以为我不敢杀了你们母女？自从日军驻扎到王府，你惹了多少是非？我早就想杀了你！"

秋蝉用力挣脱了老爷，突然，她在老爷的脸上狠狠地抓了一把，老爷脸上滴下血珠。老爷拉着秋蝉到了后花园的雅阁，东浦一郎正在为小钱一郎的死而难过，见到秋蝉进来，恨不得将她碎尸万段。

秋蝉平静地坐到东浦一郎对面，对东浦一郎说："我们府里是有反日分子，不过我得和东浦将军单独谈谈，别让这个害群之马跑了，连累我们大家。"

东浦一郎点点头："我知道你这个女人非常狡猾，但是你最好不要在我的面前要什么鬼把戏，不然你有来无回。"

秋蝉整了整蓬乱的头发："东浦将军，都到什么时候了，我的家也不像家了，我只希望一切都安稳下来，不要再出乱子，再死人了。"

东浦一郎摆摆手，一群宪兵下去。

秋蝉说："东浦将军，让我家老爷也下去。"老爷也不得不下去了。

东浦一郎说道："你不要害怕，有什么统统说出来，不然你们祈愿堂的人都得死。"

"如果祈愿堂的人都死了，您要钓的大鱼就断线了。将军，您如此聪明，难道看不出什么端倪来吗？"

"什么端倪？"

"我以前是老太太身边的一个丫鬟，进了王府之后，就再也没有出过王府。我不懂什么国民党、共产党，什么反日分子，就在你的女儿紫煌进府之后，老爷给了我一把手枪，让我提防着紫煌，老爷说她是日本间谍。后来，老爷精心安排了一场聚会，还请了戏班子唱戏，就在那天，路探长突然打死了你的女儿。"

"胡说，大大地胡说！"

秋蝉仍旧平静地说："东浦将军，我死到临头，可以把心里的话全部都说了。你们来到王府，老爷将二太太露西送给了小钱一郎，所以你们的每次活动，外面的反日分子都一清二楚。"

她接着说："老爷说东浦太太的来头不小，什么公主郡主的，身边都是杀手，于是安排了夏芷嫁给东浦太太身边的孤寂一郎。夏芷禀告老爷，东浦太太身边的侍女都是一顶一的杀手。于是，老爷给了我毒针，让我去刺东浦太太。

东浦太太身边的侍女到祈愿堂寻找解药，老爷又用迷香将她们迷晕，然后，再给她们吃了一种药，来错乱的她们的神智。"

东浦一郎听着，秋蝉说："其实，东浦太太的解药一直都在老爷手中。他说日本人控制了康德皇帝，所以，他要和日本人抗衡到底。就在前几天，老爷突然召见府里的大少奶奶夏芷，老爷让夏芷在雅阁安放炸药，想炸飞东浦将军。夏芷害怕，老爷就送她一把手枪防身。夏芷实在不敢，就对老爷开了枪，以求自保。这时小钱一郎听到枪声，带兵冲进来打死了夏芷。今日，老爷逼着我，让我承认自己是王府的内鬼，我很无奈。如果我不来，老爷会处死我。东浦将军，我的话说完了，我该死了！"

说完，秋蝉拔下乱发中的簪子直刺自己，东浦一郎一把夺过她手中的簪子："我相信你。如果没有人指使你，你不会冒死去刺杀我的太太。你的老爷该死，他太没良心了。"

第十章
秋蝉的嫁衣

妇女迅速接过包袱，用颤抖的双手抖出光滑亮丽的红绸缎嫁衣,然后失声痛哭起来：

“灵飞,我们的女儿都会叫爹了,我等了你整整十年,你回来吧！”

老爷原以为秋蝉会死得很难看，没想到秋蝉毫发无损地走出了雅阁。他觉得这个女人太厉害了，她能将自己从魔鬼的手中解救出来，他后悔自己平日太小瞧这个女人了。

可他不知道他的报应就要来了：在王府，不管他走到那里，总会有日本宪兵监视着他。

没过几日，东浦一郎开始大规模地对上古平原烧杀掠夺，整个上古平原荒凉到了千里无鸡鸣的地步。

秋蝉因上次与东浦将军的谈话而受到信任，所以她可以随便在府里走动。虽然有了迈出启鸳堂的自由，但她仍旧担忧着女儿宛阳：不知道她过得怎样。

日军日益猖狂起来，老爷为了能向日军献出银子来表达自己的忠诚关了几家铺子，东浦一郎用这笔钱财在张北坝口的野狐岭，建造了一座兵工厂。

东浦太太的身边，只有几个侍女在伺候着饮食起居，她对孤寂越来越冷淡。孤寂知道自己的时日不多，于是想法子要干出一些惊天地泣鬼神的大事来。他每日谨慎地在东浦太太身边，留意着东浦太太的一切举动。

一日，孤寂在廊上遇见愁容满面的秋蝉："太太可安好？夏芷死了，我没有去送她最后一程，深感愧疚。”

“夏芷没有死，她永远活在我的心里。”秋蝉说。

“比起夏芷，我简直不配做个中国人。”孤寂说。

“从你走近日本人的那一天起，你已经不是中国人了。”秋蝉说。

紫白对秋蝉说：“太太，奴婢一直没说，孤寂是潜藏在东浦太太身边的间谍，他也很苦恼，没有为我们做点什么事。如今，我们的希望就是孤寂能尽快找到藏匿在野狐岭的日本兵工厂。”

“只要有心就好了，能做尽量做，不能做就罢了，保住自己也要紧。忍辱，不同于奴颜婢膝的谄媚，唯大智慧的人才能做得到。你不要急着立功，想想怎么才能长期潜伏在东浦太太身边才是最重要的。”秋蝉说。

孤寂点点头。

这时，东浦太太带着几个日本侍女过来，看到孤寂与秋蝉在说话，于是她说：“有什么话不可以当着我的面直说，而得是躲在走廊里讲？”

秋蝉笑着对东浦太太说：“正因为没有见不得人的话才在走廊里说，要不早躲到屋里了。”

“孤寂，你记住了，话还是少说为妙。不管一个人说得有多好，说得太多的时候，终究会说出蠢话来。”东浦太太说道。

秋蝉说：“东浦太太的中国话，说得越来越好了，您真是天资聪明。”

东浦太太又说：“听说你与将军说了很多话，将军觉得你说的那些话半真半假。”

“真也好，假也罢，我这个人也就这点能耐。中国人常说那些能够做出大事的人，往往都是守口如瓶的。我不懂守口如瓶，所以注定干不成大事。真是不如东浦太太。”秋蝉说道。

东浦太太笑着说：“军事上的事情，我从来不过问将军。作为女人，能让自己的男人过得舒适，才是好妻子。”说完东浦太太带着几个侍女离去，孤寂也跟着走了。

老爷忽然觉得府里缺少了点什么：不是夏芷，而是孩子的哭泣声。想到这些，老爷来到祈愿堂，秋蝉正在紫虹做夏衣。老爷进来，秋蝉也没抬头，不急不躁地做着。

他一把夺过秋蝉的针线："我们的女儿呢？"

"我不知道老爷说的是谁。"

老爷气急败坏地呼喊着："是宛阳，宛阳！你明白吗？"

秋蝉仍旧不动声色，但是双眼充满了泪水，哽咽地说："宛阳，我的宛阳在哪里？"

"你反倒问起我来了，宛阳呢？告诉我，你把她藏到哪里去了？"

"今生今世，你我再也见不到宛阳了。你经常拿她来威胁我，所以我让人带走了她。"

"你这个女人就是心硬，怎么能把一个还在吃奶的孩子送走呢。我不过吓唬你玩一玩，你就当真了？我限你三日内找回宛阳，不然休想活命！"

"我也没打算活下去。"

"没打算活下去，那你为什么要做夏天的衣裳？"

"只是无聊而已。"

老爷审问了许多下人，都说没见着小姐。他觉得事有蹊跷，秋蝉等人并没出过门，宛阳还是个孩子，怎么会自己走掉呢。他终于想到了夏芷，夏芷还没死，肯定是她藏在棺材里，带着宛阳逃跑了。

老爷叫来紫虹："紫虹，你是我派到太太身边的卧底，问你的事，你要如实禀报。"

"老爷，太太平常安分守己。"

"宛阳小姐在哪里？"

紫虹假装思考了一会儿答道："这事得问奶妈，我也不知道。"

"滚出去，你个没用的东西！"

东浦太太与东浦一郎对坐在启驾堂，东浦一郎拿出一张地图："兵工厂已经建好了，夫人看看图纸。那里非常隐秘，如果没人带路，任何人都发现不了。”

“我会和天皇说的。自从我们的女儿出事后，你越来越沧桑了，千万要当心自己的身体。”

“这个王府的太太也许是个骗子。她说她男人与反日分子有勾结，那他怎么可能拿出那么一大笔钱来让我们建兵工厂呢？”

“他们都不是什么好东西，他们肯定商量好了，一个唱红脸，一个唱白脸，好欺骗我们。”

“所有的事情我都能容忍，唯独不能忍的就是我们的女儿死在了王府。我一定要将王府的人全杀光，用他们的血来祭奠我们的女儿。”

东浦太太泣不成声：“将军说得很对，一定要让他们血债血偿！”

东埔一郎安慰了东浦太太一会儿，就回了雅阁。孤寂躲在屏风后面偷听，被东埔太太发现了。

东浦太太指着孤寂骂道：“你真的是胆大包天，竟然敢听我和将军的对话！”

“把兵工厂的地图交出来，不然，我杀了你。”孤寂说。

“终于露出你的面目了，去死吧！”

说着她猛地掏出手枪对准了孤寂，孤寂一脚踢飞东浦太太的手枪，二人打斗起来。她招招想要孤寂的命，孤寂知道这样打斗下去只会延误时间。于是他解开衣带，猛然勒住她的脖子，把她吊在屋梁上。然后孤寂拿了地图，整了整衣裳，出了启鸳堂。

紫白与孤寂看了好一会儿地图，然后二人连夜赶到了野狐岭。在陡峭的悬崖上，一个酒店灯火辉煌，孤寂推门进去，只见一群日本宪兵搂着女孩儿们正在喝酒。见他进来，日本宪兵纷纷从腰间拔出手枪。

紫白说：“撤！”

就在这时，一个戴着面罩、身姿婀娜的女子从楼梯上走下来说：“大家不要误会，都是自己人。如果我柳无颜没有猜错的话，这位就是东浦太太的贴身翻译孤寂一郎吧？”孤寂与紫白同时一愣，“朋友来了自然要好酒招待，伙计们，给孤寂先生上酒。”

几个伙计端着大盘羊肉和大罐玉米酒出来摆在桌上，柳无颜看着孤寂与紫白：“怎么，怕我下药？那我就先干为敬。”说着她倒了满满一碗，一饮而尽，日本宪兵拍手叫好。

一个日本宪兵说：“孤寂一郎，莫非是东浦太太有什么命令让你亲自来传达？”

柳无颜说：“在我的酒馆，从来不谈公事，什么日本人中国人的，老娘我就认银子。”

于是，大家都围过来喝酒。

紫白醒来，发现柳无颜坐在她的床边。柳无颜为她倒了一杯茶：“紫白姑娘，你喝多了。不要紧，我的房里最安全了。”

紫白接过茶碗：“你是日本人还是中国人，为什么你总是蒙头盖脸的？”

柳无颜：“我叫柳无颜，就是没有颜面的女子。我不戴面具的话，怕会吓坏你。”

“你为什么对我和孤寂的身份这样清楚？”

“你问的话是多余的。你们要干什么大事尽管去干，我会尽量帮助你们。”

“难道你是我们自己的同志？”

柳无颜突然问紫白：“太太好吗？”

紫白一惊，她想到了秋蝉：“你到底是谁？为何打听太太？”

“我终于等到你们了。你听说过太太身边以前有个叫冬雪的丫头吗？”

“她不是死了吗？”

“没死，就是被老爷破相毁容了。她一直躲藏在大厨房烧火，后来王府裁人，把她放出了王府。于是，她就在这个地方开了一个酒馆。”

“你凭什么让我相信你是冬雪？我进府的时候，冬雪已经不在太太身边了，倒是常听太太提起她。”

“我没有什么证据能证明我就是冬雪。但是有一件事，你应该明白。这里可是日本鬼子的军事重地，你们能早离开就早些离开，这里的人除了日本人，还有国共两党的地下人员。人杂，一不留神，就会丢掉性命的。”

王府里出了命案，死的人竟然还是东浦一郎的太太。

东浦一郎守在东浦太太身边，一语不发。他没想到天津卫不过如此，一个小小的上古郡却让他损兵折将，太太竟然也在这丢了性命。他又一次对老爷的忠诚起了怀疑。

东浦一郎将启鸳堂所有的侍女叫到一起，发现只有紫白不在。他想到了兵工厂的地图，怎么也找不到：是被太太藏了起来？还是被孤寂偷走了？想到这里，他的头皮阵阵发麻。

上古郡全城戒备，日军的警报一阵接一阵地拉响。上古谷郡的百姓觉日军内部肯定发生了大事，于是没有一个人敢在街头游走，整座古城死气沉沉。

就在东浦太太死去的这日，上古郡又添了一件新闻：大汉奸——露西家被杀了个精光。听到家里出事的消息，露西拉着孩子要出王府，守门的宪兵将她挡在门里。

她哭喊着：“我是小钱君的夫人，让我回娘家。”

有人跑着来报告东浦一郎：“小钱露西的娘家遭了灭门之灾，她正在门口打滚撒泼，嚷着要回娘家。”

东浦一郎睁开血红的眼睛：“上古郡只要有人走动，不管是谁，格杀勿论。”

宪兵头领小野走到门口，对着露西说：“你马上回到自己的房里，不然我就毙了你！”

露西说：“真是人走茶凉，我们小钱君才死没多久，你们就敢这样对我！”

小野对着露西的孩子开了一枪，孩子软软地躺倒在地上，露西惊呆了。她扑向小野:“畜生,我和你拼了!”

小野连发数枪,露西也倒在孩子的身边,她使劲地爬向孩子。

小野说:“这就是不听我们话的下场。”

露西死在孩子的身边,临死前她双手紧握,心中充满了愤恨与懊悔。王府接二连三地死人,在外人看来,王府成了凶宅。

秋蝉扶着紫虹,站在启鸳堂门口,看着露西的尸体,心中一阵绞痛。

紫红说:“太太不必难过,这条路是露西自己选择的。”

秋蝉哭着:“不,一开始她是不愿意嫁给小钱一郎的,是老爷逼得她。”

“太太,不要哭了,恐怕我们都得死在这个家里。”紫虹安慰道。

“把床底的枪都拿出来,每个大丫头都给一把,我们拼了!”

紫虹正要去给几个大丫头发枪,一个日本宪兵过来对秋蝉说:“秋蝉太太,我们将军有请,只要你一个人过去。”

于是秋蝉转身对紫虹说:“我若回不来,你就按我的话去做。不要再惦记我了,让大家各人顾各命吧。”

紫虹流着眼泪点点头,二人相对了一会儿。秋蝉提了提衣领,跟着日本宪兵来到启鸳堂。

东浦一郎坐在东浦太太的尸体旁:“我太太一个人走了,我觉得她应该会很孤单,秋蝉太太是不是该陪她一块去了呢?”

“东浦将军想让我怎么死?”秋蝉问。

东浦一郎冷笑道:“和她一样,你敢吗?”

“生在乱世,怎么死都是一样的。东浦将军,我只是不明白,打仗本是男人们的事,为什么却让女人做出牺牲?”

“因为有的女人比男人更要可怕。”

搬了凳子,秋蝉慢慢把头伸进吊死东浦太太的带子里,然后一脚蹬掉凳子。

东浦一郎抽出东洋刀,一刀割断房梁上的带子,秋蝉如一颗落地的樱桃一样，落在地上。东浦一郎将一杯凉茶泼在秋蝉的脸上。

秋蝉醒了，看着东浦一郎："将军何必阻拦，让我陪着东浦太太一起去吧。"

"你和你家老爷谁说的话是真的？"

"我不知道老爷与将军说了什么。"

"你家老爷说，你在欺骗我。"

"东浦太太死了，将军如此难过。如果我家老爷死了，我同样会痛不欲生。既然老爷说我在欺骗将军，那么我就罪该万死了！"

东浦一郎抓住秋蝉的衣服："我知道你不怕死，但是你想死可没有那么容易，我要让你找出王府的内鬼。"

"内鬼就是我，因为我确实找不出来。"

"不是你，是你身边一个叫紫白的丫头。"

"紫白不是内鬼，她是老爷为我挑选的丫头。老爷才是内鬼。"

"我要你守着我的太太，直到她下葬为止，你愿意吗？"

"不愿意！"

"你不是对我言听计从，连死都不怕吗？"

"东浦将军若是想让我死，我便死。让我陪着一个死人，我既不是她的儿女，也不是她的仆人，我何必要这样做。"

东浦一郎从内心佩服这个有主见的女人，于是他把秋蝉放了。

老爷听到东浦一郎要见自己，吓得魂不守舍，但他还是硬着头皮来到启鸳堂。东浦一郎在一夜之间消瘦了很多，双目血红。老爷进门后趴倒在地上，对着东浦太太哭。他不知道自己哭了多久，全身疲惫，嗓子都哑了。

等老爷哭完，他对东浦一郎说："太太的遗体是运回日本，还是葬在这里？"

"在关东军司令部，你口口声声说你已经把上古郡的路铺垫好了，只等我来。可是我来了，迎接我的是却是亡女失妻，你有什么话要说？这是不是你精心设置的一个圈套？”东浦一郎痛心疾首地问道。

“这一切都在预料之外啊！天地良心，我真的是一心想帮助您的。”老爷说。

东浦一郎冷笑着：“你不要再演戏了，你太太明确地说过你就是内鬼。”

“这个可恶的女人果真这样说？”

“我不会骗你。”

“这个女人是在胡说八道！”

“在她没有交出内鬼之前，我是不会杀她的。”

“内鬼就是她身边的丫头——紫白。这个紫白刺杀过乔本，大家都认识她。”

“但紫白也是你为你太太挑选的。”

老爷沉默了片刻：“我会为东浦太太的死负责的。”

这时，一个宪兵跑进来：“将军，我们刚刚修建的兵工厂被炸掉了。在现场，我们发现了孤寂的尸体。”东浦一郎闻言一头栽倒，晕了过去。

过了一会儿东浦一郎醒过来，发现秋蝉用枪口指着他的脑袋。他被捆在床上，不能动弹。

他大叫：“来人，来人！”

秋蝉冷笑着：“我在水井里下了毒药，整个王府的宪兵都被我毒死了，现在就剩你一人。”

东浦一郎大叫：“你杀了我，杀了我吧！”

“现在，我还不会杀你。”

“我好后悔，当初没有杀了你！”

秋蝉说：“你应该后悔当初不该来到上古郡。世上的事，不怕做不到，只怕想不到。你没想到你们浩浩荡荡进城，烧杀掠夺，换来的却是全军覆没吧。”

“废话少说，我现在只求速死。”

“你死了以后，日本军还会大量涌进上古郡，到时候，上古郡的人就都难活了。你不能死，你最好尽快给你们司令部回个电报，就说你在这里很好。”

“休想！”

“紫虹，拿福寿膏来，我让他也享受一下飘飘欲仙的滋味。”秋蝉道。

回到书房，老爷沮丧地坐下，发现后面有人，他扭头一看，是紫白。

他说：“你要干什么？”

“我们已经将日军的兵工厂炸掉了，孤寂与冬雪姐姐为了掩护我，都牺牲了。我回来告诉你，我就是你们要寻找的内鬼。”紫白说。

老爷扭着身子正要掏枪，紫白说：“别动，小心我打死你。”

“你敢回来自投罗网？”

紫白冲着老爷就是一个嘴巴：“这一巴掌是为被你害死的姐妹打的。”

“你敢打我？”

“就打你了。”说完她又抽了一个嘴巴，“这个嘴巴是替太太打的。她把一生都交给了你，你却时时刻刻要她死。你不是她的丈夫，还是她的仇人。”

老爷动手反抗，紫白冲着他的大腿就是一枪，他半跪在地上。

“用不了多久，日本鬼子就会大批涌进王府，到时候谁都保不了自己的性命。今后王府不是你说了算，而是太太。”

老爷半趴着对紫白说：“你要将我怎么样？不怕日本人杀了你们吗？”

“王府的日军全都喝了启銮堂的水，他们都中毒而死了，你不要指望日军会救你了。”

“紫白，你怎么这样狠心！当初不该把你留在府中，我早该杀了你。”

“你没有这个机会了。”

夜里，日本医生进了老爷的书房，为老爷疗伤。

老爷问他：“日本人不是都死了吗？你为什么还活着？”

“是你的太太饶了我的性命。你有一个了不起的太太，她是一个知恩图报的女人。”日本医生说道。

“是太太让你来为我疗伤的吗？”

“是的。治好你以后，我就回日本了。我明白了，侵占别人的领土是不道德的。”

老爷苦笑一声，双手颤抖地抓住日本医生的胳膊：“求你把我带出去吧，王府本来就是我的，我要夺回我的家。”

日本医生无奈地摊了摊双手：“对不起，我只是来为你疗伤的。”老爷忍着疼痛，日本医生为老爷挖出了子弹。看着日本医生不慌不忙地收拾器具，他从床铺下拿出手枪对着日本医生开了一枪，日本医生死在地上。

他强忍着疼痛，将日本医生的白大褂脱下来，穿在自己身上。他拍打着门，看门的小子也没有细看，见床上躺着一个人，他就以为那是老爷。

老爷出了书房，将大口罩摘下，冷笑着说：“秋蝉，今日你的死期到了。”

秋蝉让家奴们严守着王府大院，王府所有的铺子重新开张。夜里，紫虹与翠蔓守在秋蝉身边。

秋蝉对她们说：“你们睡觉去吧，日后王府是好是歹，还得靠你们多帮着。”

翠蔓说：“大家自由了，又有了饭吃，这都要感谢太太。日本医生给老爷看病去了，但是我们总不能把老爷一辈子关在书房吧？”

“在没有想到更好的办法之前，我们只能这样做了。我也觉得对不起老爷，可我更害怕他再把日本人引进王府。”秋蝉说。

紫虹说：“送饭的小子们说老爷睡得很沉，他们没敢惊动老爷。”

“原本是夫妻，现在我都不知道怎么去安慰他了。”大家又嘀咕了一阵后散了。

秋蝉刚躺下，黑暗中，一个声音恶狠狠地说：“你死到临头了！”

这声音好熟悉——老爷！

她正要开灯，老爷说：“别动，小心我打死你！”

“打死我，你能打死全府上下的人吗？”

“你这个没良心的女人，我一直没有对你下手，你却毁掉了我的前程。”

“老爷，我们没有毁掉你的前程，我是怕你陷得太深而无法自拔。现在，府里一切都安定了，你打死我吧，我没有怨言。”

拧亮台灯，秋蝉只见老爷如一个鬼影一般杵在床前，双手紧握着手枪。她下了床，抱住他：“我是你的太太。我给了你家的温暖，也给了你作为一个男人的尊严。老爷，开枪吧，我不恨你。”

老爷的双手开始发抖，秋蝉的泪水流着。

秋蝉感到今日必死无疑，双目一闭。只听一声枪响，老爷扑通一声，倒在了她的身边。老爷的身后，站着紫白。

秋蝉上去扶起老爷，老爷遍身是血，她紧紧捂住老爷的伤口说：“老爷，你不能死！”

老爷使劲地张开嘴，抚摸着秋蝉俊美的脸蛋：“秋蝉，我活得好辛苦。我死后，你一定要将我的灵位放进王家的祠堂！”

秋蝉哭着：“老爷，我会的。”

突然，老爷用血淋淋的一只手摸到手枪，对着秋蝉的头要开枪。紫白连击数枪，他彻底死在了秋蝉怀里。

秋蝉哭着问紫白：“为什么，为什么要他死？”

“太太，他要杀你，这个十恶不赦的人连死也不想放过你。”

“不！！！”

一整天，秋蝉守在老爷的身边，不吃不喝，她的心碎了。曾经那些美好的回忆，随着老爷的去世，全部都消失了。

紫虹进来：“太太，东浦一郎怎么处理？”

“让紫白看着办吧，这个家我再也不想管了。”秋蝉说。

紫虹出了门，遇到紫白。紫白问紫虹：“太太还是不肯吃东西吗？”

紫虹点点头说：“太太说了，东浦一郎的事情由你来处理，要杀要放，你看着办吧。”

第二日东浦一郎被吊在上古郡的钟楼上，身上插着“日寇将军东浦一郎”

的牌子。小孩们用弹弓打着东浦一郎,他们脸上都洋溢着笑容。

东浦一郎大声吼叫着:"有种你们就杀了我！我是日本的将军，岂能容许你们这样践踏我的尊严！"

其中一个声音说:"你还要什么尊严,你杀害了多少中国人？"话音一落，随着一声枪响,东浦一郎死在了钟楼上。

人们在欢呼的同时,看到两个女人带着一个孩子走来。

"大少奶奶！"夏芷转过身,对大家笑了笑,带着一个女子与一个小女孩离开了。

听说夏芷回来了,秋蝉急忙到王府门口迎接。

夏芷依旧是那么美丽,见到秋蝉,她双膝跪倒,大声叫了一声:"太太！"然后泪如雨下。

秋蝉扶起夏芷,夏芷将宛阳抱给她。看着可爱的宛阳,她心中悬着的石头终于落地了。

夏芷指着身边的一个女子:"太太,出了王府,多亏这位妹妹的帮助。"

"妹妹是哪里人,叫什么？"秋蝉问。

女子说:"我是你家少爷——灵飞的战友。偶然遇见了你家大少奶奶,于是我们相依为命共同度过了一些日子。我是辽宁人,穷苦人家出生,叫如花。"

秋蝉让紫虹安排了如花的住处，然后让夏芷管理各个铺子的账目。她把老爷的死告诉了夏芷,夏芷只说:"我们该重新生活了。"

"时局依旧动荡不安,我担心日本人会卷土重来。"秋蝉说道。

"王府的高墙是怕日本鬼子的炮弹。可是,只要日本鬼子再进上古郡,我们都会豁出性命去战斗！"

"宛阳回府,我更多了一层忧虑。无论如何,我还是要保住宛阳,保住王府。"

"让紫白带着一些家丁护院,太太、小姐不可以轻易出门。"

夜里,一个黑影进入雅阁,守夜的小子们忙着追到后花园,但什么也没有发现。他们告诉了紫白，紫白进入雅阁。雅阁的窗台上有一个女人的脚印，脚印很浅，可见是个习武之人。紫白进了暗室，只见日本军人用过的电台纹丝不动地放在那里。

紫白问身边的小子们："近日，有陌生的女子进入王府没有？"

"没有别人，就是有一个叫如花的女子，跟着大少奶奶进府了。"

紫白来到如花的房前，让一个小丫头叫门："如花小姐在吗？"

如花打开门，只见紫白带着一干人站在门口。如花问："什么事？"

小丫头们说："我们大少奶奶吩咐了，如果如花小姐要吃夜宵，可以随时叫我，我就在走廊外面候着。"

"谢谢你们大少奶奶的关心，我用的时候会叫你的。"如花说。

第二日，紫白将雅阁黑影的事告诉了秋蝉。秋蝉让紫虹将夏芷叫到屋里。

秋蝉问夏芷："这个如花是什么来头？按说，她帮着你回来，并在钟楼前枪杀了东浦一郎，那她就是可信的。可是昨日有人闯进雅阁，莫非是日本人有什么东西留在雅阁了，所以派人来取？"

夏芷坐下来："太太，我对如花考验了多次才带她进府的。有一次，我身负重伤，有日军追赶我，就在我走投无路的时候，如花击毙了几个日军，是她救了我们的性命。再说了，如果她真是日本间谍，也不敢独身进入王府吧？"

"也许我被紫煌的事闹怕了，不应该怀疑如花姑娘的。"秋蝉说道。

就在这时，有小丫头禀报："太太，如花姑娘求见。"

秋蝉忙让如花进来，如花进来后说："太太，打搅了，我打算今日离开王府。"

秋蝉有些吃惊："你对我们大少奶奶和大小姐有恩，我们很是感谢。不如在府上多住几日，让我们尽尽心意。"

夏芷也说："都回家了，难道如花妹妹还在意别的事情吗？多留几日吧！"

如花笑了笑："本来还是有很多事要做的。既然太太执意挽留，那我就再多留几日。"

秋蝉让翠蔓陪着如花在院子里游玩。翠蔓带着她来到启鸳堂的时候，她对翠蔓说："这个院子雕梁画栋，十分别致，我们进去看看。"

"不可以。太太说过启鸳堂的阴气太重不可随便出入，何况如花姑娘是个没出阁的小姐。"

"就是进去看看而已，我从来不在乎什么阴气不阴气的。"

说完，她先进了院子，然后径直走近正屋。推开启鸳堂正屋的门，屋里全是日式的摆设，还挂着东浦太太的画像。

看着东浦太太的相片，如花沉思了片刻："这个老太太是谁？"

"东浦太太，她已经死了。"翠蔓答道。

"她葬在哪里？"

"还没下葬，床上的盒子里是她的骨灰。"如花看了看骨灰盒，伸手想拿，却被一旁的翠蔓推到井里去了。

翠蔓冷笑着对井里的如花说："没想到吧，你费尽心思演绎了一场苦肉计，却被我给识破了，你在里面等着饿死吧！"

"你们王府就是这样招待客人的吗？放我出去！"

翠蔓命人盖住井盖，冷笑着离开了。

夜里，夏芷偷偷来到启鸳堂。她掀开井盖，冲着里面叫了几声："如花，如花，我来救你出去！"她放下软梯，如花爬了上来。

夏芷对如花说："你走吧，离开王府，我已经无法保你生命安全。"

"我要带走天皇九姬的骨灰，东浦一郎不配做她的丈夫。"

"人都死了，你还在乎一把骨灰吗？"

"我奉命取回天皇九姬的骨灰，带不走骨灰，我回去也是一死。"

就在二人偷偷摸摸走出启鸳堂的时候，翠蔓带着一帮家丁走进来："把井盖打开，让我看看这位如花姑娘的真面目。"

家丁们将井盖打开，扔下火把，见到软梯，却不见人。翠蔓急急忙忙地禀报了紫白，紫白来到秋蝉屋里，将如花的事情和秋蝉说了一遍。

秋蝉却说："我相信夏芷，在最关键的时刻，她将我的女儿带出了王府，现在她又平安地把我女儿带了回来。"

"但是大少奶奶出府以后接触了什么人，我们一概不知。"紫白说道。

"我真不想了解她出府之后的事情。紫白，每个人都有自己不得已的苦衷，只要她的本性不坏就可以了。"秋蝉说。

一清早，夏芷来到秋蝉的房中，哽咽着对秋蝉说："太太，老爷放太久不好，我们为他出殡吧？"

看着夏芷的脸，秋蝉发现了她内心隐藏着一种不安分的东西。

夏芷问："太太，怎么了？"

"我不想让老爷出殡。毕竟老爷是有头有脸的人，他出殡是大事，很多的亲朋好友定要来吊唁。难道你希望看到王府又一次陷入危机之中吗？"

"老爷出殡与王府纷乱有什么关系？"

"关系大了。老爷死因不明，我们谁都遮掩不过这个事实。"

"太太，会有人追究吗？"

"也许不会，但是现在王府需要平静。"

"如花姑娘今日来过了吗？"

秋蝉点点头答道："来过了。"

夜里，秋蝉忽然听到一阵密集的枪声。她紧紧地搂着宛阳，从枕头下摸出一把手枪。就在这时，紫白撞开门倒在地上，秋蝉拧亮电灯，只见她遍身是血。

秋蝉扶起紫白："紫白，这是怎么了？"

紫白用尽力气说："大少爷就要回来了，保护好大少爷。"说着吐了一口鲜血，死在了秋蝉的怀里。

紫虹急匆匆跑了进来："太太，有人看到大少奶奶将许多的贼人放进王府。那些贼人见人就杀，紫白也中弹了，他们快要杀到启鸳堂了！"

"紫虹，你带着大小姐赶快到地洞躲避一阵，我马上来。"秋蝉急忙说。

"既然是大少奶奶放进来的人，我们就是躲到哪里，也会被揪出来的。"

“那我们也得走，不能坐以待毙。”

紫虹背着宛阳，正要出门，夏芷带着如花等一干日本人守在门口。

秋蝉看着夏芷：“夏芷，你疯了吗？这个时候我们应该团结！”

“对不起，太太。这是我最后的一次机会，你是太太，我是大少奶奶，一山不容二虎，王府里只能有一个主子。”夏芷说道。

“当初你何必救我？”秋蝉问。

“我当初如果不救你，老爷可能早把我杀了，他早就看出我必然要成为王府的当家人。太太，你输了！”

“那你为何把我的女儿带回来？你明白我是最牵挂宛阳的。”

“如果没有宛阳，你能让我进王府吗？你只会恨我丢掉你的女儿。”

“但你也不能利用日本人来把王府给毁了，以后这让王府里的下人们会怎么看你？”

“放心，王府的人全都死了，只剩下你们母女二人和紫虹了。大少爷很快就要回来了，你知道他是为了谁而冒死回家吗？为了你！他是我的丈夫，我们本来会有美满的生活。就是因为你，弄得我们夫妻分离。太太，不要怪我心狠，只有你死了，大少爷才能真正地属于我。”夏芷说道。

“好，我成全你，但请你放了我的女儿。”

“宛阳是大少爷的孩子，本该和你一同死去。但是只要你跪在我面前求饶，我倒是可以考虑考虑。”

秋蝉跪在夏芷面前，夏芷掏出手枪对准她。

就在这时，日本宪兵提着翠蔓的头发，将翠蔓拖到如花的面前：“这个女子想逃跑，被我们抓了回来。”

如花对着翠蔓一顿拳打脚踢，遍体鳞伤的翠蔓从地上慢慢站了起来，对着夏芷说：“我真没想到，我一直视你如亲生姐妹，现在我知道是自己瞎了眼了！”

夏芷哈哈大笑，大家顿时摸不着头脑。她突然转过身来对如花说：“想必隐藏在上舌郡的日本人都到齐了，启鸳堂四处的导火线都点燃了，炸药马上就会将你们这些日本鬼子送上西天！”

如花对着夏芷开了一枪：“你竟然欺骗我！”

夏芷倒下了，紫虹与翠蔓过去扶起她。她用尽力气爬进屋里，对翠蔓和紫虹说：“进来顶门！”

紫虹用一支簪子刺向如花，宪兵开枪穿透紫虹与翠蔓的腹腔。这时，一阵巨响，整个王府顿时一片血肉模糊的景象，大火蔓延起来，烧了五天五夜。

十年过去了。

一个满脸伤疤的中年妇女挑着一担水，她身后跟着一个十来岁的小女孩。

迎面过来几个当兵的人，问这位妇人：“大姐，你知道王府在哪里吗？”

妇女指了指远处的一片废墟：“那就是。”

几个军人不相信，又问：“我们问的是赫赫有名的王老爷家。”

妇女放下肩膀上的担子说：“那就是赫赫有名的王老爷家。只可惜，十年以前王府就被一场大火给烧了，府中的人也都烧死了，只有我还活着。不知道几位军爷要找的人是谁？”

一个个子高大的军人从怀里掏出一个包袱：“我们要找的人是秋蝉太太。这是灵飞同志牺牲前托付我们的，里面装的是他为太太秋蝉准备的一件漂亮嫁衣。”

妇女迅速接过包袱，用颤抖的双手抖出光滑亮丽的红绸缎嫁衣，然后失声痛哭起来：“灵飞，我们的女儿都会叫爹了，我等了你整整十年，你回来吧！”